中华现代学术名著丛书

红楼梦辨

俞平伯 著

图书在版编目(CIP)数据

红楼梦辨/俞平伯著.—北京:商务印书馆,2010
(2022.3 重印)
(中华现代学术名著丛书)
ISBN 978-7-100-07373-8

Ⅰ.①红… Ⅱ.①俞… Ⅲ.①《红楼梦》研究
Ⅳ.①I 207.411

中国版本图书馆 CIP 数据核字(2010)第 184364 号

权利保留,侵权必究。

本书据亚东图书馆 1923 年版排印

中华现代学术名著丛书
红 楼 梦 辨
俞平伯 著

商 务 印 书 馆 出 版
(北京王府井大街36号 邮政编码100710)
商 务 印 书 馆 发 行
北 京 通 州 皇 家 印 刷 厂 印 刷
ISBN 978-7-100-07373-8

2010 年 12 月第 1 版　　开本 880×1240　1/32
2022 年 3 月北京第 4 次印刷　印张 8⅜　插页 1
定价:40.00 元

俞 平 伯

(1900—1990)

翰海停車把晚涼烏拉領外有
斜陽稍將遠志酹中歲多作佳
遊在異鄉五月花都春爛縵十
年霧國事微茫槐會時靄燈前
兩明日與君天一方 送朱佩弦游歷歐洲

一九七四歲次甲寅秋七月書于京寓

作者手迹

出版说明

百年前,张之洞尝劝学曰:"世运之明晦,人才之盛衰,其表在政,其里在学。"是时,国势颓危,列强环伺,传统频遭质疑,西学新知亟亟而入。一时间,中西学并立,文史哲分家,经济、政治、社会等新学科勃兴,令国人乱花迷眼。然而,淆乱之中,自有元气淋漓之象。中华现代学术之转型正是完成于这一混沌时期,于切磋琢磨、交锋碰撞中不断前行,涌现了一大批学术名家与经典之作。而学术与思想之新变,亦带动了社会各领域的全面转型,为中华复兴奠定了坚实基础。

时至今日,中华现代学术已走过百余年,其间百家林立、论辩蜂起,沉浮消长瞬息万变,情势之复杂自不待言。温故而知新,述往事而思来者。"中华现代学术名著丛书"之编纂,其意正在于此,冀辨章学术,考镜源流,收纳各学科学派名家名作,以展现中华传统文化之新变,探求中华现代学术之根基。

"中华现代学术名著丛书"收录上自晚清下至20世纪80年代末中国大陆及港澳台地区、海外华人学者的原创学术名著(包括外文著作),以人文社会科学为主体兼及其他,涵盖文学、历史、哲学、政治、经济、法律和社会学等众多学科。

出版说明

　　出版"中华现代学术名著丛书",为本馆一大夙愿。自1897年始创起,本馆以"昌明教育,开启民智"为己任,有幸首刊了中华现代学术史上诸多开山之著、扛鼎之作;于中华现代学术之建立与变迁而言,既为参与者,也是见证者。作为对前人出版成绩与文化理念的承续,本馆倾力谋划,经学界通人擘画,并得国家出版基金支持,终以此丛书呈现于读者面前。唯望无论多少年,皆能傲立于书架,并希冀其能与"汉译世界学术名著丛书"共相辉映。如此宏愿,难免汲深绠短之忧,诚盼专家学者和广大读者共襄助之。

商务印书馆编辑部

2010 年 12 月

凡 例

一、"中华现代学术名著丛书"收录晚清以迄20世纪80年代末,为中华学人所著,成就斐然、泽被学林之学术著作。入选著作以名著为主,酌量选录名篇合集。

二、入选著作内容、编次一仍其旧,唯各书卷首冠以作者照片、手迹等。卷末附作者学术年表和题解文章,诚邀专家学者撰写而成,意在介绍作者学术成就,著作成书背景、学术价值及版本流变等情况。

三、入选著作率以原刊或作者修订、校阅本为底本,参校他本,正其讹误。前人引书,时有省略更改,倘不失原意,则不以原书文字改动引文;如确需校改,则出脚注说明版本依据,以"编者注"或"校者注"形式说明。

四、作者自有其文字风格,各时代均有其语言习惯,故不按现行用法、写法及表现手法改动原文;原书专名(人名、地名、术语)及译名与今不统一者,亦不作改动。如确系作者笔误、排印舛误、数据计算与外文拼写错误等,则予径改。

五、原书为直(横)排繁体者,除个别特殊情况,均改作横排简体。其中原书无标点或仅有简单断句者,一律改为新式标点，专名号从略。

六、除特殊情况外，原书篇后注移作脚注，双行夹注改为单行夹注。文献著录则从其原貌，稍加统一。

七、原书因年代久远而字迹模糊或纸页残缺者，据所缺字数用"□"表示；字数难以确定者，则用"（下缺）"表示。

目 录

顾序 ·· 1
引论 ·· 9

上 卷

一　论续书底不可能 ································· 15
二　辨原本回目只有八十 ··························· 20
三　高鹗续书底依据 ································· 29
四　后四十回底批评 ································· 54
五　高本戚本大体的比较 ··························· 79

中 卷

六　作者底态度 ······································ 103
七　《红楼梦》底风格 ······························· 113
八　《红楼梦》底年表 ······························· 125
九　《红楼梦》底地点问题 ·························· 131
十　八十回后底《红楼梦》 ·························· 142
十一　论秦可卿之死（附录） ······················· 183

下 卷

十二　后三十回的《红楼梦》 ······················· 195

v

十三	所谓"旧时真本《红楼梦》"	214
十四	《读红楼梦杂记》选粹(附录)	221
十五	唐六如与林黛玉(附录)	225
十六	记《红楼复梦》(附录)	229
十七	札记十则(附录)	232

俞平伯先生学术年表 ………………………… 沈治钧 243

重读《红楼梦辨》 …………………………… 沈治钧 252

顾　　序

平伯做这部书,取材于我的通信很多,所以早先就嘱我做一篇序。我一直没有功夫做。到现在,这部书快要出版了,使我不得不在极冗忙的生活中抽出一点功夫来把它做了。

我原来想,凡是一种风气必有它的来源:自从有了《红楼梦》之后,"模仿","批评"和"考证"的东西如此的多,自然由于读者的注意,但为什么做出的东西总是浮浅的模仿,尖刻的批评和附会的考证?这种思想的来源是在何处?我要解释这三类东西的来源,很想借了这一篇序文,说明浮浅的模仿出于《尚书》之学,尖刻的批评出于《春秋》之学,附会的考证出于《诗经》之学。它们已有了二千年的历史,天天在那里挥发它们的毒质,所以这种思想会得深入于国民心理,凡有一部大著作出来,大家就会在无意之中用了差不多的思想,做成这三类东西,粘附在它的上面。《红楼梦》的本身不过传播了一百六十馀年,而红学的成立却已有了一百年,在这一百年之中,他们已经闹得不成样子,险些儿把它的真面目涂得看不出了。我很愿意在这篇序文上把从前人思想的锢蔽和学问的锢蔽畅说一回,好使大家因了打破旧红学而连及其馀同类的东西。但这个意思的内容太复杂了,不是一序所能容,也不是忙中抽闲所能做,所以写了一点就没有续下。等将来有空的时候,再作为专篇的论文罢。

顾　　序

关于《红楼梦》作者的历史,续作者的历史,本子的历史,旧红学的错误,适之先生在《红楼梦考证》上说得很详了。关于《红楼梦》的风格,作者的态度,续作者的态度,续作者的依据……平伯这部书上也说得很详了。

我要说的,就是这一部书的历史。

一九二一年三月下旬,适之先生的《红楼梦考证》初稿作成。但曹雪芹的事迹和他的家庭状况依然知道的很少。那时候,北京国立学校正是为着索薪罢课,使我有功夫常到京师图书馆里,做考查的事。果然,曹寅的著述找到了,曹家的世系也找到了。平伯向来欢喜读《红楼梦》,这时又正在北京,所以常到我的寓里,探询我们找到的材料,就把这些材料做谈话的材料。我同居的潘介泉先生是熟读《红楼梦》的人,我们有什么不晓得的地方,问了他,他总可以回答出来。我南旋的前几天,平伯,介泉和我到华乐园去看戏。我们到了园中,只管翻着《楝亭诗集》,杂讲《红楼梦》,几乎不曾看戏。坐在我们前面的人觉得讨厌了,屡屡回转头来,对我们瞧上几眼。介泉看见了,劝我们道:"不要讲了,还是看戏罢!"

适之先生的初稿里,因为程伟元序上说,"原本目录一百二十卷,今所藏只八十卷,殊非全本",疑心后四十回的目录或者是原来有的。平伯对于这一点,自始就表示他的反对主张;那时的证据是:既有了"因麒麟伏白首双星"的回目,就不应当再有"薛宝钗出闺成大礼"的回目。我回南之后,平伯即来信道:

我日来翻阅《红楼梦》,愈看愈觉后四十回不但本文是续补,即回目亦断非固有。前所谈论,固是一证;又如末了所谓"重沐天恩"等等,决非作者原意所在。况且雪芹书既未全,决

> 无文字未具而四十回之目已条分缕析如此……
> 　　我想《红楼》作者所要说的，无非始于荣华，终于憔悴，感慨身世，追缅古欢，绮梦既阑，穷愁毕世。宝玉如是，雪芹亦如是。出家一节，中举一节，咸非本旨矣……（四月廿七日）

这是他给我的第一封信。后来这些主张渐渐的推论出来，就成了这一部书的骨干。

从此以后，我们一星期必作一长信；适之先生和我也是常常通信。我对于《红楼梦》原来是不熟的，但处在适之先生和平伯的中间，就给他们逼上了这一条路。我一向希望的辨论学问的乐趣，到这时居然实现。我们三人的信件交错来往，各人见到了什么就互相传语，在几天内大家都知道了。适之先生常常有新的材料发见；但我和平伯都没找着历史上的材料，所以专在《红楼梦》的本文上用力，尤其注意的是高鹗的续书。平伯来信，屡屡对于高鹗不得曹雪芹原意之处痛加攻击；我因为受了阎若璩辨《古文尚书》的暗示，专想寻出高鹗续作的根据，看后四十回与前八十回如何的联络。我的结论是：高氏续作之先，曾经对于本文用过一番功夫，因误会而弄错固是不免，但他决不敢自出主张，把曹雪芹意思变换。平伯对于这点，很反对我，说我做高鹗的辨护士。他论到后来，说：

> 弟不敢菲薄兰墅，却认定他与雪芹底性格差得太远了，不适宜于续《红楼梦》。（六月十八日）

这是他进一步的观察，从作者的性格上剖析出来，眼光已超出于文字异同之上了。后来又说：

> 我向来对于兰墅深致不满,对于他假传圣旨这一点尤不满意;现在却不然了。那些社会上的糊涂虫,非拿原书孤本这类鬼话吓他们一下不可。不然,他们正发了团圆迷,高君所补不够他们的一骂呢!(八月八日)

这是他更进一步的观察,不但看出高鹗的个人,并且看出高鹗的环境了。他有了这一种的见解,所以他推论曹高二家的地位可说是极正确的。

一个暑假里,我们把通信论《红楼梦》作为正式的功课,兴致高极了。平伯信中的话很可以见出这时的情状,他说:

> 弟感病累日,顷已略瘳;惟烦忧不解,故尚淹滞枕褥间;每厌吾身之赘,嗟咤弥日,不能自已。来信到时,已殆正午,弟犹昏昏然偃卧。发函雒诵,如对良友,快何如之!推衾而起,索笔作答,病殆已霍然矣。吾兄此信真药石也,岂必杜老佳句方愈疟哉!(六月十八日)

又说:

> 京事一切沉闷(新华门军警打伤教职员),更无可道者;不如剧谈《红楼》为消夏神方,因每一执笔必奕奕如有神助也。日来与兄来往函件甚多,但除此以外竟鲜道及馀事者,亦趣事也。(同上)

有了这样的兴致,所以不到四个月,我们的信稿已经装钉了好几本。

末了,平伯又提议一个大计画,他想和我合办一个研究《红楼梦》的月刊,内容分论文、通信、遗著丛刊、版本校勘记等;论文与通信又分两类,(1)把历史的方法做考证的,(2)用文学的眼光做批评的。他愿意把许多《红楼梦》的本子聚集拢来校勘,以为校勘的结果一定可以得到许多新见解。假使我和他都是空闲着,这个月刊一定可以在前年秋间出版了,校勘的事到今也可有不少的成绩了。但一开了学,各有各的职务,不但月刊和校勘的事没有做,连通信也渐渐的疏了下来。

去年二月,蔡孑民先生发表他对于《红楼梦考证》的答辨。最奇怪的,这个答辨竟引不起红学的重兴,反而影响到平伯身上,使得他立刻回复以前的兴致,做成这部书。当时平伯看见了这篇,就在《时事新报》上发表一篇回驳的文字。同时,他又寄我一信,告我一点大概;并希望我和他合做《红楼梦》的辨证,就把当时的通信整理成为一部书,使得社会上对于《红楼梦》可以有正当的了解和想象。我三月中南旋,平伯就于四月中从杭州来看我。我因为自己太忙,而他在去国之前尚有些空闲,劝他独力将这事担任了。他答应我回去后立刻起草;果然他再到苏州时,已经做成一半了。

夏初平伯到美国去,在上海候船,我去送他,那时他的全稿已完成了,交与我,嘱我代觅钞写的人,并切嘱我代他校勘。不幸我的祖母去世,悲痛之中,不复能顾及这些事情;虽是请人钞录,直等到近年底时方始钞好,我一点也没有校过。这时平伯又因病回国了,我就把全稿寄回北京,请他自校。现在出版有期,从此,我们前年的工作就得到一个着落,平伯辨证《红楼梦》的志愿已经达到一部分了。平伯将来如有闲暇,《红楼梦》上可以着手的工作正多,集本校勘实在是最重要的一桩。从将来看现在,这一部书只算得他

顾　序

发表《红楼梦》研究的开头咧!

平伯在自序上说这书是我和他二人合做的,这话使我十分抱愧。我自知除了通信之外,没有一点地方帮过他。他嘱我作文,我没有功夫;他托我校稿子,我又没有功夫。甚至于嘱我做序,从去年四月说起,一直到了今年三月,才因为将要出版而不得不做;尚且给烦杂的职务逼住了,只得极草率地做成,不能把他的重要意思钩提出来。我对他真是抱歉到极步了!

我祝颂这部书的出版,能够随着《红楼梦》的势力而传播得广远!我更祝颂由这部书而发生出来的影响,能够依了我的三个愿望:

第一,红学研究了近一百年,没有什么成绩;适之先生做了《红楼梦考证》之后,不过一年,就有这一部系统完备的著作:这并不是从前人特别糊涂,我们特别聪颖,只是研究的方法改过来了。从前人的研究方法,不注重于实际的材料而注重于猜度力的敏锐,所以他们专欢喜用冥想去求解释。猜度力的敏锐固然是好事体,但没有实际的材料供它的运用,也徒然成了神经过敏的病症;病症一天深似一天,眼睛里只看见憧憧往来的幻象,反自以为实际的事物,这不是自欺欺人吗!这种研究的不能算做研究,正如海市蜃楼的不能算做建筑一样。所以红学的成立虽然有了很久的历史,究竟支持不起理性上的攻击。我们处处把实际的材料做前导,虽是知道的事实很不完备,但这些事实总是极确实的,别人打不掉的。我希望大家看着这旧红学的打倒,新红学的成立,从此悟得一个研究学问的方法,知道从前人做学问,所谓方法实不成为方法,所以根基不坚,为之百年而不足者,毁之一旦而有馀。现在既有正确的科学方法可以应用了,比了古人真不知便宜了多少;我们正应当善保这一点便宜,赶紧把旧方法丢了,用新方法去驾驭实际的材料,使得嘘气结成的仙山楼阁换做了砖石砌成的奇伟建筑。

第二,《红楼梦》是极普及的小说,但大家以为看小说是消闲的,所谓学问,必然另有一种严肃的态度,和小说是无关的。这样看小说,很容易养成一种玩世的态度。他们不知道学问原没有限界,只要会做,无所往而不是学问;况且一个人若是肯定人生的,必然随处把学问的态度应用到行事上,所以这一点态度是不可少的。这部书出版之后,希望大家为了好读《红楼梦》而连带读它;为了连带读它而能感受到一点学问气息,知道小说中作者的品性,文字的异同,版本的先后,都是可以仔细研究的东西。无形之中,养成了他们的历史观念和科学方法。他们若是因为对于《红楼梦》有了正当的了解,引申出来,对于别种小说以至别种书,以至别种事物,都有了这种态度了,于是一切"知其当然"的智识都要使它变成"知其所以然"的智识了,他们再不肯留下模糊的影像,做出盲从的行为:这是何等可喜的事!

第三,平伯这部书,大部分是根据于前年四月至八月的我们通信。若是那时我们只有口谈,不写长信,虽亦可以快意一时,究不容易整理出一个完备的系统来。平伯的了解高鹗续书的地位,差不多都出于我们的驳辨;若是我们只管互相附和,不立自己的主张,也不会逼得对方层层剥进。我们没有意气之私,为了学问,有一点疑惑的地方就毫不放过,非辨出一个大家信服的道理来总不放手,这是何等地快乐!辩论的结果,胜的人固是可喜,就是败的人也可以明白自己的误解,更得一个真确的智识,也何等地安慰啊!所以我希望大家做学问,也像我们一般的信札往来,尽管讨论下去。越是辨得凶,越有可信的道理出来。我们的工作只有四个月,成绩自然不多;但四个月已经有了这些成绩,若能继续研究至四年乃至四十年,试问可以有多少?这一点微意,希望读者采纳。我们自己晓得走的路很短,倘有人结了伴侣,就我们走到的地方再走过去,可以发见的新境界必然很多。发见了新境界,必然要推倒许多旧假定,我们时常可以听到诤言,自然是十分快幸;然而岂但是我们的快幸呢!

顾颉刚 一九二三,三,五。

引　　论

　　我从前不但没有研究《红楼梦》底兴趣,十二三岁时候,第一次当他闲书读,且并不觉得十分好。那时我心目中的好书,是《西游》,《三国》,《荡寇志》之类,《红楼梦》算不得什么的。我还记得,那时有人告诉我姊姊说:"《红楼梦》是不可不读的!"这种"像煞有介事"的空气,使我不禁失笑,觉得说话的人,他为什么这样傻?

　　直到后来,我在北京,毕业于北大,方才有些微的赏鉴力。一九二○年,偕孟真在欧行船上,方始剧谈《红楼梦》,熟读《红楼梦》。这书竟做了我们俩海天中的伴侣。孟真每以文学的眼光来批评它,时有妙论,我遂能深一层了解这书底意义、价值。但虽然如此,却还没有系统的研究底兴味。

　　欧游归来的明年——一九二一——我返北京。其时胡适之先生正发布他底《红楼梦考证》,我友顾颉刚先生亦努力于《红楼梦》研究;于是研究底意兴方才感染到我。我在那年四月间给颉刚一信,开始作讨论文字。从四月到七月这个夏季,我们俩底来往信札不断,是兴会最好的时候。颉刚启发我的地方极多,这是不用说的了。这书有一半材料,大半是从那些信稿中采来的。换句话说,这不是我一人做的,是我和颉刚两人合做的。我给颉刚的信,都承他为我保存,使我草这书的时候,可以参看。他又在这书印行以前,且在万忙之际,分出工夫来做了一篇恳切的序。我对于颉刚,似乎不得仅仅说声感谢。因为说了感谢,心中的情感就被文字限制住了,使我感到一种彷徨着的不安。颉刚兄!你许我不说什么吗?我蠢极了,说不出什么来!

至于我大胆刊行这本小书,不羞自己底无力,这一段因缘,颉刚也代我申明了。他说:

> 既有兴致做,万不可错过机会;因为你现在不做,出国之后恐不易做,至早当在数年以后了。

> 这种文字,看似专家的考证,其实很可给一班人以历史观念。

> 有了这篇文字,不独使得看《红楼》的人对于这部书有个新观念,而且对于书中的人也得换一番新感情,新想象,从高鹗的意思,回到曹雪芹的意思。(十一,四,七)

但他这些过誉的话,我这小书是担当不起的。我只希望《红楼梦辨》刊行之后,渐渐把读者底眼光移转,使这书底本来面目得以显露。虽他所谓,从高鹗的意思,回到曹雪芹的意思,我也不能胜任,却很想开辟出一条道路,一条还原的道路。我如能尽这一点小责任,就可以告无罪于作者,且可告无罪于颉刚了。小小的担子,在弱者身上是重的,我恐不免摔一交啊!

这书共分三卷。上卷专论高鹗续书一事,因为如不把百二十回与八十回分清楚,《红楼梦》便无从谈起。中卷专就八十回立论,并述我个人对于八十回以后的揣测,附带讨论《红楼梦》底时与地这两个问题。下卷最主要的,是考证两种高本以外的续书。其馀便是些杂论,作为附录。

这书匆促中草就,虽经校订,恐仍不免有疏漏矛盾之处,只好在再版时修正了。因原稿底草率,印行时文字殆不免有讹脱,这对于读者尤觉得十分抱歉的。

一九二二,七,八,平伯记。

上　　卷

一　论续书底不可能

《红楼梦》是部没有完全的书,所以历来人都喜欢续他。从八十回续下的,以我们现在所知道的,已有三种:(1)高鹗续的四十回,即通行本之后四十回。(2)三十回的续书,原书已佚,作者姓名亦无考。(3)作者姓名及回目均无考,从后人底笔记上,知道曾有这么一本底存在。这三个本子,我在下边,都有专篇去考证、批评。至于从高本百二十回续下去的,如《红楼圆梦》,《绮楼重梦》……却一时也列举不尽,而且也没有列举底必要。我在这书中也不愿加以论列,免得浪费笔墨。这类的续书,大约以《红楼复梦》为最早,且附有几条凡例,略有些关系;我在最后有一篇附录论及。还有一类续书是从(3)种,所谓旧时真本续下去的,我却自己没有见过,只听得朋友述说而已。自(2)种续下的书,却自来没听人说及。

从高鹗以下,百馀年来,续《红楼梦》的人如此之多,但都是失败的。这必有一个原故,不是偶合的事情。自然,续书人底才情有限,不自量力,妄去狗尾续貂,是件普遍而真确的事实,但除此以外,却还有根本的困难存在,不得全归于"续书人才短"这个假定。我以为凡书都不能续,不但《红楼梦》不能续;凡续书的人都失败,不但高鹗诸人失败而已。

我深相信有这一层根本的阻碍,所以我底野心,仅仅以考证,批评,校勘《红楼梦》而止,虽明知八十回是未完的书,高氏所续有些是错了的,但决不希望取高鹗而代之,因为我如有"与君代兴"的野心,就不免自蹈前人底覆辙。我宁可刊行一部《红楼梦辨》,决不敢草一页的"续红楼梦"。

如读者觉得续书一事,并不至于这样的困难、绝望,疑心我是"张大其词"。那么,我不妨给读者诸君一个机会,去作小规模的试验。如试验成功,便可以推倒我底断案。我们且不论八十回以后,应当怎样地去续;在八十回中即有两节缺文,大可以去研究续补底方法。(1)第十六回秦锺死时,这已在戚本《红楼梦》补足了,我们可以不管。(2)第三十五回,黛玉在院内说话,宝玉叫快请,下文便没有了,到第三十六回,又另起一事,了不和这事相干。黛玉既来了,宝玉把她请了进来,两人必有一番说话;但各本这节都缺,明系中有缺文待补。这不过一页的文章,续补当然是极容易的,尽可以去试验一下。如这节尚且不能续得满意,那续书这件事,就简直可以不必妄想了。

因为前后文都有,所以这一段缺文底大意,并非全不可知的。我愿意把材料供给愿续书的人。上回写宝玉挨打之后,黛玉来看他,只说了两三句话,便被凤姐来岔断,黛玉含意未申,便匆匆去了。后来宝玉送帕子去,黛玉因情不自禁,题了三首诗。本回黛玉看众人进怡红院去,想起自己底畸零而感伤。《红楼梦》写钗黛喜作对文,宝钗看金莺打络子,已有了一段文字;则黛玉之来亦当有一段相当的文字。况且"通灵玉"是极重要的,宝钗底丫头为宝玉打络子,为黛玉所见(依本回看,莺儿正打络,黛玉来了),必不能默然无言的。所以这次宝黛谈话,必然关照到两点:(1)黛玉应有以报宝玉寄帕之情,且应当有深切安慰宝玉之语。(2)黛玉见人打络子,必然动问,必然不免讥讽嫉妒。

小小的一节文字,大意已可以揣摩而得,我竟一字不能下笔;更不用说八十回后如何续下去了。我底才短,自然是个原因,但决不是惟一的原因。我现在再从理论上,申论续书底困难。先说一般续书底困难,然后再说到续《红楼梦》底困难。

凡好的文章,都有个性流露,越是好的,所表现的个性越是活泼泼地。因为如此,所以文章本难续,好的文章更难续。为什么难续呢?作者有他底个性,续书人也有他底个性,万万不能融洽的。不能融洽的思想,情感和文学底手段,却要勉强去合做一部书,当然是个"四不像"。故就作者论,不但反对任何人来续他底著作;即是他自己,如环境心境改变了,也不能勉强写完未了的文章。这是从事文艺者底应具的诚实。

至就续者论,他最好的方法,是抛弃这个妄想;若是不能如此,便将陷于不可解决的困难。文章贵有个性,续他人底文章,却最忌的是有个性。因为如表现了你底个性,便不能算是续作;如一定要续作,当然须要尊重作者底个性,时时去代他立言。但果然如此,阻抑自己底才性所长,而俯仰随人,不特行文时如囚犯一样未免太苦,且即使勉强成文,也只是"尸居馀气"罢了。我们看高鹗续的后四十回,面目虽似,神情全非,真是"可怜无补费精神"的事情!我从前有一信给颉刚,有一节可以和这儿所说对看:

> 所以续书没有好的,不是定说续书的人才情必远逊于前人,乃因才性不同,正如其面,强而相从,反致两伤。譬如我做一文没有写完,兄替我写了下去,兄才虽胜于我,奈上下不称何?若兄矜心学做我文,则必不如弟之原作明矣。此固非必有关于才性之短长。……(十,六,十八信)

而且续《红楼梦》，比续别的书，又有特殊的困难，这更容易失败了。第一，《红楼梦》是文学书，不是学术底论文，不能仅以面目符合为满足。第二，《红楼梦》是写实的作品，如续书人没有相似的环境，性情，虽极聪明，极审慎也不能胜任。譬如第三十五回之末，明明短了一节宝黛对语文字；说的什么事也可以知道。但我们心目中并无他俩底性格存在，所以一笔也写不出。他们俩应当说些什么话，我们连一字也想不起来。文学不是专去叙述事实，所以虽知道了事实，也仍然不中用的。必得充分了解书中人底性格，环境，然后方才可以下笔。但谁能有这种了解呢？自然全世界只有一个人，作者而已。再严格说，作者也只在一个时候，做书底时候。我们生在百年之后，想做这件事，简直是个傻子。

高鹗亦是汉军旗人，距雪芹极近，续书之时，尚且闹得人仰马翻，几乎不能下台。我们那里还有续《红楼梦》底可能？果然有这个精神，大可以自己去创作一部价值相等的书，岂不痛快些。高鹗他们因为见不到此，所以摔了一交。我并不责备高氏底没有才情，我只怪他为什么要做这样傻的事情。我在下边批评高氏，有些或者是过于严刻的；但读者要知道这是续书应有的失败，不是高氏一个人底失败。我在给颉刚的一信中，曾对于高氏，作较宽厚的批评：

> 但续作原是件吃力不讨好的事，我也很不敢责备前人。若让我们现在来续《红楼梦》，或远逊于兰墅也说不定。……我们看高氏续书，差不多大半和原意相符，相差只在微细的地方。但是仅仅相符，我们并不能满意。我们所需要的，是活泼泼人格底表现。在这一点上，兰墅可以说是完全失败。（十，六，三十）

高鹗底失败,大概是如此,以外都是些小小的错误。我在下文,所以每作严切的指斥,并不是不原谅他,是因为一百二十回本通行太久了,不如此,不能打破这因袭的笼统空气。所攻击的目标,却不在高氏个人。

这篇短文底目的:一则说明我宁写定这一书而不愿续《红楼梦》底原因;二则为高鹗诸君,作一个总辨解,声明这并非他们个人底过失(那些妄人,自然不能在内);三则作"此路不通"的警告,免将来人枉费心力。

一九二二,六,十七。

二　辨原本回目只有八十

我们要研究《红楼梦》，第一要分别原作与续作；换句话说，就是先要知道《红楼梦》是什么。若没有这分别的眼光，只浑沦吞枣的读了下去，势必被引入迷途，毫无所得。这不但研究《红楼梦》如此，无论研究什么，必先要把所研究的材料选择一下，考察一下，方才没有筑室沙上的危险。否则题目先没有认清，白白费了许多心力，岂不冤枉呢？

《红楼梦》原书只有八十回，是曹雪芹做的；后面的四十回，是高鹗续的。这已是确定了的判断，无可摇动。读者只一看胡适之先生底《红楼梦考证》，便可了然。即我在这卷中，下边还有说及的；现在只辨明"原本回目之数只有八十"这一个判断。

自从乾隆壬子程伟元刻的高鹗本，一百二十回本行世以后，八十回本便极少流传，直到民国初年，有正书局把有戚蓼生底序的钞本八十回影印，我们方才知道《红楼梦》有这一种本子。但当时并没发生一点影响，也从没有人怀疑到"原本究有多少回书"这一个问题。直到一九二一年四月，胡适之先生发表他底一文，方才惹起注意，而高氏续书这件事实方才确定。

但胡先生在当时因程伟元底话，并不因此否定后四十回之目底存在。程伟元底《红楼梦》序上说：

> 然原本目录一百二十卷,今所藏只八十卷,殊非全本。……不佞以是书既有百二十卷之目,岂无全璧?……

胡先生在《红楼梦考证》初稿里说(附亚东本《红楼梦》卷首):

> 当日钞本甚多,若各本真无后四十回的目录,程伟元似不能信口胡说。因此,我想当时各钞本中大概有些是有后四十回目录的。

但他在原文改定稿中却表示怀疑,略引我底话作说明。可见胡先生也有点不信任程伟元底序文了。(见《胡适文存》卷三)

我告诉诸君,程伟元所说的全是鬼话,和高鹗一鼻孔里出气,如要作《红楼梦》研究,万万相信不得的。程氏所以这样地说,他并不是有所见而云然,实在是想"冒名顶替",想把后四十回抬得和前八十回一样地高,想使后人相信四十回确是原作,不是兰墅先生底大笔。这仿佛上海底陆稿荐,一个说"我是真正的",一个说"我是老的",一个说"我是真正老的",正是一样的把戏。

原来未有一百二十回本以前,先已有八十回钞本流传。高鹗说:

> 予闻《红楼梦》脍炙人口者几廿餘年,然无全璧,无定本。向曾从友人处借观,窃以染指尝鼎为憾。今年春,友人程子小泉过予,以其所购全书见示。……(高本自序)

这所以赐教我们的,明显的有好几点:(1)他没有续书以前,《红楼梦》已盛行二十馀年了。(2)流行的钞本极多,极杂,但都是八十回本,没有一部是完全的。(3)这种八十回钞本,高氏曾经见过;很有憾惜书不完全之意。(4)直到一七九一年春天,他方才看见全书,实在是到这时候,他方续好。

既在高程两人未刊行全书以前,社会上便盛行八十回本的《红楼梦》;这当然,百二十回本行世不免有一点困难。而且后四十回,专说些杀风景的话,前途底运命尤觉危险。因这两重困难,程高二位便不得不掉一个谎。于是高氏掩饰续书之事,归之于程伟元;程氏又归之于"破纸堆中","鼓担上"。但这样的奇巧事情,总有些不令人相信。那就没有法子,程伟元只得再造一个谣言,说原本原有一百二十回底目录。看他说"既有百二十卷之目,岂无全璧?"他底掉谎底心思——为什么掉谎——昭然若揭了!

而且这个谎,掉得巧妙得很,不知不觉的便使人上当。一则当时钞本既很庞杂没有定本,程伟元底谎话一时不容易对穿。譬如胡先生就疑心当时钞本既很多,或者有些是有百二十回底目录的。这正是有人上程氏底当一个例子。二则高作四十回,与目录是一气呵成的。明眼人一看,便知道决非由补缀凑合而成。如承认了后四十回底目录是原有的;那么,就无形地得默认后四十回也是原作了。到读者这样的一点头,高鹗和程伟元底把戏,就算完全告成。他们所以必先说目录是原有的,正要使我们承认"本文是原作"这句话,正是要掩饰补书底痕迹,正是要借作者底光,使四十回与八十回一起流传。

果然,这个巧妙的谎,大告成功。读者们轻轻地被瞒过了一百三十年之久,在这一时期中间,续作和原作享受同样的崇仰,有同广大的流布。高氏真是撒谎的专家,真是附骥尾的幸运儿。他底名姓虽不受人注意；而著作却得了十倍的声价。我们不得不佩服程高两位底巧于作伪，也不得不怪诧一百三十年读者底没有分析的眼光（例外自然是有的）。

但到一九二一以后，高鹗便有些倒霉了，他撒的大谎也渐渐为人窥破，立脚不住，不但不能冒名顶替，且每受人严切的指斥。俗语说得好："若要人勿知，除非己莫为。"天下那里有永不插穿的西洋镜！

我在未辨正四十回底本文以先，即要在回目上面下攻击；因为回目和本文是相连贯的，若把回目推翻了，本文也就有些立脚不住。从程高二人底话看，作伪底痕迹虽然可见；但这些总是揣想，不足以服他们底心。我所用的总方法来攻击高氏的，说来也很简单，就是他既说八十回和四十回是一人做的，当然不能有矛盾；有了矛盾，就可以反证前后不出于一人之手。我处处去找前后底矛盾所在，即用八十回来攻四十回，使补作与原作无可调和，不能两立。我们若承认八十回是曹雪芹做的，就不能同时承认后四十回也是他做的。高鹗喜欢和雪芹并家过日子，我们却强迫他们分居，这是所谓对症下药。

我研究《红楼梦》，最初便怀疑后四十回之目。写信给颉刚说："后四十回不但本文是续补，即回目亦断非固有。"（十，四，二十七）后来颉刚来问我断论底依据，我回他一封信上举了三项，(1)后四十回中写宝玉结局，和回目上所标明的，都不合第一回中自叙底话。而《红楼梦》确是一部自传的书。(2)史湘云底丢却，第三十一回之目没有关照。(3)本文未成，回目先具，不合作文时底程序。（十，五，四）

(1)(2)两节所述，现在看来，尚须略加修正，且留在下面说。

(3) 节的话，引录如下：

> 我们从做文章底经验，也可以断定回目系补作的。因为现在已证明四十回之文非原有的，我们也可以推想得出回目底真假。一篇文字未落笔之先，自然有一个纲要，但这个大抵是不成文的，即使是成文，也是草率的。真正妥当的节目底编制，总在文字写定之后。雪芹既无后四十回之文，决不会先有粲若列眉，对仗工整的后四十回之目。先有确定成文的题目，然后依题做文章，在考场中有之。而在书室中做文底程序，应是：
>
> 概括草率的纲要——文字——成文固定的节目。
>
> 若使回目在前，文字在后；简直是自己考试自己，车儿在马前了。我想，有正书局印行的钞本，八十回后无文无目，却是原书底真面目。

这些话虽不是重要，却也是就情理推测的，可以作主要证据底帮助。现在说到正面的攻击文字。因有许多议论批评的话，将在本卷以下各篇，及中卷内详说。这里只简单地举出证据，使读者一目了然矛盾之所在，而深信回目不是原作所有。这样，已尽本篇应有的职责。至于高作底详细批评，已在下面另有专篇，这里不复说一遍了。

最显明的矛盾之处，是宝玉应潦倒，而目中明写其"中乡魁"；贾氏应一败涂地，而目中明写其"延世泽"；香菱应死于夏金桂之手，而目中明写"金桂自焚身"。其馀可疑之处尚多，现在先把这最明白的三项，列一对照表，以便参阅：

二 辨原本回目只有八十

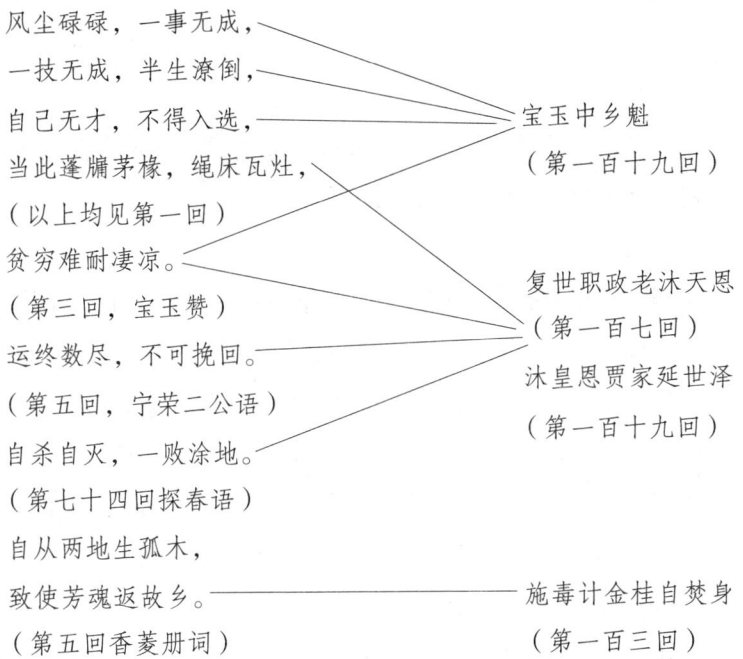

这可以不必再加什么说明,矛盾的状况,已显然呈露。若说四十回之目是原有的,请问上表所列,应作何解释?作者底疏忽决不至此;因这类冲突实在太凶了,决非疏忽所可以推诿的。若果然是由于疏忽,这也未免太疏忽了。且又何以解于《红楼梦》八十回这样的精详细密?我们能相信《红楼梦》作者疏忽到如此程度吗?

我给颉刚信中所述的第二项,这儿没有列入表中。因为"白首双星"一回,下半部虽没有照应,但只可以证四十回是续书,不足以充分证明回目底非原作。我在那时把"白首双星"解得太拘泥了,

疑惑作者意在写宝玉湘云成婚,以金麒麟为伏脉。我实在不甚了解,"因麒麟伏白首双星",究竟是怎么一回事情?所以在那信上说:

> 这回之目怎样解法?何谓因?何谓伏?何谓双星?在后四十回本文中,回目中,有一点照应没有?(十,五,四)

我那时胸中只有宝湘成婚这一种解释,所以断定后四十回之目既没有照应,便是高鹗补的(如宝湘成婚非见回目不可)。自从发见了后三十回本的《红楼梦》,得了一种新想象新解释,湘云底结局,即不嫁宝玉,也可以照顾到这回底暗示;那么,从这一点论,可谓对于回目无甚关系了(湘云与他人成婚,本可以不见回目的)。既无甚关系,在这节中,当然宜从删削。关于湘云底结局这个问题,下数篇中尚须详说一番。

在那信上还有一层意思,也在这里被我削去。我从前以为宝玉应终于贫穷,不见有出家之事,所举的证据是:

(1)雪芹即是宝玉,雪芹无出家之事。
(2)第一回中有"晨风夕月阶柳庭花"诸话,不是出家人底光景。
(3)第三回赞宝玉有"贫穷难耐凄凉"之语。若甘心出家,何谓"难耐凄凉"乎?

而高作第一百十九回,明有"宝玉却尘缘"之文;故当时以为这也是

二 辨原本回目只有八十

"回目是续的"一个佳证。后来我被颉刚"贫穷之后也许真是出家"一语劝服,便不以高氏写此点为甚谬。但第一百十六回,"得通灵幻境悟仙缘",却始终以为是要不得。宝玉即使出家,也决不会成仙,这从第一回中语可以看出。这回有补缀底痕迹,却也明显。

以外,第一百九回之目,稍有些可疑。高本八十回中,虽没写柳五儿之死,但戚本却明明叙出,她是死了。如依戚本为正,那么,所谓"五儿承错爱",又是一点大破绽。高本自身虽幸免矛盾,但也许因他要补这一节文字,所以把五儿之死一节原文删了,也说不定的。我在这里,又不免表示一点疑惑。

我们以外不必再比附什么,即此为止,已足证明"回目是经过续补的"这个断语。而且,回目底续下,定是从八十一回起笔的,不是从八十回,也不是从八十二回。我们且不管以外的证据,如戚蓼生,程伟元,张船山他们底话;只就本书论本书,已足证"原本回目只有八十"这个命题而有馀。我对颉刚说:

> 我们很相信雪芹即宝玉,无论宝玉或出家,或穷困潦倒,总没有做举业,登黄甲,这是无可疑的;因为既可以找雪芹实事做傍证,又可以把本书原文做直证。既已绝对否认这个,因之我们也该绝对的否认现存后四十回目是原来的。这不但是"中乡魁"露了马脚,在紧接原书之第一回,即第八十一回已如此。续书第一回就说"奉严词两番入家塾",这明是高鹗先生底见解来了,所以终之以"中乡魁""延世泽"等等铜臭话头。(十,六,九)

入家塾即是为中举底张本。中举一事非作者之意,因之入家塾一事亦非作者之意。第八十一回之目，既已不合作者之意；可见八十一回以后各回之目都是高氏一手续的。换句话说，便是原本底回目，只有八十；亦不多一回，多一回已八十一了，亦不少一回，少一回只七十九了。重言以申明之，原本回目，与本文相同，都只有八十之数。程伟元高鹗两人底话，全是故意造谣，来欺罔后人的。

一九二二，六，一九。

三 高鹗续书底依据

我们既已知道现行本底后四十回底本文,回目都是高鹗一手做的;就可以进一步去考察这四十回底价值。从偏好上,我对于高作是极不满意的,但却也不愿因此过于贬损他底应得的地位。我不满意于高作底地方,在下篇详论。现在先从较好的方面着笔,就是论高氏底审慎,他续书底依据所在。

在未说以前,我不能不声明一下。我非高鹗,不能知道他当时下笔底光景;换句话说,我所没找着的,不能就武断他没有依据,只可以说我们不知道有什么依据罢了。可找着的依据,自然都在原书八十回内;但因我底疏漏,未必能全举出,读者只可以当作举例看。

最初,颉刚是极赏识高鹗的。他说:"我觉得高鹗续作《红楼梦》,他对于本文曾经细细地用过一番功夫,要他的原文恰如雪芹底原意。所以凡是末四十回的事情,在前八十回都能找到他的线索。……我觉得他实在没有自出主意,说一句题外的话,只是为雪芹补苴完工罢了!"(十,五,十七信)

他底话虽然有些过誉,但大体上,也是很确的。高鹗补书,在大关节上实在是很子细,不敢胡来。即使有疏忽的地方,我们也应当原谅他。况且他能为《红楼梦》保存悲剧的空气,这尤使我们感谢。这点意思,已在《红楼梦底风格》一节文中说及了。

我们现在从实际上,看他续书底依据是什么?我先举几件在后四十回的荦荦大事,试去推究一下:

(A)宝玉出家。

(1)空空道人遂因空见色,自色悟空;遂改名情僧,改《石头记》为《情僧录》。(第一回)

(2)甄士隐听了《好了歌》,随着跛足道人飘飘而去。(同上)

(3)贾雨村游智通寺,门旁有一副对联,下联是"眼前无路想回头"。雨村想道:"……其中想必有个翻过筋斗来的也未可知……"走入看时,只见一个龙锺老僧在那里煮饭。(第二回)

(4)警幻说:"或冀将来一悟,未可知也。""快休前进,作速回头要紧!"(第五回)

(5)"说不得横了心,只当他们死了,横竖自家也要过的;如此一想,却倒毫无牵挂,反能怡然自悦。"(第二十一回)

(6)第二十二回之目是"听曲文宝玉悟禅机"。

(7)宝玉道:"什么大家彼此!他们有大家彼此,我只是'赤条条无牵挂'的!"言及此句,不觉泪下。他占偈道:"是无有证,斯可云证。无可云证,是立足境。"他做的一支《寄生草》是:"肆行无碍凭来去。茫茫着甚悲愁喜?纷纷说甚亲疏密?从前碌碌却因何?到如今,回头试想真无趣!"(第二十二回)

(8)和尚念的诗是:"沉酣一梦终须醒,冤债偿清好散场!"(第二十五回)

(9)黛玉道:"我死了呢?"宝玉道:"你死了,我做和尚。"

(第三十回)

(10)宝玉笑道:"你死了,我做和尚去。"(第三十一回)

(11)宝玉默默不对。自此,深悟人生情缘,各有分定,只是每每暗伤,不知将来葬我洒泪者为谁?(第三十六回)

(B)**宝玉中举**。

(1)"嫡孙宝玉一人,聪明灵慧,略可望成。"(第五回)

(2)众清客相公们都起身笑道:"今日世兄一去,二三年便可显身成名的了!"(第九回)

(3)黛玉笑道:"好!这一去可是要蟾宫折桂了。"(同)

按,这是高鹗底误会。第五回所引文下,尚有"吾家数运合终"一语,可见上边所说是反语。第九回清客们底话,随口点染,并无甚深义的。至于黛玉底话,也是讥讽口吻。颉刚说:"其实这一句也不过是黛玉习常的讥讽口吻,作者未必有深意。要是这句作准,那第十八回里,宝钗也对宝玉说:'亏你今夜不过如此,将来金殿对策,你大约连赵钱孙李都忘了呢!'也可以算宝玉去会试了。"(十,五,十七信)

(C)**贾氏抄家**。

(1)"陋室空堂,当年笏满床;衰草枯杨,曾为歌舞场。蛛丝儿结满雕梁,绿纱今又糊在蓬窗上。""因嫌纱帽小,致使锁枷扛。"(第一回)

(2)偶遇荣宁二公之灵,嘱吾云:"吾家自国朝定鼎以来,功名奕世,富贵流传,已历百年,奈运终数尽,不可挽回。"(第五回)

31

（3）秦氏道："常言，'月满则亏，水满则溢'；又道是：'登高必跌重'。如今我们家赫赫扬扬，已将百载；一日倘或乐极生悲，若应了那句'树倒猢狲散'的俗语，岂不虚称了一世诗书旧族了！""便是有罪，他物可入官，这祭祖产业，连官也不入的。"（第十三回）

（4）探春道："你们别忙，自然连你们抄的日子有呢。你们今日早起，不曾议论甄家，自己家里好好的——抄家，果然真抄了。咱们也渐渐的来了。"（第七十四回，这回之目是"抄检大观园"）

（5）"才有甄家的几个人来，还有些东西，不知是做什么机密事。"尤氏听了道："甄家犯了罪，现今抄没家私，调取进京治罪，怎么又有人来？"老妈妈道："才来了几个女人，气色不成气色，慌慌张张的，想必有瞒人的事。"（第七十五回）

（6）王夫人说甄氏抄家事，贾母甚不自在。（同）

（7）第七十五回之目是"异兆发悲音"。本文上说："忽听那边墙下有人长叹之声。大家明明听见，都毛发竦然。……恍惚闻得祠堂内槅扇开阖之声，只觉得阴气森森，比先更觉凄惨起来。"

高鹗补抄家一节文字，本此。他写宁府全抄了，也本此。《红楼梦》写宁国府底腐败，极有微词，将来自应当有一种恶结果。且"树倒猢狲散"，"有罪家产入官"说在秦氏口中。甄家被抄事，又从尤氏一方面听来。异兆发悲音，又专被贾珍他们听见。再证以第五回，"造衅开端实在宁"等处，可见将来被祸，宁府尤烈。高氏写此等处非无根据，但到末尾数回，自己完全推翻了上边所说的，实在是他底大错。

(D) **贾氏复兴**。
　　(1)"昨怜破袄寒,今嫌紫蟒长。"(第一回)
　　(2)秦氏冷笑道:"否极泰来,荣辱自古周而复始……"(第十三回)

我所找着的,可以替他作辨护,只有这两条。而其实都靠不住。(1)或指一人一事而言,未必是说贾氏复兴,我疑心是指李纨贾兰底事情。(2)秦氏所说,正是反话,所以在下边紧接一句,"岂人力所能常保的?"她又说:"万不可忘了那盛筵必散的俗语。"可见她无非警告凤姐,处处预作衰落时底打算,不致将来一败而不可收拾,并非作什么预言家。后来因凤姐毫不介意,且更威福自恣,以致一败涂地,应了荣宁两公底"运终数尽"的话。高鹗把这个看得太拘泥了,不恤忽略书中以外的许多暗示,这一点上,我不愿意为他辨护。他为什么要如此续?在下篇再论。

(E) **黛玉早死**。
　　(1)"昨日黄土陇头堆白骨……"(第一回)
　　(2)和尚说:"……只怕他的病,一生也不能好的!"(第三回)
　　(3)"欠泪的,泪已尽。"(第五回)
　　(4)黛玉道:"我作践了我的身子,我死我的!……偏要说死!我这会就死!……正是了;要是这样闹,不如死了干净!""死活凭我去罢了!"(第二十回)

(5)黛玉续偈说:"无立足境,方是干净!"(第二十二回)

(6)葬花诗上说:"红消香断有谁怜?……桃李明年能再发,明年闺中知有谁?……却不道人去梁空巢亦倾!……明媚鲜妍能几时?一朝飘泊难寻觅。……天尽头,何处有香丘?未若锦囊收艳骨,一抔净土掩风流。……未卜侬身何日丧,侬今葬花人笑痴,他年葬侬知是谁?试看春残花渐落,便是红颜老死时,一朝春尽红颜老,花落人亡两不知!"(第二十七回)

(7)林黛玉的花颜月貌,将来亦到无可寻觅之时。(第二十八回)

(8)"况近日每觉神思恍惚,病已渐成。医者更云:'气弱血亏,恐致劳怯之症。'我虽为你知己,但恐不能久待;你纵为我知己,奈我薄命何!"(第三十二回)

(9)那黛玉还要往下写时,觉得浑身火热,面上作烧。……只见腮上通红,真合压倒桃花,却不知病由此深。(第三十四回)

(10)黛玉近日又复嗽起来,觉得比往常又重。宝钗来望她,黛玉道:"不中用,我知道我的病是不能好的了。""生死有命,富贵在天,也不是人力可强求的。今年比往年反觉又重些似的!"说话之间,已咳嗽了两三次。(第四十五回)

(11)黛玉抽着的诗签,是一枝芙蓉花,题着"风露清愁",有一句诗,道是:"莫怨东风当自嗟。"(第六十三回)

(12)黛玉做的柳絮词,有"飘泊亦如人命薄,空缱绻,说风流!"(第七十回)

(13)黛玉和湘云联句有"冷月葬诗魂"之句。湘云道:"只是太颓丧了些。你现病着,不该作此凄清奇谲之语。"(第七十六回)

(14)妙玉笑道:"有几句虽好,只是过于颓败凄楚。此亦关于人之气数而有……"(同)

(15)黛玉叹道:"我睡不着,也并非一日了!大约一年之中,通共也只好睡十夜满足的!"湘云道:"你这病就怪不得了!"(同)

(16)宝黛推敲《晴雯诔》中底字句。宝玉说:"莫若说,'茜纱窗下,我本无缘;黄土陇中,卿何薄命!'"黛玉听了,陡然变色。虽有无限狐疑,外面却不肯露出。(第七十九回)

这不过随便翻检着,可举的已有十六条之多。如子细寻去,八十回中暗示黛玉之死,恐怕还多着呢。高鹗补书,以事迹论,自然不算错;只是文章不见高明,这也容我在下篇批评。

(F)宝钗与宝玉成婚。

(1)《红楼梦曲》——"都道是金玉良缘……空对着山中高士晶莹雪……纵然是齐眉举案,到底意难平!"(第五回)

(2)第八回高本底回目,是"贾宝玉奇缘识金锁,薛宝钗巧合认通灵"。

(3)同回宝玉到宝钗处,宝钗看他底那块玉,口里念道:"莫失莫忘,仙寿恒昌。"……莺儿嘻嘻的笑道:"我听这两句话,倒像和姑娘项圈上的两句话是一对儿!"宝玉拿宝钗底项圈看,是"不离不弃,芳龄永继",因笑问:"姐姐,这八个字倒与我的是一对儿!"

(4)"谁想贾母自见宝钗来了,喜他稳重和平。……"(第二十二回)

(5)宫中所赐端午节物,独宝钗和宝玉一样。

(6)宝玉听黛玉提出"金玉"二字,不觉心里疑猜。

(7)宝钗因有"金锁是和尚给的,等日后有玉的方可结为婚姻"等语,所以总远着宝玉。

(8)宝玉忽然想起"金玉"一事来,再看宝钗形容,比黛玉另有一种妩媚风流,不觉就呆了。(以上四条,均见第二十八回)

(9)薛蟠说:"从前妈妈和我说:你这金,要拣有玉的才可配。"(第三十四回)

(10)贾母道:"提起姊妹们……都不如宝丫头。"(第三十五回)

(11)宝玉笑道:"……明儿不知那一个有福的消受你们主儿两个呢!"见莺儿娇腔宛转,语笑如痴,早不胜其情了,那堪更提起宝钗来!(同回)

(12)第三十六回之目是:"绣鸳鸯梦兆绛芸轩。"事迹是宝玉睡了,宝钗代袭人绣他兜肚上底鸳鸯。宝玉在梦里喊骂,"什么金玉姻缘!"

(13)王夫人托宝钗照应家务说:"好孩子,你还是个妥当人……你替我辛苦两天,照看照看。"(第五十五回)

(14)宝钗做的柳絮词是:"……好风凭借力,送我上青云。"(第七十回)

以外提金玉之处尚多,零零散散,一时也举不尽。虽然宝钗宝玉成婚,另有多少困难,不易解决,但我们看了这些证据,就不得不承认作者或有使钗玉团圆这个意思。若我们要做翻案文字,就先得要把这些暗示另换一个解释,而且是很自然,清楚,不牵强的解释。这当然是极不容易的事。某补本底作者使宝钗早卒,不知是怎样写法的?悬揣起来要处处为作者圆谎,恐怕不很可能。高鹗在这一点上,我也不敢轻菲薄他。

(G)宝钗守寡——宝玉弃她而出家。

(1)薛姨妈道:"姨妈不知宝丫头古怪呢,他从来不爱这些花儿粉儿的。"(第七回)

(2)宝钗念支《寄生草》与宝玉听,内有"没缘法,转眼分离乍,赤条条,来去无牵挂"之语。后来宝玉就因此"悟禅机"。(第二十二回)

(3)宝钗底灯谜是:"梧桐叶落纷离别,恩爱夫妻不到冬。"(同回,戚本不作此)

(4)贾政忖道:"……看来皆非福寿之辈。"(同回)

(5)宝钗听见宝玉在梦中喊骂说:"和尚道士的话,如何信得;什么金玉姻缘,我偏说木石姻缘!"宝钗不觉怔了。(第三十六回)

(6)宝钗房中,布置得十分朴素。贾母说:"使不得。……年轻的姑娘们,房里这样素净,也忌讳。……"(第四十回)

高鹗补宝玉娶宝钗后做和尚这段文字,正本此。

(H)黛死钗嫁在同时。

(1)"昨日黄土陇头堆白骨,今宵红绡帐里卧鸳鸯。"(第一回,《好了歌》注)

我以前不懂高氏为什么定要把事情写得如此淋漓尽致，定要说，"当时黛玉气绝，正是娶宝钗这个时辰"？（第九十八回）现在才恍然了。这两句话，是否应作这般解释，这是另一问题了。

（I）元春早卒。

（1）元春底册词说："二十年来辨是非……虎兔相逢大梦归。"

（2）《红楼梦曲·恨无常》折中说："喜荣华正好，恨无常又到……儿命已入黄泉。天伦啊！须要退步抽身早。"（均见第五回）

（3）凤姐梦可卿同他说："眼前不日又有一件非常喜事，真是烈火烹油，鲜花着锦之盛；要知道也不过是瞬息的繁华，一时的欢乐……"（第十三回）

（4）元妃底灯谜是："……一声震得人方恐，回首相看已化灰。"（第二十二回）

高鹗补元春事完全根据在此。所以写贾母梦见元春，她还劝贾母，"荣华易尽，须要退步抽身。"（第八十六回）高氏又明叙元春死在甲寅年十二月十九日，而十二月十八日立春，已交卯年寅月。这明是比附"虎兔相逢"了。（第九十五回）

（J）探春远嫁。

（1）她底册子，画着两人放风筝，一片大海，一只大船，船上有一女子，掩面泣涕之状。诗云："……清明涕送江边望，千里东风一梦遥。"

(2)《红楼梦曲·分骨肉》折云:"一帆风雨路三千,把骨肉家园齐来抛闪。……自古穷通皆有定,离合岂无缘?从今分两地,各自保平安。"

(3)她底灯谜是风筝,词曰:"……游丝一断浑无力,莫向东风怨别离。"(第二十二回)

(4)她做的柳絮词,是半首《南柯子》,是:"……也难绾系也难羁,一任东西南北各分离。"(第七十回)

这很明显,高氏写探春嫁在海疆,系从册子上看来的。(第一百十六回,宝玉重见册子,影影有一个放风筝的人儿。)但在第一百十九回上,写她归宁一次,实在是"画蛇添足",大可不必。总之,高氏不善写述悲哀这个毛病,到处都流露着①。

(K)迎春被糟蹋死。

(1)册子画一恶狼,追扑一美女,有欲啖之意。词曰:"子系中山狼,得志便猖狂。金闺花柳质,一载赴黄粱!"(第五回)

(2)曲子里也说:"……叹芳魂艳魄,一载荡悠悠。"(同)

(3)第八十回写迎春归宁,在王夫人房中哭诉一节文字。

所以高氏在第一百九回上写迎春说:"可怜我只是没有再来的时候了!"又明叙结婚年馀,被孙家搓磨,以致身亡。这儿所谓年馀,正与册子曲子上底一载相映射。

---

① 高鹗写探春嫁后颇得意,其依据在第六十三回,探春抽的诗签,注云:"必得贵婿。"故此节补文却不甚错。惟写她嫁后归宁,则无据。

(L) 惜春为尼。

（1）册子中"一所大庙,里面有一美人在内看经独坐,其判云:'勘破三春景不长,缁衣顿改昔年妆。可怜绣户侯门女,独卧青灯古佛旁!'"

（2）曲子中《虚花悟》折,"将那三春看破……闻说道,西方宝树唤婆娑,上结着长生果。"(均见第五回)

（3）周瑞家的到惜春处。惜春笑道:"我这里正和智能儿说,我明儿也剃了头,同他作姑子去。……"(第七回)

（4）尤氏笑道:"这会子又做大和尚,又讲起参悟来了。""可知你真是心冷嘴冷的人。"惜春道:"怎么我不冷！……"(第七十四回)

（5）探春道:"这是他向来的脾气,孤介太过,我们再扭不过他的。"(第七十五回)

以外如有正本上底惜春一迷,当然不得为高氏所依据。高氏写宝玉重游太虚幻境以后,惜春为尼之时,宝玉重述册子语一次,尤为这是他补书底依据底明证(第一百十八回)。后来惜春住在栊翠庵,大约是想应合那册子上底大庙了(第一百二十回)。但栊翠不过是点缀园林的一个尼庵,似乎不可以说是大庙。高氏在这一点上,也远不如后三十回底作者,写得这般痛快。

(M) 湘云守寡。

（1）册子上画着几缕飞云,一湾逝水,其词曰:"……展眼吊斜晖,湘江水逝楚云飞。"

（2）曲子《乐中悲》折,"……厮配得才貌仙郎……终久是

云散高唐,水涸湘江。……"(均见第五回)

高氏对于这两条不但误解了,且所补湘云传,亦草率之至。他只用"姑爷很好,为人又和平"等语(第一百六回),来敷衍曲子上底"厮配得才貌仙郎"。又说她丈夫成了痨病(第一百九回),后来死了,湘云立志守寡(第一百十八回);就算应合"云散水涸"了。至于金麒麟这一段公案,几乎一字不提。即在第八十三回,周瑞家的和凤姐,谈了半天金麒麟,也并无关于湘云底姻缘。所以高氏写湘云,几乎是无所依据。

(N)妙玉被污。

(1)册子上画着一块美玉,落在污泥之中。词曰:"欲洁何曾洁,云空未必空。可怜金玉质,终陷淖泥中!"

(2)曲子中《世难容》折,"……却不知好高人愈妒,过洁世同嫌。……到头来,依旧是风尘肮脏违心愿;好一似无瑕白璧遭泥陷……"(均见第五回)

高鹗在第一百十二回,写妙玉被人轻薄,本此。但他只写她不知所终,虽在第一百十七回,隐隐约约地说她被杀,也只是"梦话"罢了。他又何尝能充分描写出所谓"风尘肮脏违心愿"呢?凡看到这些地方,我总觉得后四十回只是一本帐簿。即使处处有依据,也至多不过是本很精细的帐簿而已。

(O)凤姐之死。

(1)她底册词说:"……哭向金陵事更哀!"

(2) 曲子上说:"……反算了卿卿性命。……终有个家亡人散各奔腾……"(均第五回)

(3) 八十回内写她贪财放债,逼害人命,有好几处。(如第十五回,第十六回,第六十九回,第七十二回等等)

高鹗因此写凤姐家私,以重利盘剥故被抄(第一百五,一百六回);又写贾琏后来和她感情淡薄。第一百六回,贾琏啐道:"……我还管他么!"第一百十三回,"看着贾琏并不似先前的恩爱……竟像不与他相干的。"在她临死的时候又写:"琏二奶奶说些胡话,要船要轿的,说'到金陵归入册子去'。"袭人又和宝玉明提册子,可见是受"哭向金陵事更哀"这句话底暗示(所引见一百十四回)。高氏如此写"返金陵"自然是胡闹;况且册子上还有一句,"一从二令三人木",他又如何交代?

(P)巧姐寄养于刘氏。

(1) 她底册子是一座荒村野店,有一美人在那里纺绩,其判曰:"势败休云贵,家亡莫论亲;偶因济刘氏,巧得遇恩人。"

(2) 曲子《留馀庆》折云:"留馀庆,忽遇恩人……幸娘亲,积得阴功。……休似俺那爱银钱,忘骨肉的狠舅奸兄。"(均第五回)

(3) 刘老老命她底名为巧姐儿;又说,"……或有一时不遂心的事,必然遇难成祥,逢凶化吉,都从这'巧'字儿来!"(第四十二回)

后四十回,巧姐底结局,全本此。因画上有荒村野店,美人纺绩,所以后来嫁给一庄家人,姓周的(第一百十九,第一百二十回)。因为有"家亡莫论亲",及"爱银钱忘骨肉的狠舅奸兄";所以写巧姐将为王仁(狠舅),贾环,贾芸(奸兄)等所盗卖,而他们所以要如此办,因为外藩肯花银子(第一百十八,第一百十九回)。因为明叙"济刘氏","积阴功","留馀庆","巧得遇恩人","逢凶化吉,遇难成祥"等语;所以巧姐被刘氏救去,依然父女团圆,夫妻偕老(第一百十九,第一百二十回)。高氏补巧姐传,可谓一句题外的话也没有说,只是文笔拙劣,叙述可笑罢了。

(Q)李纨因贾兰而贵。

(1)贾兰年方五岁,已入学攻书。李氏惟知侍亲教子。(第四回)

(2)册子上画一盆茂兰,旁有凤冠霞帔的美人,判云:"桃李春风结子完,到头谁似一盆兰?"

(3)曲子《晚韶华》折云:"……只这戴珠冠,披凤袄……气昂昂头戴簪缨,光灿灿胸悬金印,威赫赫爵禄高登。……"(均第五回)

(4)贾兰做了一首诗,呈与贾政看。贾政看了,喜不自胜。(第七十五回)

(5)众幕宾见了贾兰做的《姽婳词》,便皆大赞:"小哥儿十三岁的人就如此,可知家学渊源,真不诬矣!"贾政笑道:"稚子口角,也还难为他。"(第七十八回)

以外恐怕提到贾兰聪慧好学的地方还有,只在一时不能遍举了。高氏写贾兰中了一百三十名举人,又说,"兰桂齐芳家道复初";

43

都是从这些看来的(第一百九回,第一百二十回)。更清楚的是,宝玉临走时,对李纨说:"日后兰哥还有大出息,大嫂子还要戴'凤冠霞帔'呢。"(第一百十九回)这明是故意作册子底照应。

(R)秦氏缢死。

(1)册子上画着高楼,上有一美人悬梁自尽。(第五回)

(2)秦氏死了,合家无不纳闷,都有些疑心。(第十三回,《金玉缘》本如此。亚东有正两本均作伤心,非。有正本更以纳闷为纳叹,更谬。)

秦氏死在第十三回中,似乎无关涉高氏,但他因为前八十回将真事写得太晦了,所以愿意重新提一提,使读者可以了然。第一百十一回上说鸳鸯上吊,只见灯光惨淡,隐隐有个女人,拿着汗巾子,好似要上吊的样子;后来细细一想,方知道是东府里的先蓉大奶奶*。鸳鸯想道:"……他怎么又上吊呢?"后来她解下一条汗巾,按着秦氏方才立的地方拴上。她死了以后,只见秦氏隐隐在前。高鹗如此写法,可见他也相信秦氏是缢死的。但如此写出,未免有些活见鬼,不成文理。秦氏之引诱鸳鸯,仿佛如世俗所传的缢鬼要找替身。这实在大类三家村里老婆子底口吻,是《红楼梦》底大侮辱。至于原书叙秦氏缢死,怎样地写法?为什么要这样地写?这都在另一篇上详论。

---

* 先蓉大奶奶,疑误。"先"应作"小"。——校者注

(S)袭人嫁蒋玉函。

(1)册词道:"枉自温柔和顺,空云似桂如兰。堪羡优伶有福,谁知公子无缘!"(第五回)

(2)袭人说:"去定了。"宝玉听了,自思道:"谁知这样一个人,这样薄情无义呢!"(第十九回)

(3)蒋玉函唱的曲子,有"配凤鸾","入鸳帏"等语;说的酒令,有"并头双蕊","夫唱妇随"等语;说的酒底,是"花气袭人知昼暖"。(袭人以此命名,见第三回)后来又被薛蟠明白叫破。(第二十八回)

(4)宝玉与蒋玉函,换汗巾,而宝玉底松花汗巾原是袭人底。后来宝玉又把琪官赠的大红汗巾,结在袭人腰间。(第二十八回)

(5)晴雯被逐,宝玉大不满意袭人,所以他说:"你是头一个出了名的至善至贤的人……焉得有什么该罚之处?……"袭人细揣此话,直是宝玉有疑她之意,竟不好再劝了。(第七十七回)

(6)《芙蓉女儿诔》中有:"孰料鸠鸩恶其高,鹰鸷翻遭罦罬。薋葹妒其臭,茞兰竟被芟锄……偶遭蛊虿之谗……诼谣誎诟,出自屏帷;荆棘蓬榛,蔓延窗户。既怀幽沉于不尽,复含罔屈于无穷。……呜呼!固鬼蜮之为灾,岂神灵之有妒?毁彼奴之口,讨岂从宽!……"(第七十八回)

从这几点看,高鹗写袭人薄幸,自然不算错。以我看来,他补的书,写袭人一节文字,还是最可使人满意的。即如他写宝玉走后,袭人方嫁,也非了无依据的。蒋玉函说的酒令是,"女儿悲,丈夫一去不回归"(第二十八回);当然不能和袭人无关(因通首皆似暗射袭人终身)。高氏在第一百二十回,明点"好一个柔顺的孩子",正是照应册子上所谓"枉自温柔和顺,空云似桂如兰"。惟他以袭人不能守节,所以贬在又副册中,实在离奇得很。册子中分"正"、"副"、"又副",何尝含有褒贬的意义?高氏在这一点上,却真是"向壁虚造"了。

(T)鸳鸯殉主。

　　(1)鸳鸯冷笑道:"……不然,还有一死!……"

　　(2)"伏侍老太太归了西,我也不跟着我老子娘哥哥去;或是寻死……"(均第四十六回)

高氏补此节,大约从这些地方看出作者底意思。但鸳鸯说的话,都是"死"与"做姑子"双提;何以高氏定说她是殉主?想是因这般写法,文笔可以干净些,也未可知。再不然就是大观园中人做姑子的太多了(如芳官,四儿,惜春,紫鹃等),不得不换一番笔墨,去写鸳鸯。

　　以外大观园诸婢底结局,也多少和前八十回有些照应。如平儿扶正(第一百十九回),则本于平日贾琏和她底恩爱,及平儿厚待尤二姐(第二十一回,第四十四回,第六十九回)。补五儿一段文字,则因第六十回,第六十一回,应有照应(第一百九回)。写莺儿后来服侍宝玉(第一百十八回),则本于第三十五回。只有小红和贾芸一段公案却未了结。麝月抽着了荼蘼签,也未见有结局。但这些都是微细琐碎之处,亦不足深论。

　　后四十回中还有许多大事,也可以约略考见其线索。

(一)薛文起复惹放流刑。(第八十五回)

(1)薛蟠打死了冯渊,避祸入京,住在贾宅梨香院,被贾氏子弟引诱得薛蟠比当日更坏了十倍。(第四回)

(2)第四十八回之目是,"滥情人情误思游艺"。似乎下边还有文章,不见得就此太平无事。

(二)宴海棠贾母赏花妖。(第九十四回)

(1)宝玉道:"……今年春天已有兆头的。这阶上好好的一株海棠花,竟无故死了半边,我就知道有坏事!……所以这海棠,亦是应着人生的!"(第七十七回)

(三)证同类宝玉失相知。(第一百十五回)

(1)贾雨村说甄宝玉底性情,完全与宝玉相同。(第二回)

(2)宝玉入梦,见甄宝玉和自己一样。(第五十六回)

甄宝玉自然是宝玉底影子,并非实有其人;但何必设这样一个若有若无的人呢?这不但我们不解,即从前人也以为不可解(如江顺怡君)。高氏想也觉得这样写法,太没有道理,所以极力写甄宝玉是个世俗中人,使与宝玉作对文。但他虽然作了翻案文字,也依然毫无道理,不脱前人底窠臼。

(四)得通灵幻境悟仙缘。(第一百十六回)

(1)甄士隐梦到太虚幻境。(第一回)

(2)贾宝玉梦到太虚幻境。(第五回)

但他何以要使宝玉去重游幻境呢?这因为不如此,宝玉不能看破红尘,飘然远去。所以他说:"两番阅册,原始要终之道。历历生平,如何不悟?"(第一百二十回)但其实这样写法,是可以不必的。

还有两件大事,似有线索,又似乎没有;我也不敢断定,在这里略说一说。(1)第一百三回,夏金桂自己服毒。(2)第一百十二回,赵姨娘赴冥司受报应。这两事似乎从同一的依据而来,就是在第五回,所谓"冤冤相报岂非轻"。而赵姨底死,写这层意思,尤为明显,故回目上有"死雠仇"之语。但依我底眼光看,《红楼梦曲》中所谓"冤冤相报",是专指秦氏与宁府之事,似不与金桂赵姨二人相干。但高氏补这两回书,是否以此为依据,原不可知。他或者是以意为之的,或者是另有所依据而我们不知道。这两种情况都可以讲得通,所以现在也不深加批评了。

高氏所补的四十回底依据所在,已大约写出;虽不见详备,也大致差不多了。我们离高鹗一百多年,要想法搜寻他作文时的字簏中物,当然是劳而无功。但我以为如此一考,更可以使读者恍然于后四十回之出于补缀,不是雪芹底原本。这就是这篇文字所以要作底意义。

但是,高氏补书,除有依据之外,还有一种情形要加注意的,就是文情底转折。往往有许多地方,虽并无所依据,而在行文方面,却不得不如此写,否则便连串不下。所以我们读高氏续作,虽然在有些地方是出于他杜撰的,只要合于文情,也就不可轻易菲薄他。我们要知道,有依据的,未必定是好;反之,没有依据也未必定是不好。高鹗续书是否有合于作者底原意,是一件事;续书底好歹又是一件事,决不能混为一谈。所以虽承认了高氏底审慎,处处有所依据,但我们依然可以批评这书底没有价值。在另一方面想,我们说高作完全出杜撰,一点不尊重作者底意旨,却也可以推重这书有独立的声价。只是就续《红楼梦》说,两个条件不能不双方并顾;一方固然要有所依据,那一方又要文情优美。因为如没有依据,便不成为"《红楼梦》底续作";如文字不佳,那又不成为好书了。所以我们所要求于续书人的——高鹗在内——是一部很好的《红楼梦》底续书。

高氏自然到处都不能使我们惬意。但他底杜撰之处实在不很多。有许多地方,虽然说是杜撰,但却另有苦衷,不得不作如此写的。续书中最奇特的一段文字是宝玉失通灵,及后来和尚送玉(第九十回,第一百十六回)。既是要他失玉,又何必复得?况且,玉底来去,了无踪迹,实在奇怪。说得好听些,是太神秘了;不好听呢,便是情理荒谬。且不但这一段而已,即第九十六回,"瞒消息凤姐设奇谋",以我们眼光看来,何必写得贾氏一家如此阴险?况且,所谓"奇谋",实际上连一个大也不值,岂不可笑?这些地方,我们自然不能佩服。

但如子细想一想,便可以知道高氏作文底因由,不得因为没有依据,便一棒打杀。失通灵,得通灵底必要,高氏自己曾经说明,不劳我们底悬揣。我们看:

> 此玉早已离世:一为避祸,二为撮合。从此夙缘一了,形质归一。……(第一百二十回)

所谓避祸,当然是指查抄;但查抄未必有碍于宝玉(即贾琏也始终无恙),何必避呢?这实在不甚可解。至于所谓"撮合"的是什么,却极易明了,即所谓金玉之缘。我们试想,如黛玉竟死,宝玉应作何光景?是否能平安地娶了宝钗?这个答案,也不必自己瞎猜;只看紫鹃诳宝玉,黛玉要回家去,宝玉是什么光景的(第五十七回)?以外宝玉和黛玉誓同生死的话,在八十回中屡见。宝玉曾告诉紫

鹃一句打趸的话,我们不妨征引一下:

> 活着,咱们一处活着;不活着,咱们一处化灰,化烟,如何?(第五十七回)

我们既不能承认,宝玉是薄情,打谎语的人;那么,怎样能使金玉团圆?宝玉对于宝钗原非毫无情愫,但黛玉一死,宝玉决不能再平安度日,如何再能结合数年的夫妇?这个实际上的困难,在行文时候,必然要碰到的。既然碰到了,就不能不想个解决的方法。高氏想的方法,便是失玉。

"失玉"是不是好的方法,是另一件事。但我们却不能不承认,这是方法之一。而且,想用这个方法的人,也不止高氏一人。在三十回本的佚本里,我曾考出有"甄宝玉送玉"这一回事。看事情底空气,大约和高作是差不多的。既然"玉"烦人送,当然是丢了;不然,玉在身边,何劳甄宝玉先生来送呢?至于那本上写玉是怎样遗失的?我们不知道。像高本写失玉,却实在是个奇谈。

高氏所以写失玉,因为不如此金玉不能团圆;所以写送玉,因为不如此宝玉不能出家。"宝玉出家"和"宝钗出闺",这是续作里底两件大事;而以失玉送玉为关键。不明白这个缘故,轻易来批评高氏补书底不小心;这实在不能使他心服的。

至于我所以不满意于他的,却并不在为什么要如此,只在怎样地这个问题上面。第九十四回写失玉这个光景,实在人情之外,且亦在文情之外。真成所谓"来无迹,去无踪"了(第九十五回,妙玉扶乩语)。高氏是平淡无奇这样一个人,却喜欢弄笔头,做那些离奇光怪的文字;于是无往而不失败。八十回内写甄士隐、贾宝玉游

"幻境",已觉东方的浪漫色彩太浓厚了;但总还"不远情理"。至于高氏写通灵玉无端而去,无端而来,那竟很像圣灵显示的奇迹,与全书描写人情的风格,枘凿不相合。我们不得不承认这是高氏底失败。我也明知道,要把失玉送玉,写得十分的入情入理,是很困难的;但我始终不敢轻易赞成高鹗底补笔。我以为高氏如以续书为甚难,则大可以搁笔,不必拿狗尾来续貂;如以为尚不甚难,则应当勉为其难,不应逃于神怪。

即宝钗嫁时,凤姐设奇谋,也无非是要度过这个困难,使他俩得以成婚,一方又可以速黛玉之死,使文字格外紧凑些。以外并无别的深意可说,在八十回中,也并没有什么依据可寻。总之,高鹗补这几回,要如此写法,完全为结束宝黛两人底公案,使不妨碍金玉姻缘,我们可以原谅他。但他底大病,并不在凭空结撰,却在文笔拙劣,情事荒唐这两点上。这个毛病,在四十回中几乎处处流露,也不仅仅在这两三回内。即完全有依据的,也依然不能藏拙啊。

但是高氏无缘无故的杜撰文字,在四十回内却也未始没有,这我们更不能为他强辨。即如宝玉中举,虽我替他勉强找了几条根据,其实依然薄弱得很,高氏岂能借这个来遮羞?我们试看关于宝玉中举的文字有多少回?

第八十一回——奉严词两番入家塾。

第八十二回——老学究讲义警顽心。

第八十四回——试文字宝玉始提亲。

第八十八回——博庭欢宝玉赞孤儿。

第一百十八回——警谜语妻妾谏痴人。

第一百十九回——中乡魁宝玉却尘缘。

51

一共书只四十回,说宝玉做举业的,倒占了二十分之三。这真是不知其命意所在?如稍为看子细一点,宝玉实无中举底必要;即使高氏要写他高魁乡榜,也不必写得如此累赘。高氏此等地方,可谓愚极且迂极了。

还有一节,也是无缘无故的文字。第八十九回,"蛇影杯弓颦卿绝粒"。写黛玉忽然快死了,忽然又好了,这算怎么一回事呢?失玉送玉还有可说的,至于这两回中写黛玉,简直令人莫名其妙。上一回生病,下一回大好了;非但八十回中万没有这类荒唐的暗示,且文情文局,又如何可通?说要借此催定金玉姻缘,也大可不必。什么事情不可以引起钗玉姻事,定要把黛玉耍得忽好忽歹?况且到第九十四回,黛玉已完全无病,尤其不合情理。黛玉底病,应写得渐转渐深。怎么能忽来忽去呢?在这一点上,高氏非但卤莽,而且愚拙。

大观园诸人底结局,高氏大都依据八十回中底话补出。只有香菱传补得最谬,且完全与作者底意思相反。胡适之先生曾据第五回册子原文,来驳高氏底不合,我极为同意(胡说见《胡适文存·红楼梦考证》)。高氏这一点看不清楚,最不可解;因为第五回,第八十回暗示香菱被金桂磨折死,不为不明显,以高鹗底小心审慎,何致于盲目不知,铸了大错。这竟使我诧异极了①。

我这节文字底目的,原要考定高鹗续书底依据,并不是要指斥

---

① 高氏写香菱不死,后来扶正,这个大错误,现在看来也是由于误解第六十三回,香菱抽着的诗签,是"连理枝头花正开"。我们应当注意这"正"字底意义,明言此正是她底团圆时节;反言之,则连理花不久便将凋谢的。高鹗因不解此意,故下文弄错了。

一九二二年八月,在波定谟记。

他底过失。只因四十回中也有许多无根之谈——即是没有依据的——也得顺笔叙出，所以不免说了些题外的话。其实，关于高作优劣底批评，应当留作下一篇讲，不是本篇底责任。本篇底大意，只是要证实颉刚这句话："末四十回的事情，在前八十回都能找到他的线索。"

一九二二，五，十五。

四　后四十回底批评

高鹗续书底依据是什么？我在上篇已约略叙明了，现在只去评判续作四十回底优劣。我在上篇已说过，文章底好坏，本身上的，并不以有依据或者没有依据为标准。所以上篇所叙高氏依据什么补什么，至多只可以称赞他下笔时如何审慎，对于作者如何尊重，却并不能因此颂扬四十回有文学底声价。本篇底目的，是专要评判后四十回本身上的优劣，而不管他是有依据与否。本来这是明白的两件事，万不能混为一谈。

但我为什么不惮烦劳，要去批评后四十回呢？这因为自从百二十回本通行以来，读者们心目中总觉得这是一部整书，仿佛出于一人之手。即使现在我们已考定有高氏续书这件事情，也不容易打破读者思想上底习惯。我写这节文字，想努力去显明高作底真相，使读者恍然于这决是另一人底笔墨了。在批评底时候，如高作是单行的，本没有一定拿原作来比较的必要；只因高作一向和原本混合，所以有些地方，不能不两两参照，使大家了解优劣所在，也就是同异所在。试想一部书如何会首尾有异同呢？读者们于是被迫着去承认确有高氏续书这件事情。这就是我写这节文字底目的了。

而且，批评原是主观性的，所谓"仁者见仁，智者见智"。两三个人底意见尚且不会相同，更不要说更多的人。因为这个困难，有

四　后四十回底批评

许多地方不能不以原书为凭藉;好在高氏底著作,他自己既合之于《红楼梦》中,我们用八十回来攻四十回,也可以勉强算得"以子之矛攻子之盾"了。我想,以前评《红楼梦》的人,不知凡几,所以没有什么成绩可言,正因为他们底说话全是任意的,无标准的,是些循环反覆的游谈。

我在未说正文以前,先提出我底标准是什么？高作四十回书既是一种小说,就得受两种拘束:(1)所叙述的,有情理吗？(2)所叙述的,能深切的感动我们吗？如两个答案都是否定的,这当然,批评的断语也在否定这一方面了。本来这两标准,只是两层,不是两个;世上原少有非情理的事,却会感人很深的。在另一方面想,高作是续《红楼梦》而作的,并非独立的小说;所以又得另受一种拘束,就是"和八十回底风格相类似吗？所叙述的前后相应合吗？"这个标准,虽是辅助的,没有上说的这般重要,却也可以帮助我们去评判,使我们底断语,更有力量。因为前八十回,大体上实在是很合情理,很能感人的;所以这两类标准,在实用上并没有什么明确的界限。

我们要去批评后四十回,应该扫尽一切的成见,然后去下笔。前人底评语,至多只可作为参考之用。现在最通行的评是王雪香底,既附刻在通行本子上,又有单行本。因王氏毫无高鹗续书这个观念,所以对于后四十回,也和前八十回有同样的颂赞,且说得异常可笑,即偶然有可取之处,也极微细,不足深数。

我们试看,后回十回中较有精采,可以仿佛原作的,是那几节文字？依我底眼光是:

　　　　第八十一回,四美钓鱼一节。

第八十七回,双玉听琴一节。

第八十九回,宝玉作词祭晴雯,及见黛玉一节。

第九十,九十一回,宝蟾送酒一节。

第一百九回,五儿承错爱一节。

第一百十三回,宝玉和紫鹃谈话一节。

以外较没有毛病的,如妙玉被劫(第一百十二回),袭人改嫁(第一百二十回)这几节文字,但也草率得很,比第七十七回,写晴雯之死,相差已甚多。至于上边所列举的那几节,虽风格情事,尚可仿佛原作;但除宝蟾送酒一节以外都是从模仿来的。前八十回只写盛时,直到七十回后方才露些衰败之兆,但终究也说得不甚明白。所以高氏可以模仿的极少,因为无从去模仿,于是做得乱七八糟了。我们把所举的几条较有精采的一看,就知道是全以八十回做张本,并非高氏自己一个人底手笔。所以能较好,正因为这些事情较近于原作所曾经说过的,故较有把握。我们归纳起来说一句话,就是:

凡高作较有精采之处是用原作中相仿佛的事物做蓝本的,反之,凡没有蓝本可临摹的,都没有精采。

这第二句断语,尚须在下边陆续证明。这第一句话,依我底判断看,的确是如此的,不知读者觉得怎么样?王雪香在评语里,几乎说得后四十回,没有一回不是神妙难言的。这种嗜好,真是"味在酸咸之外"了。

我现在更要进一步去指斥高作底弊病。如一回一节的分论,则未免太嫌麻烦,且亦无甚关系。我先把四十回内最大的毛病,直说一下,听候读者底公决。

(1)宝玉修举业,中第七名举人。(第八十一,八十二,八十四,八十八,一百十八,一百十九回)

高鹗费了九牛二虎之力,写了六回书,去叙述这件事,却铸了一个大错。何以呢?(1)宝玉向来骂这些谈经济文章的人是"禄蠹",怎么会自己学着去做禄蠹?又怎么能以极短之时期,成就举业,高魁乡榜?说他是奇才,决奇不至此。这是太不合情理了,谬一。(2)宝玉高发了,使我们觉得他终于做了举人老爷。有这样一个肠肥腹满的书中主人翁,有何风趣?这是使人不能感动,谬二。(3)雪芹明说:"一技无成,半生潦倒","风尘碌碌","独自己无才不得入选"等语,怎么会平白地中了举人呢?难道曹雪芹也和那些滥俗的小说家一般见识,因自己底落薄,写书中人大阔特阔,以作解嘲吗?既决不是的!那么,高氏补这件事,大违反作者底原意,不得为《红楼梦》底续书,谬三。

在我底三标准下,这件事没有一点可以容合的;所以我断定这是高鹗底不知妄作,不应当和《红楼梦》八十回相混合。王雪香是盲目赞成高作的,但他也说:"宝玉诗词联对灯谜俱已做过,惟八股未曾讲究……"(第八十四回评)王氏因为不知后四十回是高氏底手笔,所以不敢非议,但他也似乎有些觉得,宝玉做八股,实在是破天荒的奇事。他还有一节奇妙的话:"宝玉厌薄八股,却有意思博取功名,不得不借作梯阶。"(第八十二回评)这真是对于宝玉大施侮辱。他何以知道他想博得功名?且既肯博取功名,何以厌薄八股?这些都是万讲不通的。王氏因努力为高鹗作辨护士,所以说了这类"大可怪笑"的奇谈。

但高鹗为什么做这件蠢事呢？这实在因他底性格与曹氏不同，决不能勉强的。看高氏自己说："又复稍示神灵，高魁贵子，方显得此玉是天奇地灵锻炼之宝，非凡间可比。"（第一百二十回，甄士隐语）这真是很老实的供招。高鹗总觉得玉既名通灵，决不能不稍示神通，而世间最重要的便是"高魁乡榜"。若不然，岂不是辜负了这块通灵玉？他仿佛说，如宝玉连个举人也中不上，还有什么可宝的在呢？这并不是我故意挖苦高氏，他的确以为如此的。"只有这一入场，用心作了文章，好好的中个举人出来……便是儿子一辈子的事也完了！"（第一百十九回，宝玉语）他明明说道，只要中一个举人，一辈子的事就完了。这是什么话！他把这样的胸襟，来续《红楼梦》，来写贾宝玉，安得不糟！又岂有不糟之理！雪芹是个奇人，高鹗是个俗人，他俩永不会相了解的，偏偏要去合做一书，这如何使得呢？我最不懂，高氏补书离雪芹之死，只有二十七年，何以一点不知道《红楼梦》是一部作者自传，且一点不知道曹雪芹底身世。想是因雪芹潦倒了一世，为举人老爷所不屑注意的也未可知。但既是如此，他又为什么很小心地去续《红楼梦》？

（2）宝玉仙去，封文妙真人。（第一百二十回）

高氏写宝玉出家以后只有一段。"贾政……忽见船头上微微的雪影里面一个人，光着头，赤着脚，身上披了一领大红猩猩毡的斗篷，向贾政倒身下拜。……却是宝玉……只见船头来了一僧一道，夹住宝玉……飘然登岸而去。"后来贾政来追赶他们，只听他们作歌而去，倏然不见，只有一片白茫茫的旷野了。贾政还朝陛见，奏对宝玉之事,皇上赏了个文妙真人的号(第一百二十回)。

这类写法,实不在情理之中。作者写甄士隐虽随双真而去,也是"神龙见首不见尾",却还没有这么样的神秘。被他这样一写,宝玉简直是肉身成圣的了,岂不是奇谈?况且第一百十九回,虚写宝玉丢了,已很圆满;何必再画蛇添足,写得如此奇奇怪怪?高鹗所以要如此写,想是要带顾一僧一道,与第一回,第二十五回相呼应。但呼应之法亦甚多,何必定作此呆笨之笔?所以依事实论,是不近情理;依风裁论,是画蛇添足。至于写受封真人之号,依然又是一种名利思想底表现。高鹗一方面羡慕白日飞升,一方面又羡慕金章紫绶;这真是中国人底代表心理了。王雪香批评这一节文字,恭维他是"良工心苦",想也是和高鹗有同样的羡慕的。

(3)贾政袭荣府世职,后来孙辈兰桂齐芳。贾珍仍袭宁府三等世职。所抄的家产全发还。贾赦亦遇赦而归。(第一百七,一百十九,一百二十回)

这也是高氏利禄熏心底表示。贾赦贾珍无恶不作,岂能仍旧安富尊荣?贾氏自盛而衰,何得家产无恙?这是违反第一个标准了。以文情论,《风月宝鉴》宜看反面(第十二回,《红楼梦》亦名《风月宝鉴》),应当曲终奏雅,使人猛省作回头想,怎么能写富贵荣华绵绵不绝?这是不合第二标准。以原书底意旨论,宝玉终于贫穷(第一,第五回)贾氏运终数尽,梦醒南柯(第五,第二十九回),自杀自灭,一败涂地(第七十四回),怎么能"沐天恩","延世泽"呢?这不合第三个标准了。只有贾兰一支后来得享富贵,尚合作者之意;以外这些,无非是向壁虚造之谈。王雪香对于这点,似不甚满意,所以说:"甄士隐说'福善祸淫兰桂齐芳',是文后馀波,助人为善之意,不必认作真事。"(第一百二十回评)这明明是不敢开罪高鹗——其实王氏并不知道——强为饰词了。既已写了,为什么独独这一节不必认作真事呢?

(4)怡红院海棠忽在冬天开花,通灵玉不见了。(第九十四回)

(5)凤姐夜到大观园,见秦可卿之魂。(第一百一回)

(6)凤姐在散花寺拈签,得"衣锦还乡"之签。(同回)

(7)贾雨村再遇甄士隐。茅庵火烧了,士隐不见。(第一百三回)

(8)宝玉到潇湘馆听见鬼哭。(第一百八回)

(9)鸳鸯上吊时,又见秦氏之魂。(第一百十一回)

(10)赵姨娘临死时,鬼附其身,死赴阴司受罪。(第一百十二回)

(11)凤姐临死时,要船要轿,说要上金陵归入册子去。(第一百十四回)

(12)和尚把玉送回来。宝玉魂跟着和尚到了"真如福地",重阅册子,又去参见了潇湘妃子,碰着多多少少的鬼,幸亏和尚拿了镜子,奉了元妃娘娘旨意把他救出。(第一百十五,一百十六回)

(13)宝玉跟着僧道成仙去。(第一百二十回)

这十条都是高氏补的。读者试看,他写些什么?我们只有用雪芹底话,"倏尔神鬼乱出,忽又妖魔毕露",来批评他。这些话头,在事实上果然万不会有；在写实的文学上也万不该有；在八十回书以后，实在万不可有。但是高鹗竟老实不客气，刻在书上。这类弄鬼装妖的空气，布满于四十回中间，令人不能卒读。而且文笔之拙劣可笑，更属不堪之至。第一百十六回文字尤惹人作呕。且上边所举，只是些最不堪的，以外这类鬼怪文字还多呢（如第九十五回，妙玉请拐仙扶乩；第一百二回，贾蓉请毛半仙占卦，贾赦请法师拿妖）。读者试看，前八十回笔墨何等洁净。即如第一回，第五回，第二十五回，偶写神仙梦幻，也只略点虚说而止，决不如高鹗这样的活见鬼。第十二回，写跛足道人与《风月宝鉴》，是有寓意的。第十六回，写都判小鬼，是一节滑稽文字。这些都不是高氏所能藉口的。且高作之谬，还在其次，因为谬处可以实在指出；最大的毛病是"文拙思俗"，拙是不可说的，俗是不可医的。至于怎样的拙和俗，我也难以形容，读者自己去审察罢。

古人说得好，"读其书想见其为人"。我们读高本四十回，也真可以想见高氏底为人了。他所信仰的，归纳起来有这三点：(1)功名富贵的偶像，所以写"中举人"，"复世职"，"发还家产"，"后嗣昌盛"。(2)神鬼仙佛的偶像，所以四十回中布满这些妖气。(3)名教底偶像，所以宝玉临行时必哭拜王夫人，既出家后，必在雪地中拜贾政。况且他在序言上批评《红楼梦》，不说别的什么，只因"尚不谬于名教"，所以"欣然拜诺"。啊！我们知道了！高鹗所赏识的，只是不谬于名教的《红楼梦》！其实《红楼梦》谬于名教之处很多，高氏何必为此谬赞。他真是盲于心兼盲于目了。其馀荒谬可笑之处还不止此。

(14)宝钗以手段笼络宝玉，始成夫妇之好。（第一百九回）

这真是我们贵中国底传统思想了。因为有了夫妇底名分,所以就公然献媚,也无损人格底尊严,也不谬于名教的。高氏写此节之意,想是为后文宝钗有子作张本(王雪香也如此说)。但宝钗怀孕,何必定在前文明点?即使要写明,又何必写宝钗如此不堪,弄什么"移花接木"之计?妻子对于丈夫,用什么计来献媚争宠,这是什么话!况且以平日宝钗之端凝,此事更为情理所必无。雪芹原意要使闺阁昭传(第一回),像他这样写法,简直是污蔑闺阁了。这对于我所假设的三个标准,处处违谬。高氏将何以自解?我常常戏说,大观园中人死在八十回中的都是大有福分。如晴雯临死时,写得何等凄怆缠绵,令人掩卷不忍卒读;秦氏死得何等闪铄,令人疑虑猜详;尤二姐之死惨;尤三姐之死烈;金钏之死,惨而且烈。这些结局,真是圆满之至,无可遗憾,真可谓狮子搏兔一笔不苟的。在八十回中未死的人,便大大倒霉了,在后四十回中,被高氏写得牛鬼蛇神不堪之至。即如黛玉之死,也是不脱窠臼,一味肉麻而已。宝钗嫁后,也成为一个庸劣的中国妇人。钗黛尚且如此,其馀诸人更不消说得了。

(15)黛玉赞美八股文字,以为学举业取功名是清贵的事情。(第八十二回)

这也是高氏性格底表现。原文实在太可笑了,现在节引如下:"黛玉道:'……内中也有近情近理的,也有清微淡远的……也觉得好,不可一概抹倒。况且你要取功名,这个也清贵些。'宝玉……觉得不甚入耳;因想:'他从来不是这样的人,怎么也这样势欲薰心起来?'……只在鼻子眼里笑了一声。"这节文字,谬处且不止一点。

（1）黛玉为什么平白地势欲薰心起来？（2）黛玉何以敢武断宝玉要取功名？在八十回中,黛玉几时说过这样的话？（3）以宝黛二人底知心恩爱,怎么会黛玉说话,而宝玉竟觉得不甚入耳,在鼻子眼里笑了一声？在八十回中曾否有过这种光景？（4）宝玉既如此轻蔑黛玉,何以黛玉竟能忍受？何以黛玉在百二十回中,前倨后恭到如此？

这些疑问,如高鹗再生,我必要索他底解答；为高氏作辨护士的人,也必须解答了这些疑问,方才能自圆其说。如有人以为《红楼梦》原有百二十回的,也必须代答一下才行。如不能答,便是高鹗无力续书底证据,便是百二十回不出于一手底证据。

至于反面的凭据,在八十回中却多极了。宝玉上学时,黛玉以"蟾宫折桂"作讥讽（第九回）。宝玉说:"林姑娘从来说过这些混帐话不曾？"（第三十二回）宝黛平常说的话,真是所谓"竟比自己肺腑中掏出来的还觉恳切",怎么到了第八十二回,竟会不甚入耳起来？这岂不是大笑话？以外八十回中写宝黛口角,无非是薄物细故,宝玉从来没有当真开罪黛玉的时候；怎么在这回中,竟以轻藐冷淡的神情,形之于词色呢？在这些地方,虽百高鹗,也无从辨解的。

而且我更不懂,高氏写这段文字底意旨所在。上边所批评的各节,虽然荒谬,还有可以原谅之处；这节却绝对的没有了。他实在可以不必如此写的,而偏要如此写法,这真是别有肺肠令人莫测。即王雪香向来处处颂赞他的,也说不出道理来,他只说"作者借宝黛两人口中俱为道破"。为什么要借两人口中？为什么要道破？这依然是莫名其妙的话。

（16）黛玉底心事,写得太显露过火了,一点不含蓄深厚,使人只觉得肉麻讨厌,没有悲恻怜悯的情怀。（第八十二,第

八十三,第八十九,第九十,第九十五,第九十六,第九十七,第九十八回)

这都是我主观上的批评,原不是定论。或者同时有人以为高氏补这几回书是很好的,也尽可以的。因为这是文学的手段底优劣,所以也无从具体的用八十回来参较他俩个。至于"合否情理"这个标准,应用在这儿也不甚生效;因为高作这些地方底毛病,并不是十分不合情理,是不合黛玉平常的身分,性格。我们只可以用第二标准来批评他;但这个标准,却是主观色彩很浓厚的,不能引到明确的断论。现在姑且引几条太显露的,我以为劣的,如下:

> 看宝玉的光景,心里虽没别人,但是老太太,舅母,又不见有半点意思;深恨父母在时,何不早定了这头婚姻。又转念一想道:"倘若父母在别处定了婚姻,怎能彀依宝玉这般人才心地?不如此时尚有可图。""好!宝玉!我今日才知道你是个无情无义的人了!""好哥哥!你叫我跟了谁去!"(均见第八十二回)
>
> 黛玉大叫一声道:"这里住不得了!"一手指着窗外,两眼反插上去。(第八十三回)
>
> 宝玉近来说话,半吐半吞,忽冷忽热,也不知他是什么意思?(第八十九回)
>
> 或者因我之事,拆散了他们的金玉也未可知?(第九十五回)
>
> "宝玉!宝玉!你好!……"(第九十八回)

这些都太过露,全失黛玉平时的性情。第八十三回所写,尤不成话。第八十二回写黛玉做梦,第八十九回写她绝粒,都是毫无风趣的文字。且黛玉底病,忽好忽歹,太远情理。如第九十二回,黛玉已"残喘微延",第九十四回又能到怡红院去赏花;虽说是心病可以用心药治,但决不能变换得如此的神速。且这节文字,在文情上,似乎是个赘瘤。高氏或者故意以此为曲折,但做得实在太不高明,只觉得麻烦而且讨厌。至于第九十五回,黛玉以拆散金玉为乐事。这样的幸灾乐祸,毫不替宝玉着急,真是毫无心肝,又岂成为黛玉?写她临死一节文字,远逊于第七十七回之写晴雯,只用极拙极露的话头来敷衍了结,这也不能使读者满意。总之,以高鹗底笨笔,来写八面玲珑的林黛玉,于是无处不失败。补书原是件难事,补亲见亲闻的《红楼梦》则尤难;高氏不能知难而退,反想勉为其难,真是太不自量了。

(17) 后来贾氏诸人对于黛玉,似太嫌冷酷了,尤以贾母为甚。(第八十二,第九十六,第九十七,第九十八回)

这也是高作不合情理之处。第八十二回,黛玉梦中见众人冷笑而去;贾母呆着笑,"这个不干我事"。第九十六回,写凤姐设谋,贾母道:"别的事,都好说! 林丫头倒没有什么。"第九十七回,鸳鸯测度贾母近日疼黛玉的心差了些,不见黛玉的信儿,也不大提起。又说:黛玉见贾府中上下人等都不过来,连一个问的人都没有。又说:紫鹃想道,"这些人怎么竟这样很毒冷淡?"* 第九十八回,王夫人也不免哭了一场;贾母说:"是我弄坏了他了! 但只是这个丫头

---

* "很毒冷淡",程甲本原文作"狠毒冷淡"。——校者注

也傻气。"

这几节已足够供我们批评的材料。贾氏诸人对于黛玉这样冷酷,文情虽非必要,情理还有可通。至于贾母是黛玉底亲外祖母,到她临死之时,还如此的没心肝,真是出乎情理之外。八十回中虽有时写贾母较喜宝钗,但对于黛玉仍十分锺爱,郑重,空气全不和这几回相似。像高氏所补,贾母简直是铁石心肠,到临尸一恸的时候,还要责备她傻气,这成什么文理呢!所以高氏写这一点,全不合三标准。况且即以四十回而论,亦大可不必作此等文字。高氏或者要写黛玉结局分外可怜些,也未可知。但这类情理所必无的事情,决不易引动读者深切的怜悯。高氏未免求深反惑了!

(18)凤姐不识字。(第九十二回)

这是和八十回前后不相接合的。我引八十回中文字两条为证:

凤姐会吟诗,有"一夜北风紧"之句。(第五十回)

"凤姐……每每看帖看帐,也颇识得几个字了。"后来看了潘又安底信,念给婆子们听。(第七十四回)

这是凤姐识字底铁证,怎么在第九十二回里,说凤姐不认得字呢?这虽是与文情无关碍,但却与前八十回前言不接后语,亦不得不说是文章之病。

(19)凤姐得"衣锦还乡"之签,后来病死了。(第一百一,一百十四回)

这不但是与八十回不合,即在四十回中已说不过去了。她求的签是:"……于今衣锦返家园。"后来宝钗说:"这'衣锦还乡'四字里头还有原故……"这似乎在后文应当有明确的照应,方合情理。那知道凤姐后来竟是胡言乱语的病死了,临死的时候,只嚷到金陵去。至于"衣锦"两字,并无照应。说是魂返金陵,那里有锦可衣?魂能衣锦或否,高氏又何从知道?说是尸返金陵,则衣锦作为殓衣释,也实在杀风景得很。况且书中既说,贾氏是金陵人氏,则归葬故乡情事之常,又何独凤姐?又何必求签方才知道呢?高氏所作不合前八十回,还可以说两人笔墨不能尽同。至于四十回中底脱枝失节,则无论如何,高氏无所逃罪。况且相去只十四回,高鹗虽健忘也不至此。我想,与其说高鹗底矛盾,不如说高鹗底迂谬。程伟元说他是"闲且惫矣",真是一点不错。他如不闲,怎么会来续书?他如不惫,怎么会续得如此之乱七八糟呢?

(20)巧姐年纪,忽大忽小。(第八十四,第八十八,第九十二,第一百一,第一百十七回)

这也是全在四十回中的,是高作最奇谬的一节文字,不但在情理之外,且几乎在想象之外了!我们不能不详细说一说,先把这几回文字约举如下。

(A)奶子抱著巧姐儿,用桃红绫子小绵被儿裹著,脸皮发青*,眉梢鼻翅微有动意。(第八十四回)

---

* 脸皮发青,程甲本原文作"脸皮发趣"。——校者注

这明是婴儿将抽筋底光景,看这里所说,她至多不得过两三岁。

(B)那巧姐儿在凤姐身边学舌,见了贾芸,便哑的一声哭了。(第八十八回)

小儿学舌也总不过三岁,且见生人便哭,也明白是婴儿底神情。

(C)巧姐跟着李妈认了几年字,已有三千多字,且念了一本《女孝经》,又上了《列女传》。宝玉对她讲说,引了许多古人,如文王后妃,姜后,无盐,曹大家,班婕妤,蔡文姬……等,共二十二人。巧姐说:这些也有念过的,也有没念过的,现在我更知道了好些。后来她又说,跟着刘妈学做针线,已会扎花儿,拉锁子了。(第九十二回)

即以天资最聪明的而论,这个光景至少已是七八岁了,况且书上明说已认了几年字,又会做精细的活计,决非五六,三四岁的孩子可知。且巧姐言语极有条理,且很能知道慕贤良,当然年纪也不小了。即小说以夸张为常例,亦总不过七八岁。其实在实际上,七八岁的孩子,能如此聪明是百不见一的。算她仅七八岁,已是就小说论,不是以事实看。但这个假设,依然在四十回中讲不过去。巧姐万不能如此飞长,像钱塘江潮水一样。第九十二回距第八十八回只有四回,在四回之中,巧姐怎么会暴长起来? 不可解一。从第七十一回到第一百十回,总共不过三年(第七十一回,贾母庆八旬,第一百十回贾母卒,年八十二岁);而巧姐已在四回之中已过了几年——至少亦有三年,因两年不得说几年——这光阴如何能安插得下?三十九回中首尾三年,四回中亦是三年;则其馀的三十五回,岂不是几乎不占有时间的,这如何能够想象?不可解二。

但这还可以疏忽作推诿,小说原是荒唐言,大可不必如此凿方眼;上边所论,不过博一笑而已,未必能根本打销高作底声价。只是笑话却并不以此为止,这却令我们难乎为高鹗辨解。

(D)大姐儿哭了;李妈很命的拍了几下,向孩子身上拧了一把*。那孩子哇的一声,大哭起来了。(第一百一回)

巧姐被拧,连话都不会说,只有大哭的一法,看这个光景她不过三岁,至多亦以四岁为限。若在四岁以上,决不至于被拧之后连话都不说的;况且如巧姐能说话,婆子亦决不敢平白地拧她一把。可见其时,巧姐确是不会说话的,至多也不过会学舌。既然如此,请看上文慕贤良之事,应作何解释?念书,认字,做针线的孩子,过了些时候(九回书),反只会啼哭,连话都不会说了。这算怎么一回事?孩子长大了,重新还原。这算怎么一回事?长得奇,缩得更奇;长得快,缩得更快。这又算怎么一回事?在描写人情的《红楼梦》中,夹进这样光怪陆离的幻想,我不能不佩服高氏底才高胆大。一百年来,这样"奇而又奇"的奇迹,没有一个人敢提出来加以疑惑的,我不能不佩服读者底"不求甚解"。巧姐长得太快,还可以粗忽来推诿。至于长了又缩小,这无论何人,不能赞一词的,而竟没有人批评过。评《红楼梦》的人如此之多,这样的怪事,偏不以为怪,大

---

* 程甲本原文作:"只听那边大姐儿哭了……李妈……只得狠命拍了几下……向那孩子身上拧了一把。"——校者注

约都是抱"见怪不怪其怪自败"这个主义的。王雪香只以巧姐长得太快为欠妥,其实何止欠妥而已,简直是不通而又不通。像这类事情,正应当在"六合之外",岂能混入情理之中。我们既认定《红楼梦》是部情理中的书,就不能不竭力排斥高鹗补作的四十回。

(E)巧姐儿年纪也有十三四岁了。(第一百十七回)

十六回以后,她又飞长了。说这十六回书,有十年的工夫,这无论如何是不可信的(我们知道,前八十回,只有首尾九年)。既不可信,她底生长,又成了一种奇迹。巧姐长了又缩,缩了又长,简直是个妖怪,不知高氏是什么意思?十二钗惟巧姐年最小,所以八十回中绝少提及,只写了些刘老老底事情,终非巧姐传底正文。后四十回中被高氏如此一续,巧姐真可谓倒霉之至,至于高鹗为什么写她底事情如此神怪,其原因很难懂;大约他本没有注意到这些地方,只是随意下笔。慕贤良一回专为巧姐作传,拿来配齐十二钗之数,所以勉强拼凑些事情,总要写得漂亮一点,方可以遮盖门面,他却忘了四回以前所写的巧姐是什么光景的。于是她就暴长了一下。后来凤姐病深,高氏要写巧姐年幼,孤露可怜,以形凤姐结局底悲惨。于是她就暴缩一下。到书末巧姐要出嫁,却不能不说她是十三四岁;因为这已是最小的年龄。于是她又暴长了。高氏始终没有注意她底年龄,所以才闹了这么一个大笑话。百馀年来的人,有崇拜偶像的心理,而又不知后四十回是高续的;所以大家都是见怪不怪。且他们读书也只是去消闲下酒,也未必能综观前后,子细推求,也无怪其"冥然罔觉"了。但现在的我们读《红楼梦》时却要知道,巧姐传是全缺的;高鹗所补,完全是驴唇不对马嘴,了不相干的。若混为一谈，不分皂白，作者有知，又岂能容受这种侮辱呢！

巧姐慕贤良一回，还有一点谬处，就是所描写的绝不是宝玉。宝玉向来不肯作这类迂谈的，在这儿却平空讲了无数的名教中人，贞烈贤孝的妇女，给巧姐听。这真是不谬于名教的《红楼梦》，高氏可以踌躇满志了。但宝玉为人却顿成两橛，未免说不过去。后四十回写宝玉，竟是个势利名教中人；只于书末撒手一走，不知所终，这是非常可怪的。不但四十回中的宝玉不和八十回的他相类似，即四十回中，宝玉前后很像两个人，并与失玉送玉无关，令人无从为他解释。高氏对于书中人物底性情都没有一个概括的观念，只是随笔敷衍，所以往往写得不知所云，亦不但是宝玉一人。不过宝玉是书中主人翁，性格尤难描画，高氏更没处去藏拙罢了。

上列二十条，是四十回中最显著的毛病；以外不重要的地方可笑之处自然还多。如香菱之痼疾，没有提起，自然地全愈了；以平儿底精细，连水月庵馒头庵都分不清楚，害凤姐吐血（第九十三回）；以紫鹃底秀慧，而写她睡着，远远有吆呼之声（第八十二回）；小红和贾芸有恋爱关系，后来竟了无照应，她只和丰儿做了个凤姐底随身小婢，毫不占重要的位置；麝月抽了荼蘼花签，却并无送春之事；以外零零碎碎的小毛病——脱枝失节，情理可笑的——自然还有，只是一时不能备举，且与大体无关，亦可以不必备举了。

高作底详评，已如上所说了。但我们要更综合地批评一下，这方才尽这篇文字底责任。我以前给颉刚的信曾起诉高氏有五条，都是零碎的，而颉刚却归纳成为三项。我底五条是：(1)宝玉不得入学中举。(2)黛玉不得劝宝玉读时文。(3)宝钗嫁后，不应如此不堪。(4)凤姐宝钗写得太毒，且凤姐对于黛玉，无害死她的必要。(5)宝玉出家不得写得如此神奇。（十，六，十八信）

颉刚回信上说："你起诉高鹗的五条,我都不能为他作辩护士。我以为他犯的毛病归纳起来有三项:(1)他自己是科举中人,所以满怀是科举观念,必使宝玉读书中举。(2)他也中了通常小说'由邪归正'的毒,必使宝玉到后来换成一个人。(3)他又中了批小说者'诛心'的成见,必使凤姐宝钗辈实为奸恶人。我疑心在他续作时,或已有批本,他也不免受批评人的暗示。"(十,六,二十四信)

他虽没有考定有正本上评注底年代,但颇已疑心高氏曾及见这类的评语。现在我们知道,有正本评注,即不在高鹗之前,至少必和他是同时;可见高氏受评注底暗示,这个假定,颇有证实底可能。颉刚所归纳的三条,我以为理由十分充足,无再申说底必要。我们现在要进一步去讨论高鹗续书底目的,和他底性格与作者底比较;下了这样的批评,方才能彻底估定后四十回底价值。我们真要了解一种作品,非先知道他底背景不可,专就作品本身着眼,总是肤浅的,片面的,不公平的。

我们第一要知道,高鹗只是为雪芹补苴完功,使此书"颠末毕具",他并没有做《红楼梦》底兴趣,且也没有真正创作《红楼梦》底可能。我给颉刚的信上说:

> 因为雪芹是亲见亲闻,自然娓娓言之,不嫌其多;兰墅是追迹前人,自然只能举其大概了结全书。若把兰墅底亲见亲闻都夹杂写了进去,岂不成了一部"四不像"的《红楼梦》!……总之,《红楼梦》全书若照雪芹做法,至少亦不止一百二十回,兰墅补四十回是最少之数了。所以有些潦草了结的地方,我们尽可以体谅兰墅的。(十,六,十八信)

这是说明高氏补书这般草率仓忙的缘故。因他不是曹雪芹,因他胸中没有活现的贾宝玉,十二钗;所以不容得他不草率仓忙。这决非是高氏底大过失。我们看比他较早的补本,也只有三十回,其中仓忙草率想正和高作相同(见下卷),可见这是续书不可免的缺陷了。

我更要去说明高作底草率仓忙,到什么程度。换句话说,就是后四十回是怎样结构成功的?以我底眼光看,四十回只写了主要的三件事,第三项还是零零碎碎的,其实最主要的只有两项。

(1)黛玉死,宝玉做和尚。
(2)宝玉中举人。
(3)诸人底结局,很草率的结局。

第三项汇聚拢来可算一项,若分开来看,却算不了什么。因为向来的观念,无论写什么总是"有头有尾"才算完结;所以高氏只得勉强将书中人底结局点明一下。至于帐簿式的结局,那就不在他底顾虑中了。

老实说,四十回只写了(1)(2)两项,而第二项是完全错了的。我们可用这个来估定高作底价值。我这归纳的结果,是可以实证而非臆想的。试把各回分配于各项之下:

(1)第八十二回,病潇湘痴魂惊恶梦。
　　第八十三回,上半节写黛玉之病深。
　　第八十四回,试文字宝玉始提亲。
　　第八十五回,唱的戏是《冥升》和《达摩渡江》。
　　第八十七回,黛玉弹琴而弦忽断。
　　第八十九回,蛇影杯弓颦卿绝粒。

第九十一回，宝黛谈禅；黛说"水止珠沉"，宝说"有如三宝"。

第九十六回，瞒消息凤姐设奇谋，泄机关颦儿迷本性。

第九十七回，黛玉焚稿。

第九十八回，黛玉卒。

第一百四回，宝玉追念黛玉。

第一百八回，死缠绵潇湘闻鬼哭。

第一百十五回，和尚送通灵玉。

第一百十六回，得通灵幻境悟仙缘。

第一百十七回，阻超凡佳人双护玉。

第一百十八回，警谜语妻妾谏痴人。

第一百十九回，宝玉却尘缘。

（2）所引各回，见《高鹗续书底依据》一篇中，共有六回。

（1）项最多占了十七回。（2）项也占了六回。单是这两项已占全书之半数。以外便是些零碎描写，叙述，大部分可以包括在（3）项中。只有抄家一事不在其内；但高氏却不喜欢写这件事，所以在抄家之时，必请出两位王爷来优礼贾政；既抄之后又要"复世职"，"沐天恩"。可见高氏当时写这段文字，真是不得已而为之，并非出于本心。他底本心，只在于使宝玉成佛做祖，功名显赫。如没有第二项宝玉中举事，那九十八回黛玉卒时，便是宝玉做和尚的时候了。他果然也因为如此了结，文情过促，且无以安插宝钗。而最大的原因，仍在宝玉没有中举。他以为一个人没有中举而去做了和尚，实在太可惋惜了。我们只看宝玉一中举后便走，高氏底心真是路人皆见了。

高氏除写十二钗还有些薄命气息，以外便都是些"福寿全归"

的。最是全福是宝玉了。他写宝玉底结局,括举为三项:

(1)宝玉中第七名举人。
(2)宝玉有遗腹子,将来兰桂齐芳。
(3)宝玉超凡入圣,封文妙真人。

他竟是富贵神仙都全备了。神仙长生不老,寿考是不用说的了。高鹗写贾氏亦复如此,虽抄了家,依然富贵荣华,子孙众多,全然不脱那些小说团圆迷的窠臼,大谬于作者底本意。但我们更要去推求他致谬底原由,不能不从作者和高氏底性格底比较下手。我给颉刚一信上说:

> 我们还可以比较高鹗和雪芹底身世,可以晓得他俩见解底根本区别。雪芹是名士,是潦倒不堪的,是痛恶科名禄利的人,所以写宝玉也如此。兰墅是热中名利的人,是举人(将来还中进士,做御史),所以非让宝玉也和他一样的中个举人,心里总不很痛快。我们很晓得高鹗底"红学"很高明,有些地方怕比我们还高明些。但在这里,他却为偏见拘住了,好像带了副有颜色的眼镜,看出来天地都跟着变了颜色了。所以在那里看见了一点线索——其实是他底误认——便以为雪芹原意如此,毫无愧色的写了下去,于是开宗明义就是"两番入家塾"。雪芹把宝玉拉出学堂,送进大观园;兰墅却生生把宝玉重新送进学堂去。……(十,六,九)

在另一信上又说:

> 总之，弟不敢菲薄兰墅，却认定他和雪芹底性格差得太远了，不适宜于续《红楼梦》。若然他俩性格相近一点，以兰墅之谨细，或者成绩远过今作也未可知。（十，六，十八）

我是再三申说，高氏底失败，不在于"才力不及"，也不在于"不细心谨慎"，实在因两人性格嗜好底差异，而又要去强合为一，致一百二十回，成了两橛，正应古语所谓"离之双美合之两伤"。我曾有一意见，向颉刚说过：

> 《红楼梦》如再版，便该把四十回和前八十回分开。后四十回可以做个附录，题明为高鹗所作。既不埋没兰墅底一番苦心和他为人底个性，也不必强替雪芹穿这一双不合式的靴子。（十，六，九）

高作底庸劣我们知道了，他底所以如此，我们却可以原谅他。总之，说高鹗不该续《红楼梦》是对的，说高鹗特别续得不好，却不见得的确；因为无论谁都不适于续《红楼梦》，不但姓高的一个人而已。但高鹗既冒充了雪芹，抖了近一百年，现在偶然倒霉一下，也不算委屈他了！

高鹗冒名顶替，是中国文人底故态，也是一种恶习，我决不想强为他辨护。但在影响上，高氏底僭号却不为无功，这虽非他本意所在，而我们却不得不归功于他。

《红楼梦》既没有完全，现存的八十回实在是一小部分，并且还是比较不重要的部分，所以高非补书不可。前八十回全是纷华靡丽的文字，若没有煞尾，恐怕不免引起一般无识读者底误会。他们必定说:"书上并没说宝走黛死,何以见得不团圆呢?"当他们豪兴勃发的时候必定要来续狗尾,也必定要假传圣旨依附前人。《红楼梦》给他们这一续,那糟糕就百倍于现在了。他们决定要使宝玉拜相封王,黛玉夫荣妻贵,而且这种格局深投合社会底心理,必受欢迎无疑。他们决不辨谁是谁,只一气呵成的读了下去。雪芹这个冤枉却无处去诉,而乌烟瘴气亦不知如何了局。总之,污蔑而已,侮辱而已!幸而高氏假传圣旨,将宝黛分离,一个走了,一个死了,《红楼梦》到现在方才能保持一些悲剧的空气,不致于和那才子佳人的奇书,同流合污。这真是兰墅底大功绩,不可磨灭的功绩。即我们现在约略能揣测雪芹底原意,恐怕也不能说和高作后四十回全无关系。如没有四十回续书,而全凭我们底揣测,事倍功半定是难免的。且高氏不续,而被妄人续了下去,又把前后混为一谈,我们能有研究《红楼梦》底兴趣与否,也未始不是疑问。这样说来,高氏在《红楼梦》总不失为功多罪少的人。

妙得很啊!就事论事,宝走黛死都是高氏造的谣言,雪芹只有暗示,并未正式说到的,而百年来的读者,都上了高氏这一个大当,虽有十二分的难受,至多也只好做什么《红楼圆梦》,《鬼红楼梦》……这类怪书,至多也只能把黛玉从坟里拖出来,或者投胎换骨,再转轮回。他们决不敢做一部原本《红楼梦》,冒了曹雪芹底名姓,这真是痛快极了!他们可惜不知道,原本只有八十回,而八十回中黛玉是好好的活人,原不必劳诸公底起死回生的神力。高鹗这个把戏,可谓坑人不浅。我真想不到"假传圣旨"有这样大的威权。

从这里,高氏借大帽子来吓唬人的原因,也可猜想了。我从前颇怀疑:高氏补书这一事既为当时闻人所知,他自己又不深讳,为什么非假托雪芹不可,非要说从鼓担上买来的不可?现在却恍然有悟了。高鹗谨守作者底原意,写了四十回没有下场的,大拂人所好的文字,若公然题他底大名,必被社会上一场兜头痛骂,书亦不能传之久远;倒不如索性说是原本,使他们没处去开口的好。饶你是这样,后来还有一班糊涂虫,从百二十回续下去。这可见社会心里,容留不住悲剧的空气,到什么程度。若只有八十回本流传,其危险尤不堪设想。所以高氏底续书,本身上的好歹且不去讲他,在效用上看,实在是《红楼梦》底护法天王,万万少他不得的。我们现在应该感谢高氏替我们开路,更应该代作者感谢他扫清妖孽的一种大功绩。我从前颇以高鹗续书假托雪芹为缺憾,现在却反释然了。

我想不到后四十回底批评做得这样冗长,现在就把他结束,以数语作为总评。

高鹗以审慎的心思,正当的态度来续《红楼梦》;他宁失之于拘泥,不敢失之于杜撰。其所以失败:一则因《红楼梦》本非可以续补的书,二则因高鹗与曹雪芹个性相差太远,便不自觉的相违远了。处处去追寻作者,而始终赶他不上,以致迷途;这是他失败时底光景。至于混四十回于八十回中,就事论事,是一种过失;就效用影响而论,是一种功德;混合而论是功多而罪少。

失败了,光荣地失败了!

是我对于高作底赞扬和指斥!

一九二二,六,一八。

五　高本戚本大体的比较

《红楼梦》本子虽多；但除有正书局所印行的戚本以外，都出于一个底本，就是程伟元刻的高氏本。所以各本字句虽小有差异，大体上却没有什么重要的区别，即使偶有数处，也决不多的。我虽在实际上，没有能拿各本去细细参较一下，但这个断语却至少有几分的真实。至于高本和戚本，因为当时并无关系，所以很有些不同；虽然也不十分夥多，显著，却已非高氏各本底差异可比了。这是我草这篇底缘故。

大家知道，高本是一百二十回，回目是全的；戚本只有八十回，连回目也只有八十。看戚蓼生底序上说，实在他所看见的只有八十回书。原来戚氏行辈稍前于高鹗，所以补书一事决非戚氏所知。且他也并没有补书底志愿，戚氏在这一点上，是很聪明的。他说：

> 乃或者以未窥全豹为恨，不知盛衰本是回环……作者慧眼婆心，正不必再作转语……彼沾沾焉刻楮叶以求之者，其与开卷而寤者几希！（戚本序）

他知道八十回后必定是由盛而衰，以为不补下去，也可以领悟得，不必去下转语了。他又以为抱这种"刻舟求剑"的人，是沾沾之徒；可见不但高鹗挨骂，即我们也不免挨骂了！

我们既承认戚蓼生那时所见的《红楼梦》，回目本文都只有八十之数，就不能不因此承认程伟元所说原本回目有一百二十，是句谎话（程语见高本程序）。程氏所以说谎，正因可以自圆其说，使人深信后四十回也是原作。其实"回目只有八十"，极易证明，决非程氏一语所能遮掩得过，我在前边，已有专篇论及了。

既如此，就较近真相这一个标准下看，戚本自较胜于高本；因为高鹗既续了后四十回，虽说"原文未敢臆改"，但既添了这数十回，则前八十回有增损之处恐已难免。高氏原曾明说前八十回曾经他校订，换句话说，就是经他改窜。至于改得好不好，又是另一问题。

但这两本底优劣区分，却又不如此简单。为什么呢？（1）高氏校书，并非全以己意为准，曾经过一番"广集各本校勘，准情酌理，补遗订讹"的工夫。且高本出后，即付排付刊，不容易辗转引起错误。（2）戚本直到最近方才影印，百馀年来，只以钞本流传，难免传钞致误。且戚本一序，并非亲笔写的；所以戚蓼生虽前于高鹗，但戚本未必是当时的原本，或者竟是很晚的钞本，也说不定的。既断不定这是戚氏所见的原钞本，或是后来的传钞本，就不能武断这本底真的年代。以我底主观的眼光推测，这决是辗转传钞后的本子，不但不免错误，且也不免改窜。

两本既互有短长，我也不便下什么判断，且也觉得没有显分高下底必要。现在只把大体上不同之处说一说，至于微细的差异，这是校勘本书人底事，不是在这里所应当注意的。我们先论两本底回目。戚本不但没有后四十回之目，即八十回之目亦每与高本不同。现在选大异的几回列表如下：

(1) 第 五 回 { 高——贾宝玉神游太虚境,警幻仙曲演《红楼梦》。
戚——灵石迷性难解仙机,警幻多情秘垂淫训。

(2) 第 八 回 { 高——贾宝玉奇缘识金锁,薛宝钗巧合认通灵。
戚——拦酒兴李奶姆讨厌,掷茶杯贾公子生嗔。

(3) 第 九 回 { 高——训劣子李贵承申斥,嗔顽童茗烟闹书房。
戚——恋风流情友入家塾,起嫌疑顽童闹书堂。

(4) 第十七回 { 高——大观园试才题对额,荣国府归省庆元宵。
戚——大观园试才题对额,怡红院迷路探深幽。

(5) 第二十五回 { 高——魇魔法叔嫂逢五鬼,通灵玉蒙蔽遇双真。
戚——魇魔法姊弟逢五鬼,红楼梦通灵遇双真。

(6) 第二十七回 { 高——滴翠亭宝钗戏彩蝶,埋香冢黛玉泣残红。
戚——滴翠亭杨妃戏彩蝶,埋香冢飞燕泣残红。

(7) 第 三 十 回 { 高——椿龄画蔷……
戚——龄官画蔷……

(8) 第六十五回 { 高——贾二舍偷娶尤二姨,尤三姐思嫁柳二郎。
戚——膏粱子惧内偷娶妾,淫奔女改行自择夫。

(9) 第 八 十 回 { 高——美香菱屈受贪夫棒,王道士胡诌妒妇方。
戚——懦弱迎春肠回九曲,娇怯香菱病入膏肓。

从上表看,(1)(5)(6)三项高本均较戚本好。戚本肉麻可厌,高本则平实通达。(3)(7)均戚本佳。龄官不得说"椿龄",李贵受斥不应列入回目。(8)可谓无甚好歹,高本较直落些而已。(4)因分回不同,故目亦不同。(2)(9)两项,不能全以回目本身下判断。

我们先说(4)项。戚本之第十七回,较高本为短,以园游既毕宝玉退出为止;所以回目上只说"怡红院迷路探深幽"。至于黛玉剪荷包一事，戚本移入第十八回去。高本之第十七回，直说到请妙玉为止，关涉元春归省之事，所以回目上说"荣国府归省庆元宵"。这两本回目所以不同，正因为分回不同之故。我们要批评回目底优劣，不如批评分回底优劣较为适当些。

现行的亚东书局本，这两回分回方法完全依照高本，而改了回目。他所改的出于杜撰无所依据，不免太鲁莽些。如古人底书偶有未妥之处，可凭主观的意见乱改；那么，一改再改之后，何从再看见原来的面目呢！所以我以为亚东本之第十七回目，作"疑心重负气剪荷包"，是不妥帖的。

至于高戚两本底分回，我以为是戚本好些，理由有三：(1)从游园后宝玉退出分回，段落较为分明。(2)教演女戏，差人请妙玉，和高本第十八回开头所叙各事相类，都是作元春归省底预备，这处不得横加截断，分成两橛。(3)第十七回"荣国府归省庆元宵"，第十八回"皇恩重元妃省父母"，实在是太重复了。且在第十七回中，高本也并无庆元宵之事，回目和本文不相符合。以这三个原因，我宁以戚本为较佳。汪原放君以为怡红院是贾妃所定的名字，不能先说，为戚本病。我却以为无甚大关系。贾政等迷路的地方是将来的怡红院，回目上先提一下有何不可？汪君在这里，又似乎太拘泥了些。

第(2)项就回目底文字批评，高本似乎较好；就本文底事实对看，两本简直是半斤八两；就书中大意看，这就不容易说了。第八回共叙述三件事：(1)钗玉互看通灵金锁；(2)宝黛两人在薛姨妈处喝酒；(3)宝玉回去摔茶杯。高本之目，只说了(1)项，虽然扼要，未免偏而不全。戚本之目，包举(2)(3)两项，却遗漏了本回最重要的(1)项，亦属不合。总之，两本这一回之目，犯了同一个毛病，就是只说了一部分不能包举全体；不过高本回目较为稳妥漂亮,戚本用"贾公子",不合全书体例,未免不伦不类。

若就书中大意作批评,这就很不容易说了。我们试想,高戚两本,这一个回目是完全不同的,不但字面不同,意义亦绝不同,在八十回书内实为仅见。这一点上我们须得加一番考虑。我们第一要知道,这决非仅是一本传钞底歧异,是两本底区别。戚本眉批上说:"作者点明金玉,特不欲标入回目,明明道破耳。"反过来说,高本是欲明明道破的。高本第八回之目如此,明是作后文金玉成婚底张本;而戚本却只有八十回,没有前后照应底必要,所以不欲明明道破。依我看来,戚本之回目或者是较近真的。

我先假定八十回中本文回目,多少经过高氏底改窜,我们看高鹗底《红楼梦》引言上说:

……今复聚集各原本,详加校阅,改订无讹。……

这还是有依据的改正,不是臆改。但下一条又说:

……其间或有增损数字处,意在便于披阅,非敢争胜前人也。

这是明认他曾以己意改原本了。虽他只说增损数字;但在实际上,恐怕决不止数字。他虽说,"非敢争胜前人";但已可见他底本子,有许多地方,为前人所未有。不然,他又何必要自解于"争胜前人"这一点?

最可笑的,他对于自己做的后四十回,反装出一副正经面孔,说什么"至其原文,未敢臆改"。他自己底大作,已经改了又改,到自以为尽善尽美了,方才付印,如何再能臆改呢?这真是高氏欺人之谈，无非想遮掩他底补缀的痕迹，无奈上文已明说后四十回无他本可考，所谓"欲盖弥彰"了。

既承认了这个假定，那么，第八回之目，就可以推度为高氏底改笔——臆改或有依据的。高氏为什么要如此呢？因为可以判定金玉姻缘，使他底"宝钗出闺成礼"一节文字，铁案如山，不可摇动。至于戚本，回目数与原本同，自然没有这个必要。作者即有意使金玉团圆，也不必在回目中明明道破，使读者一览无馀。高氏却有点做贼心虚，不得不引回目以自重了。这原是一种揣测，不能断定，不过却是很可能的揣测罢了。

对于(9)项，我也有相同的批评。就第八十回之目本身而论，高本是较为妥当。即以此回本文及上回之目参看，高本也很好。戚本这一个回目有两个毛病：(1)第七十九回，既说贾迎春误嫁中山狼，这回又说"懦弱迎春肠回九曲"，未免有重复之病。(2)第八十回本文先叙香菱受屈，后叙迎春归宁诉苦，即使要列入回目，亦当先香菱而后迎春，何得颠倒？

但高本这回目却甚可疑，不得不说一说。王道士诌妒妇方，不过随意行文，略弄姿态，并无甚深意，无列入回目之必要。此可疑一。高氏后来写香菱，有起死回生之功，闹了一个大笑话。这里若照戚本作"香菱病入膏肓"，岂不自己打嘴巴。这显有改窜的痕迹，可疑二。但戚本这回目亦非妥善，我们也不能断定原本究竟作什么。

在论两本子底回目以后，有一句话可以说的。我想，《红楼梦》既是未曾完稿的书，回目想是极草率的，前后重复之处原不可免。到高鹗补了后四十回，刊版流传，方才加以润饰，使成完璧。所以高本底回目，若就文字上看，实在要比戚本漂亮而又妥当；正是因为有这番修正底工夫。而戚本回目底幼稚，或者正因这个，反较近于原本。我们要搜讨《红楼梦》底真相,最先要打破"原书是尽善尽美的"这个观念。否则便不免引入歧途。即如第八十回之目,我以为原本或者竟和戚本相仿佛,亦未可知。高鹗一则因他重复颠倒,二则因不便照顾香菱底结局,于是把他改了。

两本回目底异同既明,我们于是进而论到两本底本文。这自然是很繁琐的,我只得略举大概,微细的地方一概从省。但即是这样论列,已是很烦重的了。

自然最重要的是第一回。作者论此书底效用,在高本上说:

……复可破一时之闷,醒同人之目……
只愿世人当那醉馀睡醒之时……把此一玩……

戚本却作:

复可悦世之目,破人愁闷……
只愿他们当那醉饱淫卧之时……把此一玩……

这真是所谓"失之毫厘谬以千里"了!在这些地方,刻本自然不可菲薄。我们把这两条分别解一下,优劣自见。

高　本	戚　本
"醒同人之目",指我辈而言,明以外不与。	"悦世之目",指世俗,世间而言。
"破一时之闷",指自己底闷怀。	"破人愁闷",指他人底愁闷。
"醉馀睡醒",觉悟之初。	"醉饱淫卧",沉沦之日。

依高本看,《红楼梦》是文学,是唤醒痴迷,陶写性灵的;依戚本看,《红楼梦》是闲书,是争妍取媚,喷饭下酒的。这实是很紧要的关键,不可以不详辨。

在这回里,戚本还有两节很荒谬的文字,高本也是没有的。引如下:

> 市井俗人喜看理治之书者甚少,爱看适情闲文者特多。
> 因见上面虽有指奸责佞,贬恶诛邪之语,亦非骂世之旨。
> 及至君仁臣良,父慈子孝,凡伦常所关之处,皆是称功颂德,眷眷无穷,实非别书可比。

可怜!《红楼梦》才脱了"优孟衣冠",又带上"方头巾"了。情不可适,反在《红楼梦》中来讲求理治;这是什么话!贬恶诛邪,称功颂德,眷眷于伦常,岂真是"一脸之红荣于华衮,一鼻之白严于斧钺"吗?这又是什么话!我从前曾说过戚本大谬之处甚多,凡这些地方都可以作证。这也并非传钞之误,实在是后来人有意加添改窜的。这层意思,后文再须详说。

在第二回里,有一点高本是错了,应照戚本改正。如戚本不发见,这个矛盾是无法解决的。王雪香《红楼梦存疑》里面说:"一回云'生元春后次年即生衔玉公子',后复云'元春长宝玉二十六岁',又言'在家时训诂宝玉'……"(一回疑是二回之误,训诂疑是训过之误)他已见到这点上欠妥。但现在把戚本和高本对举,这就不成为问题。

> 第二胎生了一位小姐(元春)……不想次年又生了一位公

子(宝玉)……(高本)

因有"次年"一词,所以前后矛盾。戚本这回文不作次年,却作后来,便一点问题没有了。这是钞本可以校刻本底错误底一个例子。

还有一处,也是高本底疏漏,应照戚本补的。第十六回尾,写秦锺临死光景,有鬼判及小鬼底一节谈话。高本只写众小鬼抱怨都判胆怯为止,下边接一句"毕竟秦锺死活如何",这回就算完了。到第十七回开场,秦锺却已死了,与情理未免有两层不合:(1)宝玉特意去别秦锺的,自应当有一番言语,文情方圆。(2)因宝玉来了,都判吓慌,明是下文要放秦锺还阳与宝玉一叙;否则直白叙去即可,何必幻出小鬼判官另生枝节?依高本这么说,岂不是都判见识反不如小鬼,秦锺就这般闷闷而死的,不但文情欠佳,即上下文势亦不连贯。我以为这回之末,众鬼抱怨都判以后,应照戚本补入这一节。

都判道:"放屁!俗话说的好,天下官管天下民。阴阳并无二理,别管他阴,也别管他阳,没有错了的。"众鬼听说,只得将他魂放回;哼了一声,微开双目,见宝玉在侧,乃勉强叹道:"怎么不早来?再迟一步,也不能见了!"宝玉携手垂泪道:"有什么话,留下两句?"秦锺道:"并无别话!以前你我见识,自为高过世人,我今日才知自误了!以后还该立志功名,以荣耀显达为是。"说毕,便长叹一声,萧然长逝了。("自""为"中间疑脱一"以"字)

补了这段文字,却是妥当得多。虽然秦锺最后一语,有点近于"禄蠹"底口吻；但他临命时或不能不悔，正与第一回语相呼应。以外各处口吻底描写，事迹底叙述，亦都合式，很有插入底资格。

第二十二回制灯谜，两本有好几处不同。现在分项说明：

（1）高本上惜春没有做灯谜，戚本却是有的。她底灯谜是"佛前海灯"。文曰：

> 前身色相总无成，不听菱歌听佛经。莫道此生沉墨海，性中自有大光明。

依我看，三春既各有预兆终身之谜，惜春何得独无。况此谜亦甚好，应照戚本补入为是。

（2）高本中黛钗各有一谜；而戚本中黛玉无谜。高本所谓黛玉之谜，戚本以为宝钗所作，高本宝钗之谜，不见于戚本。所以——

> 朝罢谁携两袖烟……

这一首七律，打的是更香，高本以为是黛玉底，戚本却以为是宝钗底。至于——

> 有眼无珠腹内空，荷花出水喜相逢。梧桐叶落纷离别，恩爱夫妻不到冬。

高本以为是宝钗所作的，戚本上却完全没有。这一点也很奇怪。这一谜极重要——依高本看——可以断定宝钗底终身是守寡；何以戚本独独没有？我也疑心，这是高氏添入的，专为后文作张本而设,和改第八回之目是一个道理。

(3)宝玉一谜,打的是镜子,高有戚无。我依文理看,戚本是对的,应照他删去为是。因为本回下面凤姐对宝玉道:"适才我忘了,为什么不当著老爷撺掇,叫你也作诗谜儿?"她既说是忘了,是明明没有撺掇贾政,叫宝玉作谜。若宝玉已做了极好的诗谜,凤姐岂能拿这个来吓唬宝玉呢?这是极容易明白,不消多说的。

戚本虽也有好处,但可发一笑的地方,却也不少。如高本第二十五回,"贾政心中也着忙。当下众人七言八语……"文气文情都很贯串,万无脱落之理。而戚本却平白地插进一段奇文,使我们为之失笑:

> 贾政等心中也有些烦难,顾了这里,丢不了那里。别人慌张自不必讲。独有薛蟠更比诸人忙到十分了,又恐薛姨妈被人挤倒,又恐薛宝钗被人瞧见,又恐香菱被人臊皮,知道贾珍等是在女人身上做工夫的,因此忙的不堪;忽一眼瞥见了林黛玉风流婉转,已酥倒那里。当下众人七言八语。……("倒""那"中间疑脱一"在"字)

不但文理重沓不通,且把文气上下隔断不相连络。请问在举家忙乱的时候,夹写薛蟠之呆相,成何文法?评注人反说:"忙中写闲,真大手眼,大章法!"这真是别有会心,非我辈所知了。

高本第三十七回,贾芸给宝玉的信,末尾有"男芸跪书,一笑",这是错了。书中叙贾芸写信,文理不通有之,万不会在"男芸跪书"之后,加上"一笑"一词。这算什么文法?一看戚本便恍然大悟了。戚本这一处原文作"男芸跪书—笑",一笑是批语,不是正文,所以夹行细写。高本付刻时,因一时没有留心,将批语并入正文,从此便以误传误了。但高氏所依据的钞本,也有这批语,和戚本一样,这却是奇巧的事。

第四十二回,宝玉看宝钗为黛玉拢发,这一段痴想,高本写得极风流,戚本却写得很杀风景。我并引如下:

宝玉在旁看着,亦觉更好,不觉后悔;不该令他抿上鬘去,也该留着,此时叫他替他抿上去。(高本)
(第一及第三之他是指黛玉,第二之他指宝钗。)
宝玉……叫我替他抿去。(戚本)
(我是宝玉自指。)

这一个"我"字错得好利害啊!照高本看,宝玉不愧"意淫"之名;被戚本这一误,宝玉简直堕落到情场底饿鬼道。高本所写的光景,情趣,何等的风华可喜;生生被一个"我"字糟蹋了。凡这等地方,虽只有一字之差,却所关很大,我不得不辨一下。

且不但风格底优劣迥殊,即以文词底结构论,这个"我"字万万安他不下。为什么呢?上文明有"也该留着"一兼词(高戚两本同),正为说明此语之用,言当初不该让黛玉自己拢发,最好留着,一起让宝钗替她抿上去。若宝玉想自己为黛玉拢发,何必说什么留着?因为即使是留着,也与宝玉无干。宝玉在这回书上本没有替黛玉抿发,何必惋惜呢?而且上文所谓"亦觉更好"一兼词,如下文换了"我"字,又应当作何解释?宝钗替黛玉抿鬘,所以能说更好。以如此好的风情,而宝玉要亲自出马,岂不是煮鹤焚琴,大杀风景呢?这类谬处,都是后来传钞人底一己妄见,奋笔乱改所致。

五　高本戚本大体的比较

他们因被这好几个他字搅扰不清,依自己底胸襟,莫妙于换一我字,方足以写宝黛底亲昵。我们看戚本底眉评,就可以恍然于这类妄人底见解了。(戚本这回眉评说:"今本将我字改作他字不知何意?")

第四十九回,写香菱与湘云谈诗之后,宝钗笑话她们;高戚两本有繁简底不同,而戚本却很好,可以照补。

"……又怎么是温八叉之绮靡,李义山之隐僻;痴痴颠颠,那里还像两个女儿呢?"说得香菱湘云二人都笑起来。(高本)

"……李义山之隐碎。放着现在的两个诗家不知道,提那些死人作什么?"湘云听了,忙笑问:"现在是那两个?好姐姐,告诉我!"宝钗笑道:"呆香菱之心苦,疯湘云之话多。"二人听了都大笑起来。(戚本)

戚本所作,不但说话神情,极其蕴藉聪明;且依前后文合看,这后来宝钗一语,万万少不得的。因为如高本所作,宝钗说话简直是教训底口吻,别无甚可笑,二人怎么会都笑起来?必如戚本云云,方才有可笑之处,且妙合闺阁底神情。否则,一味的正言厉色,既不成为宝钗,又太杀风景了。

第五十三回,写贾母庆元宵事,戚本较高本多一大节文字,虽无大关系,却也在可存之列。现在引如下:

原来绣这璎珞的,也是个姑苏的女子,名唤慧娘。因他亦是书香宦门之家,他原精于书画,不过偶然绣一两件针线作耍,并非世卖之物。凡这屏上所绣之花卉,皆仿的是唐宋元各名家的折枝花卉；故其格式皆从雅本来，非一味浓艳匠工可比。每一枝花侧，皆用古人题此花之旧句，或诗或歌不一，皆用黑绒绣出草字来，且字迹勾踢转折轻重连断，皆与笔写无异，亦不比市绣字迹，倔强可恨。他不仗此获利，所以天下虽知，得者甚少。凡世宦富贵之家，无此物者甚多。当今称为"慧绣"。竟有世俗射利者，近日仿其针迹，愚人获利。偏这慧娘命夭，十八岁便死了，如今再不能得一件的了。所有之家亦不过一两件而已，皆惜若宝玩一般。更有那一干翰林文魔先生们，因深惜慧绣之佳，便说这"绣"字不能尽其妙，这样针迹，只说一"绣"字，反似乎唐突了，便大家商议了将"绣"字隐去，换了一个"纹"字，所以如今都称为"慧纹"。若有一件真慧纹之物，价则无限。贾府之荣，也只有两三件。上年将两件已进了上，目下只剩这一副璎珞，一共十六扇。贾母爱之，如珍如宝，不入请客各色陈列之内，只留在自己这边，高兴摆酒时赏玩。

这虽没有深意，却决不在可删之列，不知高本为什么少此一节。或者高鹗当时所见各钞本，都是没有这一节的，也未可知。现在看这节文字，很可以点缀繁华，并不芜杂可厌。

最奇特的，是戚本第六十三回写芳官一节文字。芳官改名耶律雄奴这一件事，高本全然没有，在宝玉投帖给妙玉以后，便紧接着平儿还席的事。戚本却在这里，插入一节不伦不类的文字。因为原文甚长，不便全录，只节引有关系的一节：

宝玉忙笑道："……既这等再起个番名，叫耶律雄奴，二音又与匈奴相通,都是犬戎名姓。况且这两种人,自尧舜时便为中华之患,晋唐诸朝,深受其害。幸得咱们有福,生在当今之世,大舜之正裔,圣虞之功德,仁孝,赫赫格天,同天地日月亿兆不朽。所以凡历朝中跳梁猖獗之小丑,到了如今,不用一干一戈,皆天使其拱俯,缘远来降。我们正该作践他们为君父生色。"芳官笑道:"……何必借我们,你鼓唇摇舌,自己开心作戏,却自己称功颂德?"宝玉笑道:"所以你不明白。如今四海宾服,八方宁静,千秋万载,不用武备。咱们虽一戏一笑,也该称颂,方不负坐享升平了。"……

这竟全是些梦话,不但全失宝玉底口吻,神情,而且文词十分恶劣,令人作呕。即看文章前后气势,也万万不能插入这一节古怪文字。但戚本何以要增添这么多的梦话?这不会是传钞之误,我以为是有意添入的。我们且参看第五十二回,真真国女子底诗末联,高本作"汉南春历历,焉得不关心";戚本却作"满南"。这个缘故,便可以猜想而得了。

以作者底身世,环境及所处的时代而论,绝不容易发生民族思想。即使是有的,在当时森严的文禁之下,也决不会写得如此显露;以作者底心灵手敏,又决不会写得如此拙劣。我以这三层揣想,宁认高本为较近真相的,戚本所作是经过后人改窜的。

为什么要改窜?这是循文索义便可知晓的。至于在什么时候经过改窜,却不容易断定了。第一,这决不是戚蓼生所及见的,也不是他底改笔。因为戚氏生在乾隆中年,曾成进士,做官,决非抱民族主义的人,且亦决不敢为有民族思想的书做序。第二,这数节文字底插入,似在高本刊行之后,我疑心竟许是有正书局印行时所加入的。因为戚本出世底时代,正当民国元年;这时候,民族思想正弥漫于社会,有正书局底老板,或者竟想以此博利,也未可知。这虽是无据之揣想,却可以姑备一说。我看这几节文字底显露,生硬,很不像清代文人之笔(有正书局印行戚本,确在民国元年,我那时在上海,曾见过这个本子。但我现在手头之本,却写的是"民国九年三月初版",这真不知其命意所在? 读者必有在民九以前,见过戚本的,可以作我说底印证)。

全回文字几全不同的,是第六十七回。高鹗底引言曾说:"如六十七回此有彼无,题同文异……"果然我们把两本第六十七回一对看,回目虽相同,本文却是大异。这相异之处,或者是戚本之真相,与上边所说经后人改窜的有些不同。这自然,我不能全然征引来比较,只好约略说一点。

戚本这回文字,比高本多出好几节,举重要的如下:

(1)宝玉黛玉宝钗一节谈话。(卷七,五页)

(2)宝玉和袭人谈话。(七页)

(3)袭人和凤姐一大节谈话,并说巧姐底可爱。(九页)

(4)凤姐和平儿谈尤二姐事,明写凤姐设计底狠毒。(十一,十二页)

多少相仿,而文字不同的又有两节:

(1)赵姨娘对王夫人夸宝钗一节。(六页)

(2)凤姐拷问家童一节。(十,十一页)

总说一句,全回文字都几乎全有差异,是在八十回中最奇异的一回,且在高鹗时已经如此的。我们要推求歧异底来源,只得归于钞本不同之故;但钞本何以在这一回独独多歧,当时的高氏,也没有能说明,我们也只好"存而不论"了。

至于优劣底比较,从大体上看,高本是较好的。譬如凤姐拷问家童一节,高本写得更有声色;凤姐和平儿谈话,及设计一节,高本只约略点过,较为含蓄。第一项中底(1)(2)两节文字,都可有可无,有了并不见佳。只第二项底(1)节,戚本似不坏。第一项中底(3)节,戚本虽稍见长,不如高本底简洁,但描写神情口吻颇好;说巧姐可爱一节文字,尤不可少。巧姐是书中重要人物之一,而八十回中很少说及,戚本多这一节极为适当。优劣本是相对的,我只就主观的见解,以为如此。

戚本在第六十九回,又多了一节赘瘤文字,大可以删削的。这回正写凤姐如何处置尤二姐及秋桐,戚本却横插一节前后不接的怪文。现在引如下:

> ……一面带了秋桐来见贾母与王夫人等,贾琏也心中纳罕。那日已是腊月二十日,贾珍起身先拜了宗祀,然后过来辞拜贾母等人。合族中人直送到洒泪亭方回,独贾琏贾蓉送出,三日三夜方回……且说凤姐……

在"纳罕""且说"之间这一节文字,高本上都是没有的。戚本却添了四行字,实在没有道理。不但上文没有说贾珍要到那里去,下文没有说回来,踪迹太不明瞭。且正讲凤姐,为什么要夹写贾珍远行,文理未免有些"欠通"。即写贾琏贾蓉送行送了三日三夜方回,也不像话。贾珍去了,后来没写他回来,却已自己回来了,更不像话(第七十一回)。但如没有这一节,同回贾琏说"家叔家兄在外",却没有着落。只有这一个理由,可以为这一节作辨解。

在同回,戚本有一节极有意义的文字,远胜高本,很可以解嘲的。戚本上说:

只见这二姐面色如生,比活着还美貌。贾琏又搂着大哭,只叫:"奶奶!你死的不明!都是我坑了你!"贾蓉忙上来劝:"叔叔,解着些儿。我这个姨娘,自己没福。"说着,又向南指大观园的界墙。贾琏会意,只悄悄跌脚说:"我想着了,终究对出来,我替你报仇。"

高本把这一节完全删了,只在下边添写"贾琏想着他死得不分明,又不敢说"一语,作为补笔,却不见好。因这节文字,可以断定凤姐底结局,极为紧要,万无可删之理。且尤二姐暴死,以凤姐平素之为人,贾琏又何得不怀疑? 故以文情论,这一节亦是断断乎不可少的,何况描写得极其鲜明而深刻呢?

第七十回,高本也有一点小小的疏漏,应依戚本改正。现引戚本一节,括弧中的是高本所没有的文字:

只见湘云又打发翠缕来说:"请二爷快去瞧好诗。"(宝玉听了,忙问:"那里的好诗?"翠缕笑道:"姑娘们都在沁芳亭上,你去了便知。")宝玉听了,忙梳洗了出来,果见黛玉……都在那里……

高本既少了括弧中的一节，下文所谓"那里"便落了空。不如戚本明点沁芳亭，较为妥帖。亚东本依此添入，是。

第七十五回，有一节文字，我觉得戚本好些。现在把两本所作并列如下：

> 尤氏……一面洗脸，丫头只湾腰捧着脸盆。李纨道："怎么这样没规矩！"那丫头赶着跪下。尤氏笑道："我们家下大小的人，只会讲外面假礼，假体面，究竟做出来的事都彀使的了！"（高本）

> 小丫环炒豆儿捧了一大盆温水，走至尤氏跟前，只湾腰捧着。银蝶笑道："……奶奶不过待咱们宽些，在家里不管怎样罢了。你就得了意，不管在家在外，当着亲戚也只随便罢了。"尤氏道："你随他去罢，横竖洗了就完事了。"炒豆赶着跪下。（下同，戚本）

这虽是不甚关紧要的文字；但依高本，却很不合说话时底情理。李纨责备小丫头底没规矩，而尤氏即大发牢骚，说外面讲礼貌的人，作事都彀使的，岂不是当面骂人？况且书中写李纨平素和易，怎么这一回对于小事如此的严声厉色？戚本所作似很妥当，补尤氏说"随他去罢"一语，亦是应有的文章。

还有一节底异文，虽论不到谁好谁歹，却是很有趣的。高鹗底四十回，在第一百九回，有"候芳魂五儿承错爱"一大节很有精彩的文章，柳五儿明明是个活人。但据戚本，八十回中柳五儿已早死了。我引戚本独有的一节文字：

王夫人笑道:"你还强嘴!我且问你:前年我们往皇陵上去,是谁调唆宝玉要柳家的五儿丫头来着?幸而那丫头短命死了!……"(第七十七回)

所以若依戚本去续,那五儿承错爱一节,根本上是要不得的。但高本底第七十七回,因没有这一节文字,前后还可以呼应,我们也不能判什么优劣,只能说他们不相同而已。

但却有两层题外的揣想,可以帮助我们的。(1)高鹗所见的各钞本,戚本并不在内;因为高氏如见有一种钞本上面明写五儿已死,他决不会作第一百九回这段文章。(2)再不然,便是高鹗曾经修改过八十回本,将这一节文字删去,使他底补作不致自相矛盾。这两层揣想,必有一个是真实的,但我却不能断定是那一个。

就两本底本文,回目底大体约略比较一下,已占了这么长的篇幅,恐怕还因我翻检匆忙,仍不免有遗漏之处。好在我并不是要做校勘记,即脱略了几处,也无甚要紧。倒是篇幅底冗长,使读者感到沉闷,我却深抱不安的。现在只说一点零碎的话,拿来结束本篇。有正书局印行的戚本,上有眉评,是最近时人加的,大约即在有正书局印行本书的时候。看第三回眉评,曾说西餐底仪节,可见是最近人底笔墨了。这位评书人底见解,实在不甚高明。他所指出戚本底佳胜之处,实在未必处处都佳;他所指出两本底歧异之点,实在有些是毫无关系。到真关重要的异文,他反而不说了。我当时如就这眉评来草本篇,其失败必远过于现在。因为他底不可靠,所以仍费了我很多的翻检底功夫。这是我在这里表示遗憾的。

戚本还有一点特色,就是所用的话几乎全是纯粹的北京方言,比高本尤为道地。我因为这些地方不关重要,所以在上文没有说到，但分条比较去虽是很小，综观全书却也是个很显著的区别，不能不说一说。雪芹是汉军旗人，所说的是他家庭中底景况，自然应当用逼真的京语来描写。即以文章风格而言，使用纯粹京语，来表现书中情事亦较为明活些。这原是戚本底一个优点，不能够埋没。惟作眉评人碰到这等地方，必处处去恭维一下，实在大可不必。他们总先存着一个很深的偏见，然后来作评论，所以总毫无价值可言。王雪香底高本评语，也是一味的滥誉，正犯了同一的毛病。我作这篇文字，自以为是很平心的，如应了"后之视今，亦犹今之视昔"这句老话，那却就糟了！

　　　　　　　　　　　　一九二二，六，十六。

中　巻

六　作者底态度

大家都喜欢看《红楼梦》；更喜欢谈《红楼梦》；但本书底意趣，却因此隐晦了近二百年，这是一件很不幸的事情。其实作书底意趣态度，在本书开卷两回中已写得很不含糊，只苦于读者不肯理会罢了！历来"红学家"这样蒙懂，表面看来似乎有点奇怪；仔细分析起来，有两种观察，可以说明迷误底起源。

第一类"红学家"是猜谜派。他们大半预先存了一个主观上的偏见，然后把本书上底事迹牵强傅会上去，他们底结果，是出了许多索隐，闹得乌烟瘴气不知所云。他们可笑的地方，胡适之先生在《红楼梦考证》一文中，已说得很详备的了。这派"红学家"有许多有学问名望的人，以现在我们底眼光看去，他们很不该发这些可笑的议论。但事实上偏闹了笑话。

为什么呢？这其中有两个原故：（1）他们有点好奇，以为那些平淡老实的话，决不配来解释《红楼梦》的。（2）他们底偏见实在太深了，所以看不见这书底本来面目，只是颜色眼镜中的《红楼梦》。从第一因，他们宁可相信极不可靠的传说（如董小宛明珠之类），而不屑一视雪芹先生底自述，真成了所谓"目能见千里之外，而不能自见其眉睫"了。从第二因，于是有把自己底意趣投射到作者身上去。如蔡子民先生他自己抱民族主义，而强谓《红楼梦》作者持民族主义甚挚，书中本事在吊明之亡，揭清之失等等（《石头记索隐》)。作者究竟有无这层意思,其实很不可知;因为在本书里并无确证,那些傅会的话似无足信。以我想来,曹家是正白旗汉军,并且是大族。雪芹生在这个环境中间,未必主张排满吊明的。我这层揣想,虽不能证实,但很可以知道蔡先生这个判断,是含有多少偏见在内的。总之,求深反浅,是这派"红学家"底通病。

第二类"红学家"我们叫他消闲派。他们读《红楼梦》底方法,那更可笑了。他们本没有领略文学底兴趣,所以把《红楼梦》只当作闲书读,对于作者底原意如何,只是不求甚解的。他们底态度,不是赏鉴,不是研究,只是借此消闲罢了。这些人原不足深论,不过有一点态度却是大背作者底原意。他们心目中只有贾氏家世底如何华贵,排场底如何阔绰,大观园风月底如何繁盛,于是恨不得自己变了贾宝玉,把十二钗做他妻妾才好。这种穷措大底眼光,自然不值一笑;不过他们却不安分,偏要做《红楼梦》底九品人表,那个应褒,那个应贬,信口雌黄,毫无是处,并且以这些阿其所好底论调,强拉作者来做他底同志。久而久之,大家仿佛觉得作者原意也的确是如此的;其实他们几时考究过书中本文来,只是随便说说罢了。

这两段题外的文章,却很可以帮助我们了解《红楼梦》作者底真态度,可以排除许多迷惑,不致于蹈前人底覆辙。我们现在先要讲作者做书底态度。

要说作者底态度,很不容易。我以为至少有两条可靠的途径可以推求:第一,是从作者自己在书中所说的话,来推测他做书时底态度。这是最可信的,因为除了他自己以外,没有一个人能完全了解他底意思的。雪芹先生自序的话,我们再不信,那么还有什么较可信的证据?所以依这条途径走去,我自信不致于迷路的。第二,是从作者所处的环境和他一生底历史,拿来印证我们所揣测的

六 作者底态度

话。现在不幸得很,关于雪芹底事迹,我们知道的很少;但就所知的一点点,已足拿来印证推校我们从本书所得的结果。我下面的推测都以这两点做根据的,自以为虽不能尽作者底原意,却不至于大谬的。

《红楼梦》底第一第二两回,是本书底楔子,是读全书关键。从这里边看来,作者底态度是很明显的。他差不多自己都说完了,不用我们再添上费话。

(1)《红楼梦》是感叹自己身世的,雪芹为人是狠孤傲自负的,看他底一生历史和书中宝玉底性格,便可知道;并且还穷愁潦倒了一生。所以在本书楔子里说道:

风尘碌碌,一事无成。

当此日……以致今日,一技无成,半生潦倒之罪,编述一集,以告天下。

那娲皇只用了三万六千五百块,单单剩下一块未用,弃在青埂峰下。谁知此石自经锻炼之后,灵性已通……因见众石俱得补天,独自己无才不得入选,遂自怨自愧,日夜悲哀。

无才可去补苍天,枉入红尘若许年。此系身前身后事,倩谁记去作奇传?

石兄,你这段故事,据你自己说来有些趣味,故镌写在此。

身后有馀忘缩手,眼前无路想回头。

其中想必有个翻过勉斗来的也未可知。(以上引文,皆见《红楼梦》第一第二两回)

从这些话看来,可以说是明白极了。石头自怨一段,把雪芹怀才不遇的悲愤,完全写出。第二回贾雨村论宝玉一段,亦是自负。书中凡贬宝玉只是牢骚话头,不可认为实话。如第三回《西江月》一词,似骂似赞,痛快之极。一则曰:"行为偏僻性乖张,那管世人诽谤?"二则曰:"天下无能第一,古今不肖无双。"世人诽谤可以不顾,正足见雪芹特立独行,翛然物外。无能不肖,虽是近于骂,而第一无双,则竟是赞。凡书中说宝玉处,莫不如此,足见雪芹自命之高,感愤之深,所以《红楼梦》一书,如箭在弦上,不得不发。书原名《石头记》,正是自传底一个铁证。既晓得书中以作者——即宝玉——为主体,所以一切叙述情事,皆只是画工底后衬,戏台上底背景,并不占最重要的位置。世人读《红楼梦》只记得一个大观园,真是"买椟还珠"啊!

(2)《红楼梦》是情场忏悔而作的。雪芹底原意或者是要叫宝玉出家的,不过总在穷途潦倒之后,与高鹗续作稍有点不同。这层意思,也很明显,可以从《红楼梦》一名《情僧录》看出。所以原书上说:

> 知我之负罪固多。
>
> 更于书中间用梦幻等字,都是此书本旨,兼寓提醒阅者之意。
>
> 空空道人遂因空见色,由色生情,传情入色,自色悟空;遂改名情僧,改《石头记》为《情僧录》。东鲁孔梅溪题曰,《风月宝鉴》。(均见第一回)
>
> 警幻说:"……或冀将来一悟,未可知也。"
>
> "快休前进,作速回头要紧!"(均见第五回)

书中类此等甚多,此处不过举两个例子来证实这层揣想罢了。

六 作者底态度

照高鹗补的四十回看,宝玉亦是因情场忏悔而出家的。宝玉之走,即由于黛玉之死,这是极平常的套话。许多札记小说上,往往一个情场失意者,后来做了和尚,或者道士,入山不知所终。我们看得都厌了,雪芹先生何至于如此落人窠臼呢?依我悬想,宝玉底出家,虽是忏悔情孽,却不仅由于失意。忏悔底原故,我想或由于往日欢情悉已变灭,穷愁孤苦,不可自聊,所以到年近半百,才出了家。书中甄士隐,智通寺老僧,皆是宝玉底影子。这些虽大半是我底空想,但在书中也不无暗示。十二钗曲名《红楼梦》,现即以之改名《石头记》。《红楼梦》曲引子上说:"奈何天,伤怀日,寂寥时,试遣愚衷;因此上演出这悲金悼玉的《红楼梦》。"《飞鸟各投林》曲末尾说:"好一似食尽鸟投林,落了片白茫茫大地真干净。"(第五回)秦氏说:"三春去后诸芳尽,各自须寻各自门。"(第十三回)从此等地方看来,似十二钗底结局,皆为宝玉所及见的。所以开宗明义第一回就说"曾历过一番梦幻之后",又说"忽念及当日所有之女子"。既曰曾历过梦幻,则现在是梦醒了;既曰当日所有,则此日无有又可知。总之,宝玉出家既在中年以后,又非专为一人一事而如此的。颉刚以为甄士隐是贾宝玉底晚年影子,这层设想,我极相信。宝玉底末路尽在下边所引这几句话写出:

> 士隐乃读书之人,不惯生理,稼穑等事,勉强支持一二年,越发穷了。士隐……急忿怨痛,已有积伤,暮年之人,贫病交攻,竟渐渐的露出那下世的光景来。(第一回)

从这里看去,宝玉出家除情悔以外,还有生活上底逼迫,做这件事情底动机。雪芹底晚年,亦是穷得不堪的,更可以拿来做证据了。如敦诚赠诗,有"环堵蓬蒿屯"之句,有"举家食粥酒常赊"之句,虽文人之笔不免浮夸,然说举家食粥,则雪芹之穷亦可知。在本书上说宝玉后来落于穷困也屡见。

  蓬牖,茅椽,绳床,瓦灶。
  陋室空堂,当年笏满床;衰草枯杨,曾为歌舞场;蛛丝儿结满雕梁,绿纱今又糊在蓬窗上。……
  金满箱,银满箱,转眼乞丐人皆谤。(见第一回)
  贫穷难耐凄凉。(见第三回《西江月》宝玉赞)

  高鹗以为宝玉仿佛成了仙佛去了;但雪芹心中底宝玉,即是他自己,是极飘零憔悴的苦况的。必如此,红楼方成一梦,而文字方极其摇荡感慨之致;否则都是些肠肥脑满的话头,将使读者不可耐了。我以阮籍底《咏怀诗》,有几句很可以拿来题《红楼梦》。

  嘉树下成蹊,东园桃与李;西风吹飞藿,零落从此始。繁华有憔悴,堂上生荆杞。……

  这寥寥数语,较续作底四十回,更可以说明作者底怀抱了。
  (3)《红楼梦》是为十二钗作本传的。除掉上边所说感慨身世,忏悔情孽这两点以外,书中最主要的人物,就是十二钗了。在这一方面,《水浒》和《红楼梦》有相同的目的。大家都知道,《水浒》作者要描写出他心目中一百零八个好汉来。但《红楼梦》作者底意思,亦复如此。他亦想把他念念不忘的十二钗,充分在书中表现出来。这层意思虽很浅显,而自来读《红楼梦》的人都忽略了,闹出许

多可惜的误会。为什么知道雪芹是要为十二钗作传呢？这亦是从他自己底话得来的,我引几条如下:

> 但书中所记何事何人？……忽念及当日所有之女子,一一细考较去,觉其行止识见皆在我之上,我堂堂须眉,诚不若彼裙钗。
>
> 知我之负罪固多;然闺阁中历历有人。万不可因我之不肖自护己短,一并使其泯灭也。
>
> 我虽不学无文,又何妨用假语村言敷衍出来,亦可使闺阁昭传……
>
> 其中只不过几个异样女子,或情,或痴,或小才微善……
>
> ……竟不如我半世亲见亲闻的这几个女子……但观其事迹原委,亦可消愁破闷。
>
> 后因曹雪芹于悼红轩中……又题曰,《金陵十二钗》。(均见第一回)

这竟是极清楚的话,无须我再添什么了。既认定雪芹意思是要使闺阁昭传,那么,有许多"红学家"简直是作者底罪人了。他们总以为《红楼梦》作者要糟蹋闺阁的;所以每每说,这里边底女子没有一个好的。其实这是他们底意思,作者几时说来？就是在第六十六回,柳湘莲说:

> 你们东府里除了两个石头狮子干净,只怕连猫儿狗儿都不干净。

但这说的是宁国府,并没有说大观园里的人个个不干净。依我们富于常识的眼光看《红楼梦》(那些"红学家"底脑筋,是富于玄学性的),十二钗除秦氏凤姐以外,都不见得有什么暧昧的事情。即使是有之,作者既没有说,我们也不可任意污蔑闺阁。这类卤莽灭裂的论断,非特表现其读书能力底薄弱,并自认人格底破产了。

还有一种很流行的观念,虽较上一说近情理一点,但荒谬的地方,却并不减少。他们以为《红楼梦》是一部变相的《春秋经》,以为处处都有褒贬。最普通的信念,是右黛而左钗。因此凡他们以为是宝钗一党的人——如袭人凤姐王夫人之类——作者都痛恨不置的。作者和他们一唱一和,真是好看煞人。但雪芹先生恐怕不肯承认罢。

我先以原文证此说之谬,然后再推求他们所以致谬底原因。作者在《红楼梦》引子上说:

悲金悼玉的《红楼梦》。

是曲既为十二钗而作,则金是钗玉是黛,很无可疑的。悲悼犹我们说惋惜,既曰惋惜,当然与痛骂有些不同罢。这是雪芹不肯痛骂宝钗的一个铁证。且书中钗黛每每并提,若两峰对峙双水分流,各极其妙莫能相下,必如此方极情场之盛,必如此方尽文章之妙。若宝钗为三家村妇,或黄毛鸦头,那黛玉又岂有身份之可言。与事实既不符,与文情亦不合,雪芹何所取而非如此做不可呢?雪芹大约会先知的,所以他自己先声明一下,对于上述两种误会,作一个正式的抗辨。他在第一回里说:

况且那野史中,或讪谤君相,或贬人妻女,奸淫凶恶,不可胜数;更有一种风月笔墨,其淫秽污臭,最易坏人子弟。……在作者不过要写出自己的两首情诗艳赋来,故假捏出男女二人名姓,又必旁添一小人拨乱其间,如戏中小丑一般。

　　第一句话是驳第一派的,第二句话是驳第二派的,试想雪芹若不是个疯子,他怎会自己骂自己呢?依第一派,大观园里没有一个好人,这明明是"讪谤君相贬人妻女"了。依第二派说,宝黛好事被人离阻,这又明明是"假捏出男女二人,一小人拨乱其间"了。雪芹若是疯子,何以解于《红楼梦》底价值?雪芹如不疯,又何以解于"大不近情自相矛盾"呢?

　　这两派底谬处已断定了。现在分析致谬底原因:第一派所以如此,因为他们解释《红楼梦》底本事完全弄错了。《红楼梦》是本于亲见亲闻按自己底事体情理做的,他们却以为《红楼梦》是说的人家底事情。《红楼梦》是一部自传,这是最近的发见,以前人说的很少(有却也是有的,不过大家都不相信注意。如江顺怡做的《读红楼梦杂记》,就说《红楼梦》所记之事,皆作者自道其生平),所以很不能怪他们。况且他们未读《红楼梦》以前,先有一部《金瓶梅》做底子(看雪芹所指野史大约就是《金瓶梅》,或其他一类的书),拿读《金瓶梅》底眼光来读《红楼梦》,自然要闹一个很凶的笑话。既以为是人家底事情,贬斥讪谤,自然是或有的;但若知道这是他自己底事情,即便是这类的事,亦很应该"胳膊折了往袖子里藏"啊(《红楼梦》于秦氏多微词,即是为此)。

　　第二派底致谬底原因有两层:(1)他们最初是上了高鹗续作底当了。第一个公布后四十回是高君补的,是胡适之先生(这句话原见于张船山底诗注,在我曾祖曲园先生《小浮梅闲话》曾引过他;但那时候从来没有人注意到。所以这一点，我们要归功于胡先生）。他们那时候，自然相信《红楼梦》是百二十回的。从后四十回看宝钗袭人凤姐都是极阴毒并且讨厌的；读者既不能分别读去，当然要发生嫌恶宝钗一派人底情感。其实后四十回与《红楼梦》作者很不相干，单读八十回本的《红楼梦》，我敢断言右黛左钗底感情，决不会这样热烈的。（2）既然同失意者——黛玉——表同情，既然对于"钗党"有先入的恶感；这颜色眼镜已经带上了，如何再能发见作者底态度。感情这类状态，从主观上投射到客观方面，是很容易的。自己这般说，不知不觉的擅定作者也这般说。作者究竟如何说法，他老实没有知道的。于是凡他所喜欢的人，作者定是要褒的；他所痛恨的，作者定是要贬的。读者底威权竟可使作者惟命是听起来，这也未免太大了罢！

作者做书底三层意思，我这几段芜杂的文字里已大致表现清楚了。作者底真态度虽不能备知，却也可以窥测一部分。那些陈袭的误会解了许多，也替作者雪了许多冤枉。在下篇更要转入较重要的一部，就是从这种态度发生的文章风格如何的问题。

一九二二，六，二三，改定。

七 《红楼梦》底风格

上篇所说有些偏于考证的,这篇全是从文学的眼光来读《红楼梦》。原来批评文学底眼光是很容易有偏好的,所以甲是乙非了无标准。俗语所谓,"麻油拌韭菜,各人心里爱";就是这类情景底写照了。我在这里想竭力避免那些可能排去的偏见私好,至于排不干净的主观色彩,只好请读者原谅了。

平心看来,《红楼梦》在世界文学中底位置是不很高的。这一类小说,和一切中国底文学——诗,词,曲——在一个平面上。这类文学底特色,至多不过是个人身世性格底反映。《红楼梦》底态度虽有上说的三层,但总不过是身世之感,牢愁之语。即后来底忏悔了悟,以我从楔子里推想,亦并不能脱去东方思想底窠臼;不过因为旧欢难拾,身世飘零,悔恨无从,付诸一哭,于是发而为文章,以自怨自解。其用亦不过破闷醒目,避世消愁而已。故《红楼梦》性质亦与中国式的闲书相似,不得入于近代文学之林。即以全书体裁而论,亦微嫌其繁复冗长,有矛盾疏漏之处,较之精粹无疵的短篇小说自有区别。我极喜欢读《红楼梦》,更极佩服曹雪芹,但《红楼梦》并非尽善尽美无可非议的书。所以我不愿意因我底偏好,来掩没本书底真相。作者天分是极高的,如生于此刻可以为我们文艺界吐气了;但不幸他生得太早,在他底环境时会里面,能有这样的成就,已足使我们惊诧赞叹不能自已。《红楼梦》在世界文学中,我虽以为应列第二等,但雪芹却不失为第一等的天才。天下事情,原有事倍功半的,也有事半功倍的。我们估量一个人底价值,不仅要看他底外面成就,并且要考察他在那一种的背景中间成就他底事业。古人所说"成败不足论英雄",正是这个意思了。

至于在现今我们中国文艺界中,《红楼梦》依然为第一等的作品,是毫无可疑的。这不但理论上很讲得通,实际上也的确如此。在高鹗续书那时候,已脍炙人口二十余年了。自刻本通行以后,《红楼梦》已成为极有势力的民众文学,差不多人人都看,并且人人都喜欢谈,所以京师竹枝词,有"开口不谈《红楼梦》,此公缺典定糊涂"之语,可见《红楼梦》行世后,人心颠倒之深(此语见清同治年间,梦痴学人所著的《梦痴说梦》所引)。即我们研究《红楼梦》底嗜好,也未始不是在那种空气中间养成的。

《红楼梦》底风格,我觉得较无论那一种旧小说都要高些。所以风格高上底缘故,正因《红楼梦》作者底态度与他书作者底态度有些不同。

我们有一个最主要的观念,《红楼梦》是作者底自传。从这一个根本观念,对于《红楼梦》风格底批评却有很大的影响。既晓得是自传,当然书中底人物事情都是实有而非虚构;既有实事作蓝本,所以《红楼梦》作者底惟一手段是写生。有人或者觉得这样说法,未免轻量作者底价值了。其实有大谬不然的;虚构很容易,也并不可贵,写实貌易而实难,有较高的价值。世人往往把创造看作空中楼阁,而把写实看作模拟,却不晓得想象中底空中楼阁,也有过去经验作蓝本,若真离弃一切的经验,心灵便无从活动了。虚构和写实都靠着经验,不过中间的那些上下文底排列,有些不同罢了。写生既较逼近于事实,所以从这手段做成的作品所留下的印

七 《红楼梦》底风格

象感想,亦较为明活深切,即是在文学上的价值亦较高了。

《红楼梦》作者底手段是写生。他自己在第一回,说得明明白白:

> 其间离合悲欢,兴衰际遇,俱是按迹寻踪,不敢稍加穿凿致失其真。
>
> 因见上面大旨不过谈情,亦只实录其事。

《红楼梦》底目的是自传,行文底手段是写生;因而发生下列两种风格。我们看,凡《红楼梦》中底人物都是极平凡的,并且有许多极污下不堪的。人多以为这是《红楼梦》作者故意骂人,所以如此;却不知道作者底态度只是一面镜子,到了面前便须眉毕露无可逃避了。妍媸虽必从镜子里看出,但所以妍所以媸的原故,镜子却不能负责。以我底偏好,觉得《红楼梦》作者第一本领,是善写人情。细细看去,凡写书中人没有一个不适如其分际,没有一个过火的;写事写景亦然。我第一句《红楼梦》赞:"好一面公平的镜子啊!"

我还觉得《红楼梦》所表现的人格,其弱点较为显露。作者对于十二钗,一半是他底恋人,但他却爱而知其恶的。所以如秦氏底淫乱,凤姐底权诈,探春底凉薄,迎春底柔懦,妙玉底矫情,皆不讳言之。即钗黛是他底真意中人了;但钗则写其城府深严,黛则写其口尖量小,其实都不能算全才。全才原是理想中有的,作者是面镜子如何会照得出全才呢?这正是作者极老实处,却也是极聪明处,妙解人情看去似乎极难,说老实话又似极容易,其实真是一件事底两面。《红楼梦》在这一点上,旧小说中能比他的只有《水浒》。《水浒》中有百零八个好汉,却没有一个全才。这两位作者,大概在这里很有同心了。至于俞仲华做《荡寇志》,则有如天人的张叔夜,高鹗续《红楼梦》,则有如天人的贾宝玉。其对于原作为功为罪,很无待我说了。

《红楼梦》中人格都是平凡这句话,我晓得必要引起多少读者底疑猜;因为他们心目中至少有一个人是超平凡的。谁呢?就是书中的主人翁,贾宝玉。依我们从前浑沦吞枣的读法,宝玉底人格确近乎超人的。我们试想一个纨袴公子,放荡奢侈无所不至的,幼年失学,长大忽然中举了。这便是个奇迹,颇含着些神秘性的了。何况一中举便出了家,并且以后就不知所终了,这真是不可思议,易卜生所谓"奇事中的奇事"。但所以生这类印象,我们都被高先生所误,因为我们太读惯了一百二十回本的《红楼梦》,引起不自觉的错误来。若断然只读八十回,便另有一个平凡的宝玉,印在我们心上。

依雪芹底写法,宝玉底弱点亦很多的。他既做书自忏,决不会像现在人自己替自己登广告啊。所以他在第一回里,既屡次明说,在第五回《西江月》又自骂一起,什么"富贵不知乐业,贫穷难耐凄凉"。这怕也是超人底形景吗?是决不然的。至于统观八十回所留给我们,宝玉底人格,可以约略举一点。他天分极高,却因为环境关系,以致失学而被摧残。他底两性底情和欲,都是极热烈的,所以警幻很大胆的说:"好色即淫,知情更淫";一扫从来迂腐可厌的鬼话。他是极富于文学上的趣味,哲学上的玄想,所以人家说他是痴子;其实宝玉并非痴慧参半,痴是慧底外相,慧即是痴底骨子。在这一点作者颇有些自诩,不过总依然不离乎人情底范围。这就与近人底吹法螺有差别了。

依我们底推测,宝玉大约是终于出家;但他底出家,恐不专因忏情,并且还有生计底影响,在上边已说过了。出家原是很平凡

七 《红楼梦》底风格

的,不过像续作里所描写的,却颇有些超越气象。况且做和尚和成仙成佛,颇有些不同。照高君续作看来,宝玉结果是成了仙佛,却并不是做和尚。所以贾政刚写到宝玉的事,宝玉就在雪影里面光头赤脑披了大红斗篷,向他下拜,后来僧道夹之而去,霎时不见踪迹(事见第百二十回)。试问世界上有这种和尚么? 后来皇帝还封了文妙真人,简直是肉体飞升了。神仙佛祖是超人,和尚是人,这个区别无人不清楚的。雪芹不过叫宝玉出家,所以是平凡的。高鹗叫宝玉出世,所以是超越的。《红楼梦》中人格是平凡的这个印象,非先有分别的眼光读原书不可,否则没有不迷眩的。

  在逼近真情这点特殊风格外,实事求是这个态度又引出第二个特色来。《红楼梦》底篇章结构,因拘束于事实,所以不能称心为好;因而能够一洗前人底窠臼,不顾读者底偏见嗜好。凡中国自来底小说,都是俳优文学,所以只知道讨看客底欢喜。我们底民众向来以团圆为美的,悲剧因此不能发达,无论那种戏剧小说,莫不以大团圆为全篇精采之处,否则就将讨读者底厌,束之高阁了。若《红楼梦》作者则不然;他自发牢骚,自感身世,自忏情孽,于是不能自己的发为文章。他底动机根本和那些俳优文士已不同了。并且他底材料全是实事,不能任意颠倒改造的,于是不得已要打破窠臼得罪读者了。作者当时或是不自觉的也未可知,不过这总是《红楼梦》底一种大胜利,大功绩。《红楼梦》底效用,看他自己说:

> ……亦可使闺阁昭传,复可破一时之闷,醒同人之目……只愿世人当那醉余睡醒之时,或避世消愁之际,把此一玩。

《红楼梦》作者既希望世人醉余睡醒之后,把此一玩,则反言之,醉睡中间的世人,原不配去读《红楼梦》的;既曰"醒同人之目",则非同人,虽得读《红楼梦》,也是枉然的。这些话表面看来很和平,内里意思,却是十分愤激。

《红楼梦》底不落窠臼,和得罪读者是二而一的;因为窠臼是习俗所乐道的,你既打破他,读者自然地就不乐意了。譬如社会上都喜欢大小团圆,于是千篇一律的发为文章,这就是窠臼;你偏要描写一段严重的悲剧,弄到不欢而散,就是打破窠臼,也就是开罪读者。所以《红楼梦》在我们文艺界中很有革命的精神。他所以能有这样的精神,却不定是有意与社会挑战,是由于凭依事实,出于势之不得不然。因为窠臼并非事实所有,事实是千变万化,那里有一个固定的型式呢?既要落入窠臼,就必须要颠倒事实;但他却非要按迹寻踪实录其事不可,那么得罪人又何可免的。我以为《红楼梦》作者底第一大本领,只是肯说老实话,只是做一面公平的镜子。这个看去如何容易,却实在是真真的难能。看去如何平淡,《红楼梦》却成为我们中国过去文艺界中第一部奇书。我因此有一种普通的感想,觉得社会上目为激烈的都是些老实人,和平派都是些大滑头啊。

在这一点上,最早给我一种暗示的是友人傅孟真先生。他对我说:"《红楼梦》底最大特色,是敢于得罪人底心理。"《红楼梦》开罪于一般读者底地方很多,最大的却有两点:

(1) 社会上最喜欢有相反的对照。戏台上有一个红面孔,必跟着个黑面孔来陪他,所谓"一脸之红荣于华衮,一鼻之白严于斧钺"。在小说上必有一个忠臣,一个奸臣;一个风流儒雅的美公子,一个十不全的傻大爷;如此等等,不可胜计。我小时候听人讲小说,必很急切地问道:"那个是好人?那个是坏人?"觉得这是小说中最重要,并且最精采的一点。社会上一般人底读书程度,正还和

七 《红楼梦》底风格

那时候的我差不许多。雪芹先生于是狠狠的对他们开一下顽笑。《红楼梦》底人物,我已说过都是平凡的。这一点就大拂人之所好,幸亏高鹗续了四十回,勉强把宝玉抬高了些,但依然不能满读者底意。高鹗一方面做雪芹底罪人,一方面读者社会还不当他是功臣。依那些读者先生底心思,最好宝玉中年封王拜相,晚年拔宅飞升(我从前看见一部很不堪的续书,就是这样做的)。雪芹当年如肯照这样做去,那他们就欢欣鼓舞不可名状,再不劳续作者底神力了!无奈他却偏偏不肯,宝玉亦慧,亦痴,亦淫,亦情,但千句归一句,总不是社会上所赞美的正人。他们已经皱眉有些说不出的难受了。十二钗都有才有貌,但却没有一个是三从四德的女子;并且此短彼长,竟无从下一个满意的比较褒贬。读者对于这种地方,实在觉得浑身不自在起来;后在究竟忍耐不住,到底做一个九品人表去过过瘾方才罢休。我们在这里狠可以估量作者底胆识,和读者底程度了。

(2)*但作者开罪社会心理之处,还有比这个大的。《红楼梦》是一部极严重的悲剧,书虽没有做完,但这是无可疑的。不但宁荣两府之由盛而衰,十二钗之由荣而悴,能使读者为之怆然雪涕而已。若细玩宝玉底身世际遇,《红楼梦》可以说是一部问题小说。试想以如此之天才,后来竟弄到潦倒半生,一无成就,责任应该谁去负呢?天才原是可遇不可求的,即偶然有了亦被环境压迫毁灭,到穷愁落魄,结果还或者出了家。这类的酷虐,有心的人们怎能忍受不叹气呢?即以雪芹本身而论,虽有八十回的《红楼梦》可以不朽;但以他底天才看来,这点成就只能说是沧海一粟,馀外都尽量

---

* 原文无序号,依文意补。——校者注

糟蹋掉了，在文化上真是莫大的损失，又何怪作者自怨自愧呢！不幸中之大幸，他晚年还做了八十回书，否则竟连名姓都湮没无闻了。即有了《红楼梦》，流传如此之广，但他底家世名讳，直等最近才考出来。从前我们只知道有曹雪芹，至多再晓得是曹寅底儿子（其实是曹寅底孙子），以外便茫然了。即现在我们虽略多知道一点，但依然是可怜得很。他底一生详细的经历，依然不知道；并且以后能知道的希望亦很少，因为材料实在太空虚了。我们想做曹雪芹先生年表，正不知道什么时候才成功呢？

这半部绝妙的悲剧，为我们文艺界空前的杰作，但读者竟没有能力去赏鉴他，这岂不是冤枉了？他们笃守他们老师太老师传授下的团圆迷，若不遵守这个，无论做得如何好法，终究是野狐禅，不是正宗。他们对于这类悲剧下的批评，是没有收梢。以为收梢非团圆不可，收梢即是变名的团圆；所以不团圆就是没有收梢了，没有收梢便不成为正宗好书。这种的三段论法所以谬的地方，正因最先假定的前提，便是痴人说梦；那么，以后当然全是一片梦话了。为什么收梢非团圆不可呢？他们可有点说不出，大约只可回答："自古如此不得不然耳！"这类习俗的见解，何能令我们心服呢？

高鹗使宝玉中举，做仙做佛，是大违作者底原意的。但他始终是很谨慎的人，不想在《红楼梦》上造孽的。我很不敢看轻他底价值，正因他已竭力揣摩作者底意思，然后再补作那四十回。决不敢卤莽灭裂自出心裁。我们已很感激他这番能尊重作者底苦心。高鹗既非曹雪芹，文章本来表现人底个性，有许多违反错误是不能免的。若有人轻视高君续作，何妨自己把八十回续一下，就知道深浅了。高鹗既不肯做雪芹底罪人，就难免跟着雪芹开罪社会了；所以大家读高鹗续作底四十回大半是要皱眉的。但是这种皱眉，不足

七 《红楼梦》底风格

表明高君底才短,正是表明他底不可及处。他敢使黛玉平白地死去,使宝玉娶宝钗,使宁荣抄家,使宝玉做了和尚;这些都是好人之所恶。虽不是高鹗自己底意思,是他迎合雪芹底意思做的,但能够如此,已颇难得。至于以后续做的人,更不可胜计,大半是要把黛玉从坟堆里拖出来,叫她去嫁宝玉。这种办法,无论其情理有无,总是另有一种神力才能如此。必要这样才算有收梢,才算大团圆,真使我们脸红说话不得。即雪芹兰墅相见在地下,谈到这件事怕亦说不出话来呢!

现在我们从各方面证明原本只八十回,并且连回目亦只八十,这是完全依据事实,毫不杂感情上的好恶。但许多人颇赞成我们底论断,却因为只读八十回便可把那些讨人厌的东西一齐扫去,他们不消再用神力把黛玉还魂,只很顺当的便使宝黛成婚了。他们这样利用我们底发见,来成就他们师师相承的团圆迷,来糟蹋《红楼梦》底价值,我们却要严重的抗争了。依作者底原意做下去,其悲惨凄凉必十倍于高作,其开罪世人亦必十倍之。放心罢,在《红楼梦》上面,决不能再让你们来过团圆瘾!

我们又知道《红楼梦》全书中之题材是十二钗,是一部忏悔情孽的书。从这里所发生的文章风格,差不多和那一部旧小说都大大不同,可以说《红楼梦》底个性所在。是怎样的风格呢?大概说来,是"怨而不怒"。前人能见到此者,有江顺怡君。他在《读红楼梦杂记》上面说:

> ……正如白发宫人涕泣而谈天宝,不知者徒艳其纷华靡丽,有心人视之皆缕缕血痕也。

他又从反面说《红楼梦》不是谤书：

《红楼》所纪皆闺房儿女之语……何所谓毁？何所谓谤？

这两节话说得淋漓尽致，尽足说明《红楼梦》这一种怨而不怒的态度。

我怎能说《红楼梦》在这点上，和那种旧小说都不相同呢？我们试举几部《红楼梦》以外，极有价值的小说一看。我们常和《红楼梦》并称的是《水浒》、《儒林外史》。《水浒》一书是愤慨当时政治腐败而作的，所以奖盗贼贬官军。看署名施耐庵那篇《自序》，愤激之情，已溢于词表。"《水浒》是一部怒书"，前人亦已说过（见张潮底《幽梦影》上卷）。《儒林外史》底作者虽愤激之情稍减于耐庵，但牢骚则或过之。看他描写儒林人物，大半皆深刻不为留馀地，至于村老儿唱戏的，却一唱三叹之而不止。对于当日科场士大夫，作者定是深恶痛疾无可奈何了，然后才发为文章的。《儒林外史》底苗裔有《二十年目睹之怪现状》、《广陵潮》、《留东外史》之类。就我所读过的而论：《留东外史》底作者，简直是个东洋流氓，是借这部书为自己大吹法螺的，这类黑幕小说底开山祖师可以不必深论。《广陵潮》一书全是村妇嫚骂口吻，反觉《儒林外史》中人物，犹有读书人底气象。作者描写的天才是很好的，但何必如此尘秽笔墨呢？前《红楼梦》而负盛名的有《金瓶梅》，这明是一部谤书，确是有所为而作的，与《红楼梦》更不可相提并论了。

以此看来，怨而不怒的书，以前的小说界上仅有一部《红楼梦》。怎样的名贵啊！古语说得好："物希为贵"；但《红楼梦》正不以希有然后可贵。换言之，那不希有亦依然有可贵的地方。刻薄嫚骂的文字，极易落笔，极易博一般读者底欢迎，但终究不能感动

《中华现代学术名著丛书》

【第一辑 四十种】

书名	作者
马氏文通	马建忠
国故论衡	章太炎
王国维文学论著三种	王国维
吴梅词曲论著四种	吴 梅
中国中古文学史 汉魏六朝专家文研究	刘师培
中国文学批评史（上、下）	郭绍虞
甲骨文字释林	于省吾
中国俗文学史	郑振铎
汉语语音史	王 力
红楼梦辨	俞平伯
中国韵文史	龙榆生
汉魏六朝诗论丛	余冠英
台湾通史（上、下）	连 横
秦汉史	吕思勉
中国史学史	金毓黻
史学要论	李守常
中国通史简编（上、下）	范文澜
国史大纲（上、下）	钱 穆
中国史纲（一、二卷）	翦伯赞
春秋史	童书业
魏晋南北朝史论丛	唐长孺
明清社会经济史论文集	傅衣凌
西夏史稿	吴天墀
中国伦理学史（外一种）	蔡元培
新唯识论	熊十力
东西文化及其哲学	梁漱溟
科学与玄学	罗志希
中国艺术精神	徐复观
论逻辑经验主义	洪 谦
九朝律考	程树德
比较宪法	王世杰 钱端升
中国法律与中国社会	瞿同祖
中国民治论	鲍明钤
中国官僚政治研究	王亚南
通货新论	马寅初
中国经济思想史	唐庆增
中国厘金史	罗玉东
北平生活费之分析	陶孟和
论社会学中国化	吴文藻
第四种国家的出路	吴景超

【第二辑 三十种】

书名	作者
目录学发微 古书通例	余嘉锡
积微居小学金石论丛	杨树达
现代中国文学史（外一种:明代文学）	钱基博
等韵源流	赵荫棠
诗言志辨 经典常谈	朱自清
话本小说概论（上、下）	胡士莹

司马迁之人格与风格	李长之
道教徒的诗人李白及其痛苦	
明清史讲义（上、下）	孟森
国史要义	柳诒徵
中国南洋交通史	冯承钧
通史新义	何炳松
魏晋清谈思想初论	贺昌群
中国救荒史	邓云特
认识论	张东荪
科学方法论 科学概论	王星拱
中国哲学史大纲	胡适
知识论（上、下）	金岳霖
法相唯识学	太虚
陈康：论希腊哲学	陈康
康德的知识学	齐良骥
中国文化的展望	殷海光
中国道教史	傅勤家
监狱学	孙雄
中国法制史概要	陈顾远
新政治学大纲	邓初民
财政学	何廉 李锐
中国之棉纺织业	方显廷
中国田制史	万国鼎
南洋华侨与闽粤社会	陈达
文化人类学	林惠祥

【第三辑 三十五种】

中国小说史略 （外一种：汉文学史纲要）	鲁迅
现代吴语的研究	赵元任
古典新义	闻一多
谈艺录	钱锺书
唐诗综论	林庚
中古文学史论	王瑶
中国近三百年学术史（新校本）	梁启超
通鉴胡注表微	陈垣
隋唐制度渊源略论稿 唐代政治史述论稿	陈寅恪
中国古代社会研究	郭沫若
古史辨自序（上、下）	顾颉刚
安阳	李济
绿营兵志	罗尔纲
东汉的豪族	杨联陞
佛道散论	蒙文通
中国哲学史（上、下）	冯友兰
艺境	宗白华
西方美学史（上、下）	朱光潜
近代唯心论简释	贺麟
康德学述	郑昕
历代刑法考（上、下）	沈家本
中国商事法	刘朗泉
中国近百年政治史	李剑农
中国政治思想史（上、下）	萧公权
中国国民所得（一九三三年） (外一种：国民所得概论）	巫宝三
中国棉纺织史稿	严中平
当代中国社会学	孙本文
乡土中国 生育制度 乡土重建	费孝通
滕固美术史论著三种	滕固
中国古代服饰研究	沈从文
A GRAMMAR OF SPOKEN CHINESE	Yuen Ren Chao
中国话的文法	赵元任

MODERN DEMOCRACY IN CHINA Mingchien Joshua Bau	
中国民治主义	鲍明钤
THE GOVERNMENT AND POLITICS OF CHINA Ch'ien Tuan-sheng	
中国的政府与政治	钱端升
THE POST-WAR INDUSTRIALIZATION OF CHINA, H. D. Fong INDUSTRIAL CAPITAL IN CHINA	
战后中国之工业化 中国之工业资本	方显廷
LAW AND SOCIETY IN TRADITIONAL CHINA T'ung-Tsu Ch'ü	
中国法律与中国社会	瞿同祖

【第四辑 三十种】

中国旧小说考证	胡　适
文心雕龙札记	黄　侃
卢前曲学论著三种	卢　前
孟姜女故事研究及其他	顾颉刚
中国目录学史	姚名达
校雠学	向宗鲁
唐五代西北方音	罗常培
中国文法要略	吕叔湘
清史探微	郑天挺
中国文化史（上、下）	陈登原
中国文化与中国的兵	雷海宗
佛学研究十八篇（校点本）	梁启超
中国景教	朱谦之
德国古典美学	蒋孔阳
神学四讲	赵紫宸
法律哲学导论	居　正
民国司法志	汪楫宝
国际法大纲	周鲠生
罗马法原论（上、下）	周　柟
马克思的政治思想	吴恩裕
欧美各国现行宪法析要	龚　钺

经济史：历史观与方法论	吴承明
从古典经济学派到马克思	陈岱孙
中国历史上的基本经济区	冀朝鼎
中国教育改造	陶行知
平民教育与乡村建设运动	晏阳初
中国教育制度沿革史	郭秉文
COTTON INDUSTRY AND TRADE IN CHINA H. D. Fong	
中国之棉纺织业	方显廷
KEY ECONOMIC AREAS IN CHINESE HISTORY Ch'ao-Ting Chi	
中国历史上的基本经济区	冀朝鼎
THE CHINESE SYSTEM OF PUBLIC EDUCATION Ping Wen Kuo	
中国教育制度沿革史	郭秉文

【第五辑 三十种】

词史	刘毓盘
元白诗笺证稿	陈寅恪
上古音研究	李方桂
从诗到曲（上、下）	郑　骞
训诂学概论	齐佩瑢
唐代进士行卷与文学 古诗考索	程千帆
南朝文学与北朝文学研究	曹道衡
先秦政治思想史	梁启超
中国史学通论	朱希祖
隋唐史	岑仲勉
中国地理学史（先秦至明代）	王成组
中国妇女生活史	陈东原
基督教与中国文化	吴雷川
中国天主教传教史概论	徐宗泽
道教史	许地山
论道	金岳霖
文化与人生	贺　麟

寄簃文存	沈家本
中国婚姻史	陈顾远
中国法律在东亚诸国之影响	杨鸿烈
孔门理财学	陈焕章
上海工业化研究	刘大钧
乡村建设理论	梁漱溟
中国经济原论	王亚南
金翼	林耀华
幼稚园教材研究 幼稚教育新论	张雪门
近代中国留学史 近代中国教育思想史	舒新城
THE ECONOMIC PRINCIPLES OF CONFUCIUS AND HIS SCHOOL	Chen Huan-Chang
孔门理财学	陈焕章
THE GROWTH AND INDUSTRIALIZATION OF SHANGHAI	D. K. Lieu
上海工业化研究	刘大钧
THE FINANCING OF PUBLIC EDUCATION IN CHINA	Ronald Yu Soong Cheng
中国教育财政之改进	陈友松

【第六辑 四十种】

齐如山国剧论丛	齐如山
先秦文学 中国文学史讲义	游国恩
中国文学批评史（上、下）	罗根泽
中国文学发展史（上、下）	刘大杰
宋元明讲唱文学	叶德均
晚照楼论文集	马茂元
汉书窥管	杨树达
欧化东渐史	张星烺
西域史地考古论集	黄文弼
中国疆域沿革史	顾颉刚 史念海
先秦诸子系年	钱 穆
古器物中的古代文化制度	徐中舒
中国社会之史的分析（外一种：婚姻与家族）	陶希圣
唐代长安与西域文明	向 达
古代神话与民族	丁 山
小屯、龙山与仰韶	梁思永
中国史纲	张荫麟
岳飞传	邓广铭
胡惟庸党案考	吴 晗
等不等观杂录	杨文会
欧阳竟无内外学	欧阳竟无
中国佛教史	蒋维乔
中国宗教思想史大纲	王治心
理学纲要	吕思勉
汉魏两晋南北朝佛教史	汤用彤
两汉经学今古文平议	钱 穆
墨学源流	方授楚
中国哲学大纲	张岱年
中国伶人血缘之研究 明清两代嘉兴的望族	潘光旦
中国乡约制度	杨开道
藏族宗教史之实地研究	李安宅
中国封建社会	瞿同祖
法律教育	孙晓楼
财政学总论	陈启修
社会主义经济论稿	孙冶方
变态心理学派别	朱光潜
旧石器时代之艺术	裴文中
中国教育财政之改进	陈友松
THE SYSTEM OF TAXATION IN CHINA IN THE TSING DYNASTY, 1644-1911	SHAO-KWAN CHEN
清代中国的税收制度	陈兆鲲
VILLAGE AND TOWN LIFE IN CHINA	L.K.Tao Y.K.Leong
中国的乡村与城镇生活	陶孟和 梁宇皋

七 《红楼梦》底风格

透过人底内心。刚读的时候,觉得痛快淋漓为之拍案叫绝;但翻过两三遍后,便索然意尽了无馀味,再细细审玩一番,已成嚼蜡的滋味了。这因为作者当时感情浮动,握笔作文,发泄者多含蓄者少,可以悦俗目,不可以当赏鉴。缠绵悱恻的文风恰与之相反,初看时觉似淡淡的,没有什么绝伦超群的地方,再看几遍渐渐有些意思了,越看得熟,便所得的趣味亦愈深永。所谓百读不厌的文章,大都有真挚的情感,深隐地含蓄着,非与作者有同心的人不能知其妙处所在。作者亦只预备藏之名山,或竟覆了酱缸,不深求世人底知遇。他并不是有所珍惜隐秘,只是世上一般浅人自己忽略了。"知我者希,则我者贵";这句话亦是无可奈何的譬解罢。

愤怒的文章容易发泄,哀思的呢,比较的容易含蓄,这是情调底差别不可避免的。但我并不说,发于愤怒的决没有一篇好文章,并且哀思与愤怒有时不可分的。但在比较上立论,含怒气的文字容易一览而尽,积哀思的可以渐渐引人入胜;所以风格上后者比前者要高一点。《水浒》与《红楼梦》底两作者,都是文艺上的天才,中间才性底优劣是很难说的;不过我们看《水浒》,在许多地方觉得有些过火似的,看《红楼梦》虽不满人意的地方也有,却又较读《水浒》底不满少了些。换句话说,《红楼梦》底风格偏于温厚,《水浒》则锋芒毕露了。这个区别并不在乎才性底短长,只在做书底动机底不同。

但这些抑扬的话头,或者是由于我底偏好也未可知。但从上文看来,有两件事实似乎已确定了的。(1)哀而不怒的风格,在旧小说中为《红楼梦》所独有。究竟这种风格可贵与否,却是另一问题;虽已如前段所说,但这是我底私见不敢强天下人来同我底好恶。(2)无论如何,嫚骂刻毒的文字,风格定是卑下的。《水浒》骂则有之,却没有落到嫚字。至于落入这种恶道的,决不会有真好的文章,这是我深信不疑的。我们举一个实例讲罢。《儒林外史》与《广陵潮》是一派的小说。《儒林外史》未始不骂,骂得亦未始不凶,但究竟有多少含蓄的地方,有多少穿插反映的文字,所以能不失文学底价值。《广陵潮》则几乎无人不骂,无处不骂,且无人无处不骂得淋漓尽致一泄无馀,可以喷饭,可以下酒,可以消闲,却不可以当他文学来赏鉴。我们如给一未经文学训练的读者这两部小说看,第一遍时没有不大赞《广陵潮》的;因为《儒林外史》没有这样的热闹有趣,到多看几遍之后,《儒林外史》就慢慢占优越的地位了。这是我曾试验过的,不同于揣想空论。

《红楼梦》只有八十回真是大不幸,因为极精采动人的地方都在后面半部。我们要领略哀思的风格,非纵读全书不可;但现在只好寄在我们底想象上,不但是作者底不幸,读者所感到的缺憾更为深切了。我因此想到高鹗补书底动机,确是《红楼梦》底知音,未可厚非的。他亦因为前八十回全是纷华靡丽文字,恐读者误认为诲淫教奢之书,如贾瑞正照"风月宝鉴"一般;所以续了四十回以昭传作者底原意。他所以在引言上说:"……实因残缺有年,一旦颠末毕具,大快人心,欣然题名,聊以纪成书之幸。"可知高君补书并非如后人乱续之比,确有想弥补缺憾的意思。所以他说:"大快人心","成书之幸"。但高鹗虽有正当的动机,续了四十回书,而几处处不能使人满意。我们现在仍只得以八十回自慰,以为总比全然没有好了一点。康君白情说得好:"一半给我们看,一半留给我们想。"(《草儿》第三二页)这是我们底无聊的慰藉啊!

一九二二,六,二五,改定。

八 《红楼梦》底年表

有些事情,非表不明。至于综合地概观一人底生平,或一事的流变,尤非年表不办。可惜《红楼》作者底生平事迹绝少流传,要作满人意的《曹雪芹年谱》,在现今的状况下,总还是不可能。我读这书的时候,戏会萃那些有关系的事情,分年列表,以备自己底参考。写成之后,觉得虽有些是托之揣测,但大致不甚谬,狠可以帮助喜欢研究《红楼梦》的人,所以现在把他列入本卷。将来如有所得,当然还得经过几番的修正,这只是草稿罢了。

现在首写年份,再列事实。每节下须说明的,附在每节之后。

一七一五,清康熙五十四年,曹𫖯为江宁织造。
　　(曹雪芹是𫖯之子,说见《胡适文存》卷三,二二四页。)

一七一九,清康熙五十八年,曹雪芹生于南京。
　　(曹氏三世为织造,在江宁苏州两处。《四松堂集》诗注说,"雪芹随其先祖寅之任"*;虽经胡先生考订其有误。但雪芹曾随其尊长,在江宁织造任上,却决无可疑的。敦敏赠诗有"秦淮残梦忆繁华",即是一证。雪芹底生年,也经胡先生考定,在一七一九年〔《努力周报》,第一期〕。他假定雪芹享年四十五;如雪芹不及四十五而卒,那生年便须移后了。敦诚挽曹雪芹诗,有"四十年华付杳冥"之句,虽未必是整四十岁,

---

* 此句引文,"寅"下脱"织造"二字。——校者注

也未必便是四十五岁。胡先生只说,雪芹享年至多不得过四十五岁。现在即以胡先生所说,也总不致于大错,相差至多不过五年。总之,无论如何,雪芹生时,必在曹頫江宁织造任上。他底生日,依《红楼梦》叙宝玉生日推算,大约在初夏,四五月间〔第六十二回〕)。

一七二八,雍正六年,曹頫卸江宁织造任。雪芹随他北去。
(曹頫卸任之后做些什么,我们不知道。看《红楼梦》,大约调回北京去了。这时候,雪芹大约只九岁馀,想也回北方去了。)

一七三〇,雍正八年,《红楼梦》从此起笔,雪芹十一岁。

一七三二,雍正十年,凤姐谈南巡事。宝玉十三岁。依这里所假定的推算,雪芹也是十三岁。

一七三七,乾隆二年,书中贾母庆八旬。

一七三八,乾隆三年,八十回《红楼梦》止此。雪芹十九岁。
(这四条的依据,不得不说明一下。胡先生曾说过,《红楼梦》中只有记南巡一节,是历史上的事实。〔《胡适文存》,卷三,二二一页〕第十六回原文如下:

凤姐道:"……若早生二三十年,如今这些老人家也不薄我没见世面了。说起当年太祖皇帝仿舜巡的故事……我偏偏的没赶上。"

凤姐这句话是当为说话时的年代。康熙帝南巡六次,最晚这一次,在四十六年,西历一七〇七年。从此往下推算二三十年,则凤姐说话时,当为一七二七—三七之间。以平均计算,下推二十五年,则当为一七三二年。这时候,书中的宝玉正十二三岁〔第二十三回〕。雪芹底年纪,依我们推算,大约也在十三岁左右,恰拾相合。

我们既认定《红楼梦》是实写曹家事;那么,书中的贾母,即是曹寅之妻。曹寅死于一七一二年,享年五十五。通常夫妇配合,女小于男,即算是同年,到隋赫德接任的时候,她也只七十一岁。下推九年为一七三七,正是"庆八旬"这个时候。书中庆八旬,在第七十一回;下距八十回终了,只一年余。这是一看《红楼梦》便可知的。书中写她底生日,在八月初三〔第七十一回〕,接着写赏中秋〔第七十五回〕,写"蓉桂竞芳之月"〔第七十八回〕,知这几回是一年内底事情。后来宝玉病了一月以后,又在房中保养过了百日,到天齐庙去还愿;知道已到次年了〔蓉桂竞芳之月,应是九月。病了一月已是十月过了。再调养百日,当然又是一年了〕。

这些噜苏、拘泥的考辨,却颇有些关系;因为不如此就不能断定《红楼梦》全书共说的几年底事,是那几年底事。我先从凤姐说话的时候,立一标准,假定为一七三二年。又从本书考出,从第二回到第七十八回,共有八年。且看:

"珠虽夭亡,幸存一子,取名贾兰,今方五岁……"〔第二回〕

"贾兰的是一首七言绝句……众宾见了,便皆大赞:'小哥儿十三岁的人就如此……'"〔第七十八回〕

本书底第一第二两回,都是引论,到第三回才入正文,写黛玉进荣府,第二天便去访李纨。所以入书之初,正当贾兰五岁之时,到第七十八回,明写他已十三岁了;这可证从开首到此,共写了八年底事情。从第七十八回到第八十回,又约略有五个月的光景。而征《姽嫿词》,正当九月,则八十回末已入次年可知。故我断定八十回书,共前后有九年,至多不过十年。

从第十六回,凤姐说话时,上推三年,为一七三〇。从一七三〇下推九年,为一七三八。再从此上推一年便是贾母八十岁的时候,正是一七三七。

这些推算,虽带些揣想的色彩,但对于大体也无碍。上下相差,至多不过四五年,也就可以算平均的准确了。我现可以告诉读者的,是《红楼梦》八十回所叙的事,当雪芹十一岁到十九岁。书中所谓荣宁两府及大观园都在北京。关于书中地点问题,下有专篇详论。)

一七三九—五七,乾隆四—二十二年,这十八年之中,雪芹遭家难,以致困穷不堪,居住于北京之西郊。

(我们知道《红楼梦》八十回中贾氏尚未中落,宝玉尚是安富尊荣;可见曹家凋零决在一七三八之后。一七五七,敦诚赠诗有"环堵蓬蒿屯"之语,可见此时雪芹已很穷了,或已穷得很久了。我们假定在这个时期中间,不过就最远的起讫而言,将来曹家事实续有发见,自然还应当缩短,方才精确。至于知道雪芹住在北京西郊,也是从敦诚敦敏底诗中看出来的。敦诚说:"不如著书黄叶村"〔《寄怀曹雪芹》〕,"日望西山餐暮霞"〔《赠曹芹圃》〕。敦敏说:"碧水青山曲径遐,薛萝门巷足烟霞。"〔《赠曹雪芹》〕又说:"野浦冻云深,柴扉晚烟薄。山村不见人,夕阳寒欲落。"〔《访曹雪芹不值》〕这些诗都成于一七五七之前后数年中,可见是时住在北京城外。京东无山,且敦诚明说西山,可证雪芹住在北京之西郊。)

一七五四—六三,乾隆十九—二十八年,雪芹三十五至四十四岁(?),作《红楼梦》八十回。

(以敦诚诗中所谓"著书黄叶村"看去,知雪芹做《红楼梦》大约即在一七五七上下数年间。因为以我们所知,雪芹一生未有别的著作;则敦诚所谓著书,大约就是指作《红楼梦》,且证以本书底话也极为相符。我试引几条为证:

(1)"半生潦倒之罪……"

(2)甄士隐年过半百。

(3)"如何两鬓又成霜?"〔以上第一回〕

(4)雨村以为翻过筋斗来的,是一个龙锺老僧〔第二回〕。

但看了本书,似乎雪芹著书之时,已甚老了。而在实际上,他至多活了四十五岁,未免有些不合。然文人之笔,原是随情涉兴,也不妨过意写得衰老些,使文情格外生动。总之,雪芹著书,决在中年,却是无可疑惑的。至于我假定著书有十年工夫,这原不过是个悬想。但看本书第一回所谓"后因曹雪芹于悼红轩中披阅十载",则八十回书底成就,大约总非三五年底事情了。我底假定,或者与当时事实不甚相远。)

一七六二,乾隆二十七年,雪芹作长歌谢敦诚。敦诚答赋《佩刀质酒歌》。

一七六四,乾隆二十九年,曹雪芹卒于北京,年四十馀,无子,有妇孀居。
(《努力》,第一期,引敦诚诗并注。)

一七六五,乾隆三十年,《红楼梦》初次流行。
(高鹗说:"藏书家抄录传阅,几三十年矣。"他做这引言,是在一七九二年,上推二十七年,为一七六五,正当作者身后之第一年,或稍前后的几年中。)

一七六九,乾隆三十四年,戚蓼生中己丑科进士。
(戚蓼生是做有正本《红楼梦》序的。做序之时,大约在中进士之后。戚氏科名,见余姚《戚氏家谱》。)

一七七〇,乾隆三十五年,《红楼梦》盛行。
(高鹗说:"闻《红楼梦》脍炙人口者,几廿馀年。"他既说"廿馀年",想必不止二十年。假定以二十二年计算,大约在这时候,这书已很通行了。)

一七八八,乾隆五十三年,高鹗中戊申科举人。
(高氏先中举,后补书;所以非让宝玉也中个举人,方才惬意。)

一七六五——一七八八,乾隆三十一—五十三年,佚本后三十回的《红楼梦》成。

一七九一,乾隆五十六年,高鹗补《红楼梦》四十回。

一七九二,乾隆五十七年,程伟元本——一百二十回本——初成。

> 从此以后,方才有了百二十回的《红楼梦》。
> 一八〇五,嘉庆十年,陈刻《红楼复梦》成。
> （这虽是很恶劣的乙类续书,但因为它年代很早,恐怕是一部最早的乙类续书。依书中序看,则这书脱稿于一七九九,嘉庆四年。）
> 一八六九,同治八年,愿为明镜室主人,江顺怡底《读红楼梦杂记》刻成。

上列这表,原是草创的,既不完备,也不的确,只是一种综括研究底初步。有许多滥俗的续书底年代,因为我没有这些书,所以也没有写进去。好在这些败纸,弃之亦无足惜,更犯不着费一番考证底工夫。我希望于最短时间,将这表抹掉,重做一个正式的年表。

一九二二,五,十八。

九 《红楼梦》底地点问题

上篇专说"时"底问题,现在要转到"地"底问题上去。我觉得这个问题底解决,很有点困难,就在本篇也只罗列各种可能的揣测,略就我个人底倾向而已,并不能有狠确定的断案。这原是不无遗憾,但研究底事业,解析困难之所在,也是一步功夫,原不应当急急去求鲁莽的断语。颉刚有两节话,说得最好:

> 我们虽是愈研究愈觉得渺茫,但总是向着光明处走。可以考实的总考实了,有破绽的地方也渐渐的发见了。这很可以安慰我们的劳苦。(十,六,十四信)
>
> 我以为现在并不是要求一切的结论,只是把各种矛盾窒碍的地方聚集拢来,备将来结论的参考。(十,六,二十四信)

《红楼梦》底地点问题,既不能完全解决,只得以这两节话来解嘲了。未入正文以前,我先说一个根本的假定,就是《红楼梦》所叙述的各处,确有地底存在,大观园也决不是空中楼阁。这个假定所根据的有两点:(1)《红楼梦》是部"按迹寻踪"的书,无虚构一切之理。(2)看书中叙述宁荣两府及大观园秩序井井,不像是由想象构成的。而且这种富贵的环境,应当有这样一所大的宅第,园林。既承认《红楼梦》确有地底存在,就当进一步去考订"究竟在那里"这个问题。但因考订这个问题,却留给我们无数的荆棘。

以现在的我们所知道的这样少,当然不能解决《红楼梦》底事实,发现于某城之某街坊,当然不能很精细的去指出《红楼梦》底地点。如那些妄人,说大观园便是北京底什刹海,又说黛玉底葬花冢,在陶然亭之旁(其实陶然亭有一香冢,了不与葬花事相干);他们真是胆子不小,竟好意思把这些鬼话写在书上(见蒋瑞藻《小说考证》所引)。即如袁枚说大观园便是随园,也是信口开河,自己夸耀,以我们考订,毫无影响的。所以这篇所讨论的,只是《红楼梦》一书所写的各事,是在南或在北?再进一步,亦只问是在南京或在北京?决不学他们这样的不知妄说,定要指出大观园是在某街某巷,方始显示他们底博洽古今①。

因为只辨明或南或北,已使我们陷于迷惑底中间,更不用说进一步的话。我们先从本书看,得到的有些什么?如悬想起来,似乎很应当有个解决的方法。南北底风土人情,差异本很明显,而八十回书又非短篇之比。岂有从八十回书中,看不出一点所在地方底风土人情?只要有一两点看出,便可以断定这个问题了。这样说法原是不错,但可惜实际上没有这般简单,也没有这般称心如意。

本书中明说出地点的,有下列各项:

(1)黛玉宝钗到贾府去,都说是入都;而京都是专指北京而言。(第三第四回)

---

① 友人汪敬熙先生曾听他底父亲说,《红楼梦》中大观园遗址在北京西城,今为内务府塔氏之园,革命以后,曾有人进去看过。汪君之父,则听一苏君谈说如此。信否未可知,情理或有之,记此备考。

一九二二,八,十五,在美国波定谟记。

(2) 贾雨村选了金陵应天府,辞了贾政,择日到任。(第三回)

(3) 贾雨村对冷子兴说:"去岁我到金陵……那日进了石头城。从他老宅门前经过,街东是宁国府,街西是荣国府……大门外虽冷落无人。……"(第二回)

(4) 贾敬不肯回原籍来,只在都中城外和那些道士们胡羼。(第二回)

(5) 凤姐册词有"哭向金陵事更哀"之语。(第五回)

(6) 贾母说:"我和你太太,宝玉立刻回南京去!"(第三十三回)

以外恐怕还有些证据,就想及的已有这六条,且已足够用了。雨村底话,每使人起误解,以为说书中事实是在南京,其实不然。我们看他说"老宅",说"门外冷落无人",都是没有人住着底铁证。贾母说回南京去,尤为明显。书中说京都,都中,皆指北京;于南京必曰石头城,金陵,南京。叙述时必曰原籍,自称必曰老家。这可见《红楼梦》底地方,是在北京。

本书除明点地方以外,从叙述情景中,还有可以证明是在北方的。颉刚有一信说得最为详细,现在引录如下,不用我再来申说:

贾家如在南方,何以有炕?炕于书中屡见。如第三回黛玉到王夫人处,写"临窗大炕"上怎样怎样。如第八回宝玉到薛姨妈处,听说宝钗在里面,他"忙下炕来……掀帘一步进去,先就看见宝钗坐在炕上作针线。"又如第六回刘老老到贾琏住宅,"刘老老和板儿上了炕,平儿和周瑞家的对面坐在炕沿上。"又说,"听得那边说道摆饭……忽见两个人抬了一张炕桌来,放在这边炕上,桌上碗盘摆列。……"又写凤姐坐处,"南窗下是炕,炕上大红条毡。……"又如第十六回宝玉到秦钟家,李贵道,"秦相公是弱症,未免炕上挺扛的骨头不受用。……"(平按,又如第二十五回,贾环来到王夫人炕上坐着,命人点了蜡烛,装腔做势的抄写。后来宝玉靠着枕头,在王夫人身后倒下,贾环将蜡烛向宝玉脸上一推。又如戚本第七十七回,晴雯将死之时,睡在芦席土炕上。这也都是北方砖炕底光景,明非南方之事。)从以上几则看来,王夫人条说是"临窗",凤姐条说是"南窗下",这是北京砖炕的安置处。南方便是炕床,也都安在北首靠墙的。宝钗在炕上作针线,巧姐屋里的炕上又是吃饭处所,秦钟又是睡在炕上。这都是北方砖炕的许多用处,不似南方的炕床只做客人坐位的。至于刘老老坐在这里的炕,平儿坐在对面的炕,可见屋里砌炕的多,决不是南方情景了。

其他所说像北方房屋样子的,就记忆所及,也有几处。(1)第十四回说,"宝玉外书房完竣,支领买纸料糊裱",可见房屋是纸裱的。(2)第七十九回说,"咱们如今都系霞彩纱糊的窗格",可见窗格是用纱糊的。这些在南方都没有。房屋结构尤其像北方。不过我对于这上的名目制度不甚明了,不敢提出来判断。

本来这书上的事实是使人确信他在北京的,所以明斋主人《总评》内也说:

"白门为六朝佳丽地,系雪芹先生旧游处,而全无一二点染,知非金陵之事。……又于二十五回云'跳神',五十七回云'鼓楼西'(刚案,南京也有鼓楼,这不能断定北京)……明辨以晰,益知非金陵之事。"

不过我们已有了《随园诗话》的先入之见,不敢信他在北京罢了。假使我们能约略知道曹雪芹的生平,他在"红楼梦"中的生涯,自然可以确定他的所在。(十,六,十四信)

颉刚当时所表示的希望,现在虽勉强地达到;但"确定所在"这个断语,依然还得半悬着。这因为本书中有些光景,确系在江南才有的。若径断为北方之事,未免不合。例如:

第四十回,贾母众人先到潇湘馆,一进门,只见两边翠竹夹路,土地上苍苔布满,后来刘老老被青苔滑倒。
第二十六回,凤尾森森,龙吟细细,正是潇湘馆。同回,林黛玉也不顾苍苔露冷,独立花阴之下。
第十七回,潇湘馆有千百竿翠竹遮映。同回,贾政等过了荼蘼架,入木香棚,蔷薇院。又,怡红院中满架蔷薇。
第三十回,宝玉到了蔷薇架。此时正是五月,那蔷薇花叶茂盛之际。
第四十一回,妙玉对贾母说,喝的是旧年蠲的雨水。
第四十九回,目录是"琉璃世界白雪红梅,"本文是"栊翠庵中有十数株红梅,如胭脂一般"。
第五十回,宝玉乞红梅,大家做红梅花诗。
第二十八回,行酒令时,蒋玉函拿起一朵木樨来。

看他写大观园中有竹,有苔,有木香,荼蘼,蔷薇,冬天有红梅,席面上有桂花,喝的是隔年雨水;怎么能说是北方的事情?第二十八回点木樨，或者可以说是盆景中的；但栊翠庵却有梅林，潇湘馆布满苔痕，又将如何解释？竹子我在北京还见过；至于梅林却从来未见，只听见人说某旗下亲贵有一株梅花，是种在地下的，交冬时须搭篷保护。他自己很以为名贵，名之曰"燕梅"。这可见北京万不会有成林的红梅存在。至于北京居民亦万无以雨水为饮料之理；因北京屋顶，都是用灰泥砌瓦，且雨水稀少，下雨之时，颜色污浊，决不可饮。这是住过北京的人同有的经验，不是我信口开河。而且我所举的也并不全备，以外这类事例还多。如第七十八回，说"蓉桂竞芳"，第七十九回说"蓼花菱叶"，说"夏家把几十顷地种着桂花"，都不很像北方底景象。

　　这应当有一个解释。若然没有，则矛盾的情景永远不能消灭，而结论永远不能求得。我勉强地为他下一个解释，只是自己总觉得理由不十分充足；但除此以外，更没有别的解释可以想象，除非推翻一切的立论点，承认《红楼梦》是架空之谈。果然能够推翻，也未始不好，无奈现在又推翻不了这个根本观念。我底解释是：

　　　　这些自相矛盾之处如何解法，真是我们一个难题。或者可以说由于《红楼梦》传世钞本纷多，后虽定为一本，抵牾之处尚未尽去。或者此等处本作行文之点缀，无关大体，因实写北方枯燥风土，未免杀尽风景。我想，有许多困难现在不能解决的原故，或者是因为我们历史眼光太浓厚了，不免拘儒之见。要知雪芹此书虽记实事，却也不全是信史。他明明说"真事隐去"，"假语村言"，"荒唐言"，可见添饰点缀处是有的。从前人都是凌空猜谜，我们却反其道而行之，或者竟矫枉有些过正也未可知。你以为如何？（十，六，十八信）

九 《红楼梦》底地点问题

我在当时亦觉得我们未免太拘迂了。《红楼梦》虽是以真事为蓝本,但究竟是部小说,我们却真当它是一部信史看,不免有些傻气。即如元妃省亲当然实际上没有这回事(清代妃嫔并无姓曹的),里面材料大半从南巡接驾一事拆下来运用的。这正是文字底穿插,也是应有的文学手腕。所以上列各项,暂且只好存而不论,姑且再换一条道路去走一下,看能够走得通吗?我这种怀疑的态度,曾对颉刚宣示:

> 从本书中房屋树木等等看来,也或南或北,可南可北,毫无线索,自相矛盾。此等处皆是所谓"荒唐言",颇难加以考订。(十,六,三十)

因本书底内容混杂,不容易引到结论。我们只得从曹雪芹底身世入手,从外面别的依据入手,或者可以打破这重迷惑。颉刚对于这一点极有功绩。他先辨明大观园决不是随园,把袁枚底谎语拆穿。这样一来,《红楼梦》是南方的事,在外面看,已少了一个有力的帮手。颉刚说:

> 但我又要疑大观园不即是随园。雪芹是曹寅的孙,我们又确相信雪芹即宝玉,而《红楼梦》是写实事的书,那么书中贾母即曹寅之妻,贾母入书时已近八十了。曹寅死时,年五十一岁,夫妇即算是同年,算到隋赫德接曹𫖯之任,她不过七十一岁;此时曹家当然搬还北京,这园也不久卖与隋氏了。如何能看他改造起来?……但说大观园决不在南京,也是不能。(1)书名《石头记》,当是石头城中事。(2)是书屡说"金陵十

二钗",贾王史薛各家,因是可说金陵籍而住在都中的,逃不了金陵二字;至于黛玉妙玉与南京一点没有关系,何以也入"金陵十二钗"之内?(十,六,五)

我回他一信,对于上半节完全赞成,他所怀疑的两点,我却以为不成大问题。我说:

> 石头是作者自寓,《石头记》是自记其生平,不必定说是石头城里底事情。"金陵十二钗"乃概括言之,不必太泥,或视为作者底一点疏忽亦无不可。(十,六,九)

但这还是从书中事实对看,而生"随园非大观园"这个疑惑。颉刚后来又给我两信,直接地证实随园决非大观园。袁枚本是个极肉麻的名士,老着脸说"大观园者,即余之随园也"。被颉刚这一逐细驳辨,真是痛快之至。颉刚说:

> 袁枚生于一七一六,与雪芹生岁不远。他说,"相隔已百馀年矣",可见此老之糊涂!本来我在《江南通志》,《江宁府志》及《上元县志》上查,都没有说小仓山是曹家旧业。……曹寅是有名的人,往来的名士甚多,他有了园,一定屡屡见之诗歌,为什么《楝亭诗钞》里只有一个西轩,别人诗词里也不见说起?可见府志书的不载,正好反证曹家并无此园了。(十,六,十四)
>
> 袁枚所记曹家事,到处错误。大观园不在南京,我日来又续得数证:(1)《续同人集》上,张坚赠袁枚一诗的序中原说,"白门有随园,创自吴氏。"适之先生没有引他的序,而只引他

的"瞬息四十年,园林数主易"一语,以为"数"即不止隋袁两家。现在既知尚有吴氏,则吴隋袁三家亦可称"数"了。(2)袁枚《随园记》作于乾隆十四年三月,记上说他的经过次序:(甲)买园,(乙)翻造,(丙)辞官,(丁)迁居。这许多事情必不是三个月所能做的,则买园当然在乾隆十四年之前。但十三年正是他修《江宁府志》的时候,志书局里的采访是很详的,曹家又是有名人家,如果他们有了这园,岂有不入志之理?他这部志我虽尚没有寓目,但看他《随园记》的不说,后来续纂府志的不载,便可推知他的志上也是没有的了。他掌了府志还不晓得,他住入了园内还不记上,而直等看见了《红楼梦》之后方说大观园即随园,这实在教人不能相信!明斋主人《总评》里说:"袁子才《诗话》谓纪随园事,言难征信……不过珍爱备至而硬拉之,弗顾旁人齿冷矣。"恐确是这个样子。(十,六,二十四信)

他两信所说,真是铁案如山,不可摇动。从此,《红楼梦》之在南京,已无确实的根据,除非拉些书中花草来作证。而这些证据底效力究竟是很薄弱的。因文人涉笔,总喜风华;况江南是雪芹旧游之地,尤不能无所怀忆。何必定说,处处实写北地底尘土,方为合作。看全书八十回,涉及南方光景的,只有花草雨露等等,则中间的缘故也可以想象而得了。且我们更可以借作者底生平,参合书中所叙述,积极地证明《红楼梦》之在北京。

雪芹生年假定为一七一九,迟早也只在数年之中。曹頫卸任后,当然北去,雪芹大约只有九岁上下;而书中宝玉入书时已十一二岁,我们既确信雪芹即宝玉,则《红楼梦》开场叙事,已明在北京。

证一。

书中凤姐说,早生二三十年就可以看见太祖皇帝仿舜巡的故事。太祖皇帝是指清康熙帝。我们若是坐定她说话时,是在康熙末次南巡后之二三十年(一七二七——一七三七);则入书时极早曹𫖯适罢官,极迟曹家已搬回北京十年了(因隋赫德接曹𫖯之任在一七二八年)。以平均计算,大约在一七三二年左右,曹氏已早北去。证二。

曹𫖯卸任时,曹寅之妻至多七十多岁;而书中明写贾母庆八旬,明系在北京底事情,证三(参看上篇,《红楼梦底年表》)。

故以书中主要明显的本文,曹氏一家底踪迹,雪芹底生平推较,应当断定《红楼梦》一书,叙的是北京底事。从反面看,却没有确切的保证,可以断定《红楼梦》是在南方的;袁枚底话是个大谎,书中有些叙述,是作文弄姿,无甚深意的。

话虽这样说,我们现在从大体上,如此断定了;但究竟非无可怀疑的。我总觉得疑惑没有销尽,而遽下断语,是万分危险的;所以在这里,判决书已下之后,却声明得保留将来的"撤销原判"底权利。

可疑的有好几项:(1)曹𫖯已免官北去,雪芹年尚幼小——十岁以下——怎么会有这样富贵温柔的环境,像书中所描写的?这一个疑问比较还容易解答。且看第二回中冷子兴说:"古人有言,'百足之虫,死而不僵。'如今虽说不似先年那样兴盛,较之平常仕宦之家,到底气象不同。"这正如俗语所谓"穷穷穷,还有三条铜!"曹氏三世四任为江宁织造,兼巡盐御史,当清康熙物力殷足之时,免官之后自然还有馀荫,可及子孙,怎么会骤穷起来?且曹家搬回之后,或在北京再兴旺几时,也未可知。看书中贾政甚得皇帝底赏识,曾放学差;或者曹𫖯也有这类经历,也很难说(可惜曹𫖯自免织造任后,事迹无考,不能证实这层揣想)。即没有这事,雪芹做了几年的阔公子,总是可能的。

(2)但颉刚另表示一种疑惑,却无法解答。他说:"曹家搬回北京后,已无袭职可言,为何书上犹屡屡说及这一回事?"(十,六,十四信)这个姑留为悬案,我不愿强作解人。

(3)敦敏送雪芹诗有"秦淮残梦忆繁华"之句,敦诚怀雪芹诗有"扬州旧梦久已绝"之句;看他们所说的"旧梦""残梦",似即指所谓"红楼梦"而言。但一个说秦淮,一个说扬州,好像《红楼梦》所说的事,是在这两处——江南,江北——决不是在北京。如照我们这样说,雪芹十岁内随父北旋,后来从没到过南方;则何所谓"忆繁华"?又何所谓"旧梦绝"?上节犹是小节,这真是大不可解了!充其极量,可以推翻本篇一切的论证。

所以说了半天,还和没有说以前,所处的地位是一样的。我们究竟不知道《红楼梦》是在南或是在北。绕了半天的湾,问题还是问题,我们还是我们,非但没有解决底希望,反而添了无数的荆棘,真所谓"所求愈深所得愈寡"了!但我们却决不灰心,困难正足以鼓励我们。无论如何,总要比袁枚他们随意胡言好一点。说了半天,还是颉刚说得最好:"我以为现在并不是要求一切的结论,只是把各种矛盾窒碍的地方聚集拢来,备将来结论的参考。"我们在路上,我们应当永久在路上!

一九二二,六,二十。

十　八十回后底《红楼梦》

《红楼梦》只有八十回,八十回以后那里还有《红楼梦》?所以这个标题严格地解释是不很通的。但从戚蓼生,高兰墅以来,凡读《红楼梦》的人都说这书是没有完全,即以我们底眼光看也是如此。这可见现存的《红楼梦》虽只有八十回,而《红楼梦》却不应当终于八十回;换句话说,即八十回以后应当还有《红楼梦》。只可惜实际上却找不出全璧的书,只有狗尾续貂的高鹗底一百二十回本,这自然不能使爱读《红楼》的人满意。这节小文专想弥补这个缺陷,希望能把八十回以后原来应有的——可以考见的——面目显露一二。这本是一个很大胆的企图,妄想,恐不免终于失败。但我被迫于研究这书底兴味,不得不轻率地负荷这个担子,虽然我自知是个无力的人。我总竭力避免不知妄说这个毛病,虽然妄说终是难免的。

八十回以后全是黑漫漫的长夜,而我却偏要从其间去辨别路途,自然得借重一盏明灯。以我们所知的作者身世是这样地少,决不够引路底需要,这使我更添一重困难。现在可以勉强当作灯烛的,只有原书八十回。因为一书首尾每有照应,可以由前推后;而且八十回的留下的煞尾底暗示又不算很少。这仿佛是洞口底微明,使入洞的朋友,至少有几丈的光明,可以借他看见洞内一切的伟丽。但几丈以外,则为光明之力所不能及,只好去暗中摸索,凭着自己底猜详。我以为猜详是变形的瞎说,菽麦不辨,鹿马不分,

十　八十回后底《红楼梦》

是常有的现象；虽说得天花乱坠，而究竟无可信的价值。所可信的，还只在几丈之内，光明所及的地方，是凭我们底目，不是凭我们底想。我写这节文字，即抱这个态度，宁少说，说得简略些，老实些，不完全些。这全是应有的缺陷，不是我一个人底过失。至于夸张敷衍，想当然才是求真理底蟊贼，我们应当尽力去排斥。虽然，《红楼梦》研究是学问界中底沧海一粟，无有甚深甚广的价值；我总认定搏兔得用狮子底全力，方才可免兔脱的危险。

曹氏为什么只做了八十回书便戛然中止？以我们揣想，是他在那时病死了。《红楼梦》到八十回并不成为一段落，以文章论，万无可以中止之理；可见那时必有不幸的偶然事发生，使著书事业为之中断。看敦诚赠诗有"著书黄叶村"之语，事在一七五七年，假定为著《红楼梦》之时，下距雪芹之卒只八年（雪芹卒于一七六四）。而《红楼梦》八十回底成就，依本书第一回看，有十年之久。可见书未完成而作者衰病以卒，确是可能的事。颉刚也这么揣想。他说："……不久，他竟病死了，所以这部书没有做完。"（十，五，十信）这原仅仅是揣想，无可证明的，但除此更无较近情理的，我们故勉强采用了这个。

《红楼梦》既是残本。那么，现存的八十回是当全书底几分之几？这也不容易径直解答，因全书并没有真的存在，如何能衡量出一个确定的比例。依本书八十回内所叙的事比看，似八十回至多可当全书之半（即全书应当有一百六十回），至少可当全书九分之四（即全书一百八十回）。这原是粗略地计算，但已可见现行的一百二十回本和已佚的一百十回本都是后人底手笔决非原书了。我在《石头记底风格与作者底态度》一文里说：

"依我底眼光，现存的八十回只是《石头记》底一小半，至多也不过一半,真要补完全书,至少也得八十回,像现在所有的四十回决不够的。因《石头记》以梦幻为本旨,必始于荣华终于憔悴,然后梦境乃显。现存的八十回正是荣华未谢之时,说不到穷愁潦倒,更说不到自色悟空。以前八十回行文格局推之,以后情事即极粗略写去,亦必八十回方可。就事实论,截至现存八十回看:十二钗已结局者只一可卿,将尽者有迎春,巧姐则尚未正式登场。副册中将下世者有香菱,已死者有晴雯,金钏,尤二姐,尤三姐,其馀大观园中人物均尚无恙。知其结局虽极匆匆,亦决非四十回所能了。况且宝玉将由富贵而贫贱,由贫贱而衰病,由衰病而出家;若曲折尽量写去,即百回亦不嫌其多,况乃仅仅四十回。观高君续作末数回,匆促忙乱之象,不是行文,大类写帐,可见原作决不止百二十回之数。

"若依大情大体看,结果亦正复相同。《石头记》本演色空(见第一回);由梦中人说,色是正,空是反;由梦后人说,空是正,色是反。所以道士给贾瑞的风月宝鉴,有正反两面,其实骷髅才是镜子底真的正面。作者做书时当然自居为梦醒的人,故《石头记》又名《风月宝鉴》,正是这个意思。既晓得《石头记》中底色是书底反面,那么,现存的八十回不过一段反跌文字,正文尚在其后。依文格推断,反跌文字已占了八十回,正文至少亦得八十回方能相称。不然,岂不头重脚轻呢?况且前八十回备记风月繁华之盛,若无后文一振便味同嚼蜡;惟其前荣后悴,然后方极感叹无聊之致。"(《学林》第一卷第三号)

八十回后,回目约有多少,已说明了。我们便要研究结构与事实这两点。事实呢,比较还有些可以推求,容在下文说。结构却因不见原书,简直无从悬揣,即使可以悬揣,也总是不可靠的。我已

十　八十回后底《红楼梦》

声明,本篇不愿罗列没有依据的话;所以关于八十回后底结构问题,我愿付缺如,一字不提,自安于不知。我只消极地说一句,决非是高鹗底一百二十回本底样子,虽然或者许有相似的地方。我怎么能知道呢?因为事实既有了差异,不得再有很相同的结构。

八十回后的《红楼梦》原有三方面可以讨论:(1)回目之数,(2)结构,(3)事实。现在(1)项约略说了一点,(2)项是无可说的,只剩(3)项了。而(3)项底内容,可考见的却比较(1)(2)丰富得多,所以成了本文底主干题目。自此以下,专在这一点上研究。

八十回后底书中事实,可依照八十回中底书中事实,大略分为四项:(1)贾氏,(2)宝玉,(3)十二钗,(4)众人。我逐一明简地去说明。有许多例证前已引过全文的,只节引一点。怀疑的地方也明白叙出,使读者知我所以怀疑之故。

(一)贾氏——贾氏后来是终于衰败,所谓"树倒猢狲散",这是无可疑的。虽然以高鹗这样的势利中人,尚且写了抄家一事。至于高本以外的两种补本,在这一点上也正相同,且描写得更凄凉萧瑟。这可谓"人有同心"了!所以大家肯公认这一点,没有疑惑,是因八十回中底暗示太分明了,使人无可怀疑;且文章一正一反也是常情,可以不必怀疑。既然如此,似乎在这里可以不必多说,我们看了高本,便可以知原本之味。但在实际上却没有这样简单。

贾氏终于衰败虽确定了,但怎样地衰败?衰败以后又怎么样?却并没有因此决定。这就是本节应讨论的题目。我先列举三补本底写法:(1)高鹗补的四十回,贾氏是抄家,抄家以后又复世职,发还家产。(2)三十回补本,贾氏子孙流散,一败涂地。(3)所谓旧时真本的补本,荣宁籍没备极萧条。三本中(2)项写得最利害;(3)项亦差不多;(1)项却写到复兴,即抄家时也只约略说过。这三本底批评,各有专篇,不在这里说。我们且讨论这两个问题。

贾家是怎样地衰败的？这有两个可能的答语：(1)渐渐地枯干下去,(2)事败罹法网,如抄家之类。我们最初是相信第一个解答,最近才倾向于第二个了。要表示我们当时的意见,最好是转录那时和颉刚来往的信。我当初因欲求"八十回后无回目"这个判断底证据,所以说：

抄家事闻兄言无考,则回目系高补,又是一证。(十,五,四信)

颉刚后来又详细把他底意见说了一番：

贾家的穷,有许多证据可以指定他不是由于抄家的：

(1)"如今生齿日繁,事务日盛,主仆上下,安富尊荣的尽多,运筹谋画者无一；其日用排场费用,又不能将就省俭,如今外面的架子虽未甚倒,内囊却也尽上来了！"(第二回,冷子兴对贾雨村说的话)

(2)林黛玉常听得母亲说,他外祖母家与别家不同。他近日所见的这几个三等仆妇,穿吃用度,已是不凡。(第三回)

(3)贾宅族中凡有的子侄……都是那些纨袴气习……今日会酒,明日观花,甚至聚赌嫖娼无所不至。(第四回)

(4)"外面看着虽是烈烈轰轰,不知大有大的难处,说与人也未必信呢！"(第六回,凤姐对刘老老说)

(5)可卿死后,贾珍拍手道,"如何料理,不过尽我所有罢了！"又贾珍托凤姐办丧事,说："只求别存心替我省钱,要好看

(6)平儿向凤姐说,"我们二爷那脾气,油锅里的还要捞出来花呢!"(第十六回)

　　(7)赵嬷嬷道,"咱们贾府正在姑苏扬州一带监造海船,修理海塘,只预备接驾一次,把银子化的像淌海水似的!"(第十六回)

　　(8)贾妃在轿内看了此园内外光景,因点头叹道,"太奢华过费了!"……贾妃极加奖赞,又劝以后不可太奢了,此皆过分。……贾妃……再四叮嘱,"倘明岁天恩仍许归省,不可如此奢华靡费了!"

　　由以上八条归纳起来,贾家的穷不外下列几项缘故:

　　(甲)排场太大,又收入小;外貌虽好,内囊渐干。(1)(2)(4)

　　(乙)管理宁府的贾珍,管理荣府的贾琏,都是浪费的钜子。其他子弟也都是纨袴气习很重。一家中消费的程度太高,不至倾家荡产不止。(3)(5)(6)

　　(丙)为皇室事件耗费无度。(7)(8)

　　所以贾氏便不经抄家,也可渐渐的贫穷下来。高鹗断定他们是抄家,这乃是深求之误。(十,五,十七信)

但他后来渐渐觉得高氏补这节是不很错的,虽然仍以为原书不应有抄家这件事,他说:

　　籍没一件事虽非原书所有,但书上衰败的豫言实在太多了;要说他们衰败的状况,觉得"渐渐的干枯"不易写,而籍没则既易写,又明白:高鹗择善而从,自然取了这一节。(十,六,

十信)

我在六月十八日复他一信,赞成他底意见。这时候,我们两人对于这点,实在是骑墙派;一面说原书不应有抄家之事,一面又说高鹗补得不坏。以现在看去,实在是个笑话。我们当时所以定要说,原书不写抄家事,有两个缘故:(1)这书是纪实事,而曹家没有发现抄家的事实(以那时我们所知)。(2)书中并无应当抄家之明文。至于现在的光景,却大变了,这两个根据已全推翻了,我们不得不去改换以前的断语。

现在我们得从三方面去观察这个问题。(1)从本书看,(2)从曹家看,(3)从雪芹身世看。若三方面所得的结果相符合,便可以断定"书中贾氏应怎样衰败"这个问题。我们知道,从本书看,确有将来事败抄家这类预示,且很觉明显不烦猜详。(所引各证见上卷《高鹗续书底依据》及下卷《后三十回的〈红楼梦〉》。)我们又知道,曹家虽尚未发现正式被抄没的证据,但类似的事项却已有明证,很可以推测后来应有这么一回事。这一点胡适之先生说得最明白。我引他底话(他原文上面引谢赐履一折,从略不引,但应当参看):

> 这时候,曹𬱖(雪芹之父)虽然还未得罪,但谢赐履折内已提及两事:一是停止两淮应解织造银两,一是要曹𬱖赔出本年已解的八万一千馀两。这个江宁织造就不好做了。我们看了李煦的先例,就可以推想曹𬱖的下场也必是因亏空而查追,因查追而抄没家产。(《胡适文存》卷三,二二七页)

这虽非抄家,但追赔八万多两银子也就和抄家差不多。所以胡先生这个揣想，大致是确实的（惟我以本书底年代推看，抄家似不应在曹頫卸任之时，恐尚须移后十馀年）。即我们如考查雪芹底身世也可以揣测他家必遭逢不幸的变局，使王孙降为寒士虽然不一定是抄家。我们知道，雪芹幼年享尽富贵温柔的人间福分，所以才有《红楼梦》（看书中的宝玉便知）；但在中年（三十多岁），已是赤穷，几乎不能度日了。敦诚寄怀雪芹诗，在一七五七年，中已有"于今环堵蓬蒿屯"之句，可见他已落薄很久了（如假定雪芹生于一七一九，到敦诚作诗时，雪芹年三十八）。后来甚至于举家食粥（一七六一，敦诚赠诗），则家况之赤贫可知。但曹氏世代簪缨，曹雪芹之父尚及身为织造，怎么会在十年之内，由豪华骤转为寒畯，由吃莲叶羹的人降为举家食粥？（依本书看，八十回终了时雪芹已有十九岁，到他三十岁后便已赤贫，可见境遇底剧变即在此十年之中。）要解释这个，自然不便采用"渐渐枯干"这个假定。虽然"渐渐枯干"，也未始不可使他由富贵而贫贱；但总不如假定有抄家这么一回事，格外圆满，简截。我总不甚相信，在短时期内，如不抄家，曹家会衰败到这步田地。况且本书上明示将有抄家之事，尤不容有什么疑惑。上边颉刚所归纳的三项，也是实有的现象，但书中贾氏底衰败，并不以此为惟一的原因，也不以此为最大的原因。最大的原因还是抄家。因为"渐渐枯干"与抄家是相成而不相妨的。我们并不能说，如是由于抄家便不许有"渐渐枯干"这类景象，或者有了"渐渐枯干"的景象，便不许再叙抄家事。我以为《红楼梦》中的贾氏，在八十回中写的是渐渐枯干，在八十回后便应当发见抄家这一类的变局，然后方能实写"树倒猢狲散"，"食尽鸟投林"这种的悲惨结果，然后宝玉方能陷入穷境，既合书中底本旨，也合作者底身世，然后方完成"按迹寻踪不失其真"的《红楼梦》。

这样看来，原书如叙贾氏底结局，大致和高本以外的两补本差不多；和高本也差不多，只是没有贾氏重兴这回事。我们本来还有一点没有正式提到，就是衰败以后怎么样？这可以不必讨论，从上边看，读者已知道，衰败便是衰败，并没有怎么样。高鹗定要把贾氏底气运挽回来，实在可以不必，我已在高作《后四十回底批评》中详说了。

（二）宝玉——因为"红楼"本是一梦，所以大家公认宝玉必有一种很大的变局在八十回以后。这一点是共同的观察，可以不必怀疑讨论。但变局是什么？却不容易说了。以百年来大家所揣测的，只有两种：（1）穷愁而死，（2）出家。如联合起来还有一种，（3）穷愁而后出家。

究竟这三种结局，是那一种合于作者底原意，我们无从直接知晓。我们只可以从各方面去参较，求得较逼近的真实；如此便算解决了。我最初是反对高鹗底写法——宝玉出家——以为宝玉应终于贫穷。我对颉刚说（已见《辨原本回目只有八十》这一文中的，不再引）：

> 我想《红楼》作者所要说的，无非始于荣华，终于憔悴，感慨身世，追缅古欢，绮梦既阑，穷愁毕世。宝玉如是，雪芹亦如是。出家一节，中举一节，咸非本旨矣。盲想如是，岂有当乎？（十，四，二十七）
>
> 由盛而衰，由富而贫，由绮腻而凄凉，由骄贵而潦倒，即是梦，即是幻，即是此书本旨，即以提醒阅者（第一回）；过于求深，则反迷失其本旨矣。我们总认定宝玉是作者自托，即可以以雪芹著书时的光景，悬揣书中宝玉应有的结局。……究竟

此种悬想是否真确,非有他种证明不可,现在不敢确说。(十,五,四)

我当时所持的最大理由,是宝玉应当贫穷,在书中有明文(第三回,宝玉赞),而雪芹也是贫穷的,更可为证。当时却不曾全然说明书中相反的暗示(宝玉出家),只勉强解释了几个,中间有些遁词。颉刚先是赞成我这一说的,后来却另表示一种很好的意见,我于是即被他说服了。我们来往的信上说:

> 曹雪芹想象中贾宝玉的结果,自然是贫穷,但贫穷之后也许真是出家。因为甄士隐似即是贾宝玉的影子——(一)"秉性恬淡,不以功名为念。"(二)到太虚幻境,扁额对联都与宝玉所见同。(三)"封肃便半用半赚了,略与他些薄田破屋,士隐乃读书之人,不惯生理稼穑等事,强勉支持一二年,越发穷了。"(四)他注释《好了歌》云:"陋室空堂,当年笏满床……绿纱今又糊在蓬窗上。……"——甄士隐随着跛足道人飘飘去了,贾宝玉未必不随一僧一道而去。要是不这样,全书很难煞住,且起结亦不一致。所以高鹗说宝玉出家,未必不得曹雪芹本意。
>
> 宝玉不善处世,不能治生,于是穷得和甄士隐的样子,"暮年之人,贫病交攻,竟渐渐的露出那下世的光景来";于是"眼前无路想回头",有出家之念。(十,五,十七,颉刚给我的信)
>
> 论宝玉出家一节见地甚高,弟只见其一未见其二也。贫穷与出家原非相反,实是相因;出家固不必因贫穷,但贫穷更可引起出家之念。甄士隐为宝玉之结果一影,揆之文情,自相吻

合。雪芹自己虽未必定做和尚,但也许有想出家的念头;我们不能因雪芹没出家便武断宝玉也如此。……我们不必否认宝玉出家,我们应该假定由贫穷而后出家。(十,五,二十一,复颉刚信)

这明是从(1)说(终于贫穷)变成(3)说底信徒了(贫穷后出家)。我当时所以中途变节,一则由于宝玉出家,书中明证太多,没法解释(《高鹗续书底依据》一文中,约举已有十一项,恐还不能全备);二则若不写宝玉出家事,全书很难结束,只是贫穷,只是贫穷,怎么样呢?且与开卷楔子不相照应,文局也嫌疏漏。我因这两层考虑,不得不择善而从,做颉刚底门下了。

至于各补本作者底意见,也可以约略点明,作为参考。高鹗写宝玉是不贫穷而出家;所谓旧时真本底作者,主张宝玉不出家而贫穷——沦于击柝之役——三十回本底作者和我们一样,主张他贫穷之后再出家。三十回本发现得最晚,有许多地方,暗合我们底揣想,这是我们所最高兴的。我现在将三说分列如下:

(1)贫穷——所谓旧时真本,我底初见。
(2)出家——高鹗四十回本。
(3)贫穷后出家——后三十回,我们底意见。

究竟谁是谁非,只好请作者来下判断。八十回中既并有"贫穷和出家"这两种预示,或者我们底主张较为近真些。但各人都有自是的成见,预示又每每含糊,可以作种种不同的解释;所以是非底判断还是不容易下的。而且,我们现在已知道雪芹以穷愁而卒,并没有做和尚,这也未始□*是(1)说底护符。但我们始终以为行文不必凿方眼,雪芹虽没有真做和尚,安见得他潦倒之后不动这个心思?又安见得他不会在书中将自己底影子——贾宝玉——以遁入空门为他底结局?所以宝玉虽即是雪芹,雪芹虽没有出家,而我们却偏相信宝玉是出家的。这是违反了逻辑底形式,但我们思想底障碍便是这个形式。因为形式是死的,单简的,事实是活的,复杂的;把形式处处配合到事实上,便是一部分思想谬误底根原。我本不应当说这些题外的迂谈,但这是我们对于自己底主张底辨解。

(三)十二钗——名为十二钗,这儿可以讨论的结局,实只有十一人,因秦可卿死于第十三回,似不得在此提及。且秦氏结局作者已写了,更无揣测底必要。我在这篇之下,另有一短篇,专论秦氏之死,作本篇底附录。

论十二钗底结局是很繁琐,且太零碎了,恐不易集中读者底注意。现在我把十一人底结局分为三部分论列。那三部呢?(A)无问题的,(B)可揣测的,(C)可疑的。(A)部底结果大致与高本所叙述差不多,相异只在写法上面。(B)(C)两部问题很多,而(C)犹觉纠葛。我不避麻烦,慢慢地一步一步的走去。但文词芜杂,恐不足以引人入胜,这是要求读者原谅的。

(A)无问题的——共有七人:元春,迎春,探春,惜春,李纨,黛玉,妙玉。怎么说是无问题呢?因她们底结局,在八十回中,尤其在第五回底册子曲子中,说得明明白白。即高鹗补书也没有大错,不足以再引人起迷惑。所谓无问题底意义,就是结局一下子便可直白举出,不必再罗列证据,议论。且有些证据,已在《高鹗续书底

---

* 此处漏排一字,依文意,当为"不"字。——校者注

依据》一文中引录,自无重复底必要。我用最明简的话断定如下:

    元春早卒,迎春被糟蹋死,探春远嫁,惜春为尼,李纨享晚福,黛玉感伤而死,妙玉堕落风尘。

  这七人中又应当分为两部分:(1)无可讨论的,(2)须略讨论的。无问题而须讨论,这不是大笑话吗?但我所谓无问题是说没有根本的问题须解决,并不是以为连一句话都不消说得。以我底意见,元春迎春应归入(1)项,以外的五人可归入(2)项。(1)项可以不谈,我们只说(2)项。

  为什么定要哓哓然说不休呢?因为这五人在高鹗本上写得稍有些错误,如全然不付讨论,势必使读者全然信服高氏底话,而以为作者原意也如此。这虽不甚关紧要,因为高氏错得并不利害;但作者之意被人误会,这是本篇应负的责任,不能轻易放过。且我也不想多说,有许多话已在前数篇中说到,可以参看。我也只用明简的言词,把无问题底意义,加上一点限制。

  探春底册子,曲子,灯谜,柳絮词都说得很飘零感伤的;所以她底远嫁,也应极飘泊憔悴之致,决不是嫁与海疆贵人,很得意的(此处稍有修正,见上卷第三章注一),后来又归宁一次,出跳*得比前更好了(高氏底写法)。因为这样写法,并没有什么薄命可言;为什么她也入薄命司(第五回)?惜春底册子上画了一座大庙,应当出家为尼,不得在栊翠庵在家修行。这两处均应以后三十回本写法为正。

---

 * 程甲本亦作"出跳",同"出挑"。——校者注

看李纨底终身判语,有"珠冠凤袄","簪缨","金印","爵禄高登"等语,可见她底晚来富贵,不仅如高氏所言,贾兰中举而已。又曲子上说,"抵不了无常性命","昏惨惨黄泉路近"等语,似李纨俟贾兰富贵后即卒,也并享不了什么福。这一点高本因只有四十回书,简直没有提起。我并不怪高氏,只是声明原来的意思应当如此。

黛玉因感伤泪尽而死,各本相同,无可讨论。只是高鹗写"泄机关颦儿迷本性"一回,却大是赘笔,且以文情论亦复不佳。从八十回中看,并无黛玉应被凤姐宝钗等活活气死的明文,所以高鹗底写法,我认为无根据,不可信任。我并不是定说八十回后决无这类文字,我是说八十回中既没有明文,我们不能知道他究竟是怎么样。我只是怀疑不下判断,我只是消极地警告读者,不要上高氏底当。我觉得以黛玉底多愁多病,自然地也会夭卒的,高氏所写未免画蛇添足,且文情亦欠温厚蕴藉,虽没有积极的确证,但高作本未尝有确证。

妙玉是后来"肮脏风尘"的,高鹗写她被劫被污,也不算甚错。但作者原意既已实写了贾氏底凋零,一败而不可收拾;则妙玉不必被劫,也可以堕落风尘。所以高氏写这一点,我也认为无根据。妙玉后来在风尘中,我们知道了,承认了;但怎样地落风尘,我们却老老实实不知道,即使去悬揣也是不可能。

(B)可揣测的——有二人:凤姐,她底女儿巧姐。所谓"可揣测",是什么意义?就是说八十回中虽有确定的暗示,但我们却不甚明了他底解释;所以一面是不能断定她们底结局(不明了),在另一面又不能说是"可疑"(确定的暗示)。这是(A)(C)两项底间隙型;是可以悬拟,不可以断言的;是可以说明,不可以证实的。我们姑且去试一试,先把假定的判断写下来:

> 凤姐被休弃返金陵,巧姐堕落烟花,被刘老老救出。

当然,不消再说得,这判断是不确定,不真实的;只是如不写下来,恐不便读者底阅览,使文章底纲领不明。我先说凤姐之事,然后再说到她底女儿。

凤姐被休,书中底暗示不少,举数项如下:

(1)册词云:"一从二令三人木,哭向金陵事更哀!"
(2)第二十一回,贾琏说:"多早晚才叫你们都死在我手里呢!"
(3)第六十九回(戚本),贾琏哭尤二姐说:"终究对出来,我替你报仇。"
(4)第七十一回,邢夫人当着大众,给凤姐没脸。

(1)项容再论。上列三项如综括起来,则(2)(3)是不得于其夫,(4)是不得于其姑,都是被休底因由。而(1)项尤为明证。"人木"似乎是合成一个休字,但因全句无从解析,姑且不论。即"哭向金陵事更哀"一语,即足以为证而有馀。我们既知道,贾家是在北京,则凤姐如何会独返金陵?如说归宁,何谓"哭向"?何谓"事更哀"?高鹗说她是归葬金陵,也不合情理,我在《后四十回底批评》已痛加驳斥了。

因为要解释所谓"返金陵",只有被休这一条道路;且从八十回所叙之情事看,凤姐几全犯所谓"七出之条",而又不得于丈夫翁姑,情节尤觉吻合。我敢作"被休弃返金陵"这个假设的断案,以此。但为什么始终不敢断言呢?这是因"一从二令三人木"句,无从解释；一切的证据总不能圆满之故。我虽觉得是千真万确了，但有一点证据不能解释清楚，这是没有法子的事情，只得存疑了。

巧姐遭难被刘老老救去，这是从八十回去推测可以知的，高鹗且也照这个补书；所以实在可以说是无问题。我所以把她列入（B）项，只因为我有一点独创的新见，愿意在这里说明。

依高鹗写，巧姐是将被她底"狠舅奸兄"卖与外藩做妾，而被刘老老救了去，住在村庄上，后来贾琏回家，将她许配与乡中富翁周氏；这实在看不出怎么可怜，怎么薄命。巧姐到刘老老庄上，供养得极其周备，后来仍好好地回家，父女团圆。这不知算怎么一回事！高先生底意思可谓奇极！

依我说，巧姐应被她底"狠舅奸兄"卖了；这时候，贾氏已凋零极了，凤姐已被休死了，所以他们要卖巧姐，竟无有阻碍，也无所忌惮。巧姐应被卖到娼寮里，后来不知道怎样，很奇巧的被刘老老救了，没有当真堕落到烟花队里。这是写凤姐身后底凄凉，是写贾氏末路底光景，甚至于赫赫扬扬百年鼎盛的大族，不能荫庇一女，反借助于乡村中的老妪。这类文情是何等的感慨！

我这段话，读者必诧异极了，以为这无非全是空想，却说得有声有色，仿佛"像煞有介事"，未免与前边所申明的态度不合了。其实我所说的，自然有些空想的分子，但证据也是有的。容我慢慢地说。读者没有看见第一回《好了歌注》吗？中间有一句可以注意：

> 择膏粱，谁承望流落在烟花巷。

这说的是谁？谁落在烟花巷呢？不但八十回中没有是当然，即高本四十回中也是没有的。这原不容易解释。意思虽一览可尽，但指的是谁,却不好说。依我底揣摹,是指巧姐。"择膏粱"这一兼词,"择"字应当注意。这句如译成白话,便是"富贵家的子弟来说亲事,当时尚且要选择,谁知道后来她竟流落在烟花巷呢!"这个口气,明指的是巧姐。因她流落在烟花巷里,所以有遇救的必要,所以叫做"死里逃生"。若从高氏说,巧姐将卖与外藩为妾,邢夫人不过一时被蒙,决不愿意把孙女儿作人婢妾,这事底挽回,何必刘老老? 高氏所以定要如此写,其意无非想勉强照应前文,在文情决非必要。可知作者原意不是如此的。而且,关于巧姐事,八十回中屡明点"巧"字,则巧姐必在极危险的境遇中,而巧被刘老老救去。高本所写,似对于"巧"字颇少关合。我底揣想如此,至于是不是,凭读者底评判。

（C）可疑的——有二人：湘云,宝钗。而湘云底结局,尤为可疑。所谓可疑,是指八十回中有多歧的证据,或者竟是相矛盾的,使我们无论如何,难得着圆满的解释。所以在这一项中,虽假设的判断也不能有了。我只把可疑的事情底标题写在下边,然后说明一番：

（1）宝钗嫁宝玉之事,
（2）湘云嫁宝玉之事,
（3）湘云守寡,或早卒之事。

一方面想,宝钗与宝玉成婚,似毫不成问题,竟可列入（A）项中去。但我为什么把她列入（C）项? 这自然也可以说是一种偏见,但我愿意把我底偏见告诉诸君。

钗玉成婚一事所以不免可疑,有两个根源：（1）湘云底结局问

十 八十回后底《红楼梦》

题不能解决,因此宝钗底结局也不免摇动。(2)本身的可疑。湘云之事下节详说。这节仅说明本身的可疑。我们知道,《红楼梦》暗示金玉姻缘之事可谓多极了。我在《高鹗续书底依据》一文中,约略举示已有十四项之多。以这么多的预示,似乎可以无须再怀疑了,但在实际上,我却仍不免怀疑。我举两条八十回中关于宝钗底暗示,与钗玉成婚相矛盾的;如下:

> 近因今上崇尚诗礼,征采才能,降不世之隆恩,除聘选妃嫔外,凡世宦名家之女,皆得报名达部,以备选择为公主郡主入学陪侍,充为才人赞善之职。……薛蟠……一来送妹待选。(第四回)

> 宝钗底册词,是"金钗雪里埋"*。(第五回)

第四回之文可谓怪极。如钗玉将来成婚,何必作此迂腐可笑之赘语?不可解一。薛蟠入都,何事不可借口,偏要说送妹待选?不可解二。第五回之文也很奇怪。如宝钗嫁了宝玉,真是美满的姻缘,何谓雪里埋?不可解三。

以外关于版本底区别,可疑的也有两处:(1)第八回之目,高本明写金锁通灵,而戚本之目全异。(2)第二十二回,高本宝钗之谜有"恩爱夫妻不到冬"之语,而戚本全没有,反说了什么"晓筹不用鸡人报"。我们知道,"绛帻鸡人报晓筹",是唐人底早朝诗,是宫禁内底光景。我们原不敢认戚本是一定对的;但何以在有关系的地方,偏有这类的异同?这实不能令我无疑。

---

* "金钗"当据戚序本,程甲本作"金簪"。——校者注

总之，以大多数的证据而论，作者底原意是偏向于钗玉成婚的；但矛盾暧昧之处，却颇费解释。我对颉刚说：

> 你举宝钗与宝玉成婚之证，这是我向来的疑惑。我并没有断定什么，就因为对这些矛盾的证据没法解释……我只把另一方面提出，请大家注意。除此以外，我无从推论到结果。我从原书事实，找不到一个完满调和的假定。（十，五，二十一信）

这个一年前的困难光景，到现在还是依然。宝钗底结局究竟原本是应当如何的，我可以说是无所知。依八十回底大势推测，宝钗似乎终于和宝玉成婚。但后来文情，有无局面突变这类事情发见，实在不能悬想。因为突变是没有线索可寻的，若线索分明，便不成为突变了。我想，如婚事将成，而局面突变，在文章上也是一格；但不知道八十回后有这么一回事吗？

宝钗底结局，既我们不能断言，所以三补本底作者底意见也不能一样。三十回本与四十回本是相同，都写钗嫁后而宝玉出走。这我们可以说他是正宗。旧时真本上写钗早卒，至于她嫁宝玉与否无可考。我在这文，又作宝钗入宫的揣想。所以宝钗可能的结局，应如下表：

（1）嫁宝玉而宝玉出家。

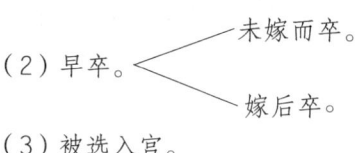
（2）早卒。 ─ 未嫁而卒。
　　　　　 ─ 嫁后卒。

（3）被选入宫。

我虽曾作(3)项的揣想,在大体上,仍偏向于第(1)项;因为依据较(2)(3)为充足些。但也究不能断言是如此,至多只是说大概如此罢了。

讲到湘云底结局,更觉麻烦得很;因为八十回中所说,实在太多歧,且太暧昧了。我一年来总是百思不得其解,有时勉强承认颉刚底第三十一回之目经过改窜这一说,但这也是没奈何的办法。

我们先说湘云嫁宝玉之事,我最初就怀疑到这一点,在十年五四一信上说:

> 最奇怪令人注意的,莫过于第三十一回,"因麒麟伏白首双星"一语……又如:
>
> (一)宝玉因湘云有麒麟,故取之。(第二十九回)
>
> (二)翠缕与湘云明辨阴阳配偶之理。(第三十一回)
>
> (三)宝玉说:"倒是丢了印平常,若丢了这个我就该死了!"可见麒麟之事非偶然,非闲文。(第三十二回)
>
> (四)李婶娘说:"怎么那一个带玉的哥儿,和那一个挂金麒麟的姐儿……"特意双提"金玉",似非无意。(第四十九回)
>
> 其余别的话,可以供我们胡揣湘云底结局的,还有:
>
> (一)《红楼梦》曲云:"厮配得才貌仙郎(疑指宝玉),博得个地久天长(即所谓白首双星)。"
>
> (二)第二十一回写湘云睡态,宝玉爱洗残水,湘云为宝玉梳头,均极工细明活,非无意之笔。
>
> 即此等考虑都视为比附穿凿;但"因麒麟伏白首双星"应

怎样解法？何谓因？何谓伏？何谓双星？在后四十回本文中，回目中，有一点照应没有？……或假定作者疏忽，但曹雪芹似不应如此糊涂。此书虽不免有支离之处，但都是小节目，不可与此相提并论。

我在这信中，对于湘云嫁宝玉案，略倾向于肯定一方面。但我始终因本书中钗玉成婚底预示太多了，故不敢断言，只表示一种疑虑而已。颉刚底态度，也正复相同，直到六月十日给我一信，方假定第三十一回之目是后人改的，而同时又作湘云不嫁宝玉这个断案。他说：

> 史湘云的亲事，三十一回，王夫人道，"前日有人家来相看，眼见有婆婆家了。"三十二回，袭人说，"大姑娘，我听前日你大喜呀！"可见湘云自有去处。

因为除掉他这一说，那时更没有较好的假定；我对于这案底态度，于是从肯定渐渐转成否定。但他所谓回目经人改窜究竟只是个悬想，所以这问题并不得视为解决了。后来等我发见了三十回本，才得了一个较圆满的解释，就是湘云不嫁宝玉，而却借金麒麟作媒介。这么一来，所谓"因""伏"顿然清楚，且不碍钗玉底姻缘，又不消假定有改窜回目这回事。我们总循障碍最少的路上去走，于是暂时相信这一说，否认宝玉湘云底姻缘。虽也不是定论，但疑云确已渐渐散了。

若论到湘云嫁后底结局是怎么样？这直到最近仍无法解决，

只得承认作者自己底矛盾。可能的结局大别有两种,各在八十回中有根据,而又相冲突的。我先把两种结局底依据,写录下来。甲种又分(A)(B)两项,这是由于解释底歧异,并非有根本上的区别。

(甲)不终的夫妇。

(A)湘云早卒——我们所主张。

(B)湘云守寡——高鹗说。

这一说底依据是:

展眼吊斜晖,湘江水逝楚云飞。(第五回,湘云册词)

终久是云散高唐,水涸湘江。(同回,《红楼梦》曲《乐中悲》)

(乙)偕老的夫妇——所谓旧时真本底作者。

他底依据是:

因麒麟伏白首双星。(第三十一回目录)

这是明显的矛盾,如不解决,便无法去处置湘云。颉刚起先以为这是作者自己底矛盾;后来因发见了"旧时真本",于是遂推翻第三十一回之目,以为是经后人窜改的。他更揣想,以为窜改这回目的人,便是所谓旧时真本底作者。他底两时期底意见,都在他给我的信中发表。

再看史湘云的册子,曲子……颇有他自己早死的样子,并不似与宝玉同度贫穷凄凉的生活的;何以会有"因麒麟伏白首双星"这一段情境呢?这本是作者矛盾之处,续作者自不易圆拢来。(十,五,十七信)

这是他底初见,一方说明这是作者底疏忽,一方又说湘云底结局是应早卒,不是守寡。我也觉得从册子,曲子看,湘云是应当早卒的;因为水逝云飞,是很快的变动,是夭折底象征。但"早卒","守寡"相差不多,尚不成为大问题。最主要的还是(甲)(乙)两说底冲突。因为两不相下,只得归罪于作者。但颉刚后来的意见,便想根本推翻(乙)说了。他说:

> 我对于这所谓旧时真本,有两个假定:(1)这是补本,(2)这补本在高鹗之先,为高鹗所及见;于是可见"因麒麟伏白首双星"这个回目,便是补作人的改笔,用来照顾他自己煞尾时"宝湘成婚"的一段情事的。我把他们致误致疑的步骤,假定如下:
>
> (1)曹雪芹要写出黛玉的嫉妒,所以借这"小物"引起一篇极深挚的宝黛言情文字。
>
> (2)补作的人看原文中既有金麒麟的巧合,想宝湘二人应当有夫妇的缘分,但原文中处处露出宝玉与宝钗结婚的预言,所以结果只得写宝钗早卒(按,颉刚之意,似以为他是写宝钗嫁后早卒),宝湘在贫贱中偕老。
>
> (3)这部补书做完了,作者觉得宝湘成婚在八十回太没呼应,所以改了一个回目,确定他们的婚配。

(4)高鹗看了这部补作,觉得不满意,所以把他打翻,自己另做,使湘云结果仍照曲子,册子,与原文中散见的说话,而丢了金麒麟的一事。但这个回目,因为在原文之内,他未敢臆改(程排本高鹗《引言》中语)。

(5)这回目的原名,给补作者改了,后人无从知道。补本里湘云的结果,又为高鹗改了。遂使我们读着,感到矛盾的情境,徒然疑到雪芹原文的抵牾;或者以为高鹗的粗忽,不能曲尽雪芹之意。……

但高鹗所以不以这样补为然,而自己另是那样补的缘故,也有数种:……

(1)书中处处说黛玉要早死,而处于他反面的宝钗,处处说他厚福,并无早死之意。所以与其写宝钗早卒,不如写宝玉出家。宝钗不死,则史湘云决不会与宝玉成婚配。

(2)曲子里又说:"厮配得才貌仙郎,博得个地久天长,准折得幼年时坎坷形状,终久是云散高唐,水涸湘江。这是尘寰中消长,数应当,何必枉悲伤!"这"准"与"终久"的挈合词,极显明起初很满意而后来大失望的样子。可见雪芹之意,原是要他嫁一个可意的夫婿,但终究是无可奈何的病死了,折不得幼时的坎坷。这正是"不终的夫妇",如何会变成"白首的双星"?曲子里说他幼时坎坷,并不是说他迟暮乞丐;曲子里说他早年失偶,并不是说他老年好合。补作的人泥于金麒麟的一物,不恤翻了曲子的案,这是他的不善续。……(十,六,十信)

颉刚这番话,说得自然极好。他这假定,拿来解释一切困难,也极方便。我当时没有比这更好的假设，于是承认他底话，为暂时的断论(十，六，十六信)。但他底话，我后来仔细想去，仍是很可疑的。现在把我底疑惑列为四项：

(1) 回目经改窜，既没有显著的痕迹，也没有记载底明文，只是一种悬想。

(2) 既原本并没有"白首双星"之文，补书人决不容易轻轻抛弃"通灵金锁"这件公案，因区区两个麒麟，擅定宝玉湘云底配偶。我们现在会疑心到宝玉湘云有姻缘之分，正因为"白首双星"这回明文的缘故。如单是有这样一节文字，提到两个金麒麟，很不容易引起人底猜测。

(3) 高鹗补书，上距雪芹之卒，只二十七年。若重要的回目，经人改窜，他岂得丝毫不知，反听其存在，自相矛盾？况且他于印书时，曾用各本参较一番；难道各本中竟没有保存这回原来的目录的？

(4) 佚本三十回底作者，年代更先于高氏，也依照这回之目底暗示来补书，未尝稍有所怀疑；更可证这回之目是未经改窜的。

我因这些考虑，不能再承认颉刚之说为定论，于是仍回到于本来的地位，而一无所知，只有许多的"?"留在脑子里面。现在综括起来，最大的问题有两个：(1) 就是颉刚底话，无论湘云是早卒，是守寡，总是个不终的夫妇，怎么能说"白首双星"？(2) 若说第三十一回之目是改过的，有什么证据？以我们所知，三补本在这一点上是相同的。且高鹗何以敢于推翻补本底结构，却不敢改正他所改的回目？说是由于不知,似无不知之理。

至于各家底揣想,各不相同;但对于上列的问题,没有一个能解答的。我罗列各说如下,附带一点消极的批评:

(一)湘云嫁后(非宝玉,亦不关合金麒麟),丈夫早卒,守寡。(高鹗)

按:这说一则误解册子,曲子;二则不合"白首双星"的预示。

(二)湘云嫁宝玉,流落为乞丐,在贫贱中偕老。(所谓旧时真本)

按:这说违反册子,曲子底预示,且湘云为乞丐太没来由。

(三)湘云嫁后(非宝玉,关合金麒麟)……(后三十回本)

按:这说因不完全,所以不知道是怎么样。但总不能解决这个矛盾,这是可以想见。

(四)湘云嫁后(非宝玉,不关合金麒麟),夭卒。(顾颉刚)

按:这说是不承认"白首双星"这个回目的,所以本身上可以自圆其说。但回目底改窜,没有证实,是一缺陷。

以徘徊旁皇的我,并不想非议他们,只是表白这问题底如何困难罢了。我再把自己底揣想也写下来。我以为湘云虽不嫁宝玉,但她底婚姻须关合金麒麟(我不信回目是经改窜的),嫁后夭卒。我这意见,实与(三)说相同,不过填满了他底空白。但这一填满,便不能免有缺陷。让我自己来批评,我底话也违反"白首双星"底预示。我对于自己这说底辨解,是假定作者自己底互相矛盾。

本来第三十一回之目,原有两部分的暗示:(1)因金麒麟而伏有姻缘,(2)这是白首偕老的姻缘①。如两点全和其馀的相矛盾,这是大疏忽,我们不敢轻诬作者的。但只有(2)点与其馀的相矛盾,那便算不得什么,只可以说偶然疏忽而已。况且,《红楼梦》本是未完的书,没有经过详细的删定;那么,这种疏忽,也可以原谅作者的。换句话说,我们即假定作者在这一点上没有注意到,也算不得厚诬前人。以我现在所处的地位,逼迫我去采用颉刚最初的见解。

(四)杂说众人——本书最重要的事实,已在上三部中约略包

---

① 第三十一回之目直到最近我受他人底启示,方得到一个新解释,虽然我也不知道是不是。现在姑且写下,供读者参考。依他说,此回系暗示贾母与张道士之隐事,事在前面不在后。所谓"白首双星"即是指此两老;所谓"因","伏","麒麟",即是说麒麟本是成对的,本都是史家之物,一个始终在史家,后为湘云所佩,一个则由贾母送与张道士,后入宝玉手中。因此事不可明言,故曰"伏"也。此说颇新奇,观之本书,亦似有其线索,试引如下:

张道士……是当日荣国公的替身……他又常往两府里去的,凡夫人小姐都是见的。

张道士……说着,两眼流下泪来。贾母听了,也由不得满脸泪痕。

贾母因看见有个赤金点翠的麒麟,便伸手拿起来笑道:"这件东西好像是我看见谁家的孩子也带着一个的。"(以上均见第二十九回)

翠缕与湘云论阴阳之后,湘云瞧麒麟时,伸手攀在掌上,只默默不语,正自出神。(第三十一回)

湘云见物默默出神,史太君与张道士说话下泪,这空气似乎有些可怪,不像平常的叙述法。如依此说解释第三十一回之目,则湘云之结局,既不必嫁宝玉,亦不必关合金麒麟,大约是嫁后早卒,一面应合册子曲子底暗示,一面不妨碍回目之文。于是我们两人念念不忘的问题,"湘云底结局总是个不终的夫妇,怎么能说白首双星?"简直是不成问题了。

但这全是一面之词,未为定论。第一,既作者欲暗示一暧昧之事,则此目应移到第二十九回,不得在第三十一回上。第二,我们既认定此书是自传,又似乎不得作如此描写,更不得明白点破。故此说我亦不深信,姑存之备异闻而已。颉刚也说:"新解似乎有些附会,不敢一定赞成。"

一九二二,十二,九,记。

举。现在说到一些零碎的事情,姑且从无统系中找个统系。现在把宝玉、十二钗以外的众人底事情,我以为须更正高本底错误的,分为两项:(A)贾氏诸人,(B)副册又副册中的人物。

贾氏诸人可以略说的——因为略有些关系——只有邢夫人、贾环、赵姨娘。以外那些不相干的,自然不应当浪费笔墨。我们先说邢夫人与凤姐底关系。我以为贾母死后,邢夫人与凤姐必发生很大的冲突,其结果凤姐被休还家。这也是八十回后应有的文章。

从书中我们知道凤姐是邢夫人之媳,而王夫人之内侄女。因贾母在堂,所以两房合并,王夫人与凤姐掌握家政,而邢夫人反落了后。贾母死后,凤姐当然得叶落归根,回到贾赦这一房去,并不能终始依附王夫人。书中曾明说过应有这么一回事:

> 平儿道:"何苦来操这心!……依我说,纵在这屋里(王夫人处)操上一百分心,终久是回那边屋里去的(邢夫人处)。……"
> (第六十一回)

这已无可疑了。但凤姐回到那边屋里以后,又怎么样呢?以我揣想,应和邢夫人发生大冲突。怎么知道呢?从八十回中推出来的。我们看,凤姐平素作威作福,得罪了多少下人,而邢夫人又是禀性愚弱,多疑的人(第四十六,第五十五,第七十一回);两方面凑合,那些下人岂有不去在邢夫人面前搬弄是非的理?贾氏那些下人底恶习,凤姐说得最明白:"坐山看虎斗,借刀杀人,引风吹火,站干岸儿,推倒油瓶不扶,都是全挂子的武艺!"(第十六回)在这样空气下边,贾母死后,凤姐失势,自然必当有恶剧才是。而且,邢夫人和凤姐底冲突,贾母在时,八十回中已见端倪了:

> 嫌隙人有心生嫌隙。(第七十一回目录)
>
> 邢夫人自为要鸳鸯讨了没意思,贾母冷淡了他……自己心内,早已怨忿;又有在侧一干小人,心内嫉妒,挟怨凤姐,便挑唆得邢夫人着实憎恶凤姐。
>
> 鸳鸯说:"……那边大太太,当着人给二奶奶没脸。"(均第七十一回)

这三节话,简直就是我上边所说的证据。邢夫人果然是因小人底挑唆,着实憎恶凤姐。果然是故意与凤姐为难。贾母在日,凤姐得势之时尚且如此,则贾母身后,凤姐无权之时,又将如何?其必不会有好结果,亦可想而知的。且贾琏因尤二姐之死,本有报仇底意思(第六十九回),再重之以婆媳交哄,岂有不和凤姐翻脸的?凤姐既身受两重的压迫,又结怨于家中上下人等(如赵姨娘,贾环等),贾母死了,王夫人分开了,则被休弃返金陵,不但是可能,简直是必有的事情。册子上一座冰山,是活画出墙倒众人推的光景。而与邢夫人交恶一事,尤是冰山骤倒底主因之一。

我们再说贾环赵姨娘与宝玉之事。我也以为八十回后必不能没有这一场恶剧。颉刚也曾经有这见解。他说:

> 我疑心曹雪芹的穷苦,是给他弟兄所害。看《红楼梦》上,个个都欢喜宝玉,惟贾环母子乃是他的怨家;雪芹写贾环,也写得卑琐猥鄙得很:可见他们俩有彼此不相容的样子,应当有一个恶果。但在末四十回里,也便不提起了。
>
> 宝玉那时,不相容的弟兄握了势可以欺他了,庇护他的祖母也死了,他又是不懂世故人情,不会处世,于是他的一房就

穷下来了。(十,五,十信)

颉刚已代我说了许多话,我只引几节八十回中底话来作证就完了。凡一部有价值的文学书籍,必不会有闲笔,必不肯敷衍成篇。以《红楼梦》这样的精细,岂有随便下笔,前后无着落之理?我们只看八十回中写贾环母子与宝玉生恶感这类事情,写得怎样地出力,便知道必有一种关照在后面。若不如此,这数节文章,便失了意义,成为无归的游骑了。我把前人所谓"言不空生论不虚作",断章取义,介绍到《红楼梦》来。我觉得一部好的文学,便是一队训练完备布置妥帖的兵,决不许露出一点破绽,在敌军——读者——底面前。

宝玉与贾环母子底仇怨,八十回中屡见:如第二十回贾环说宝玉搉他;第二十五回,贾环将蜡烛向宝玉脸上推;第三十三回,贾环在贾政前揭发宝玉底阴私,使他挨打。但最明显,一看便知道必有后文的,是第二十五回,"魇魔法叔嫂逢五鬼"。这回底色彩在八十回最为奇特,决非随意点缀的闲文可比。我引几节最清楚的话:

> 赵姨娘听了答道:"罢!罢!再别提起!如今就是榜样儿。我们娘儿们跟得上这屋里那一个儿?"
>
> "怎么暗里算计?我倒有个心,只是没这样的能干人。"
>
> "……难道就眼睁睁的看人家来摆布死了我们娘儿两个不成?"
>
> "果然法子灵验,把他两人绝了,这家私还怕不是我们的?"

这四节赵姨娘底话，表现他们所以要害宝玉底缘故，十分明白。（凤姐将来被休时，从这里看，也应当受贾环母子底害。）（1）因自己不如人，而生嫉妒。（2）我不害人，人将害我，不能相容。（3）如害了宝玉，偌大家产便归于贾环之手。有这三个因，于是贾环母子时时想去算计宝玉。赵姨娘幸灾乐祸的心理也在第二十五回里表出。

  赵姨娘在旁劝道："……哥儿已是不中用了，不如把哥儿的衣服穿好，让他早些回去，也免得他受些苦……"

以这种"祸起萧墙"的空气，等贾母死后，自无不爆发之理。可见颉刚底悬揣，是大半可信的。我在这里，又联想到贾氏底败，其原因不止一桩；约略计来，已有大别的三项：（1）渐渐枯干——上文颉刚所举示的各证。（2）抄家——我所举示的各证，及上文底情理推测，曹家事实底比较。（3）自杀自灭——如这儿所说的便是。而第七十四回探春语尤为铁证。

  可知这样大族人家，若从外头杀来，一时是杀不死的！这可是古人说的，"百足之虫死而不僵！"必须先从家里，自杀自灭起来，才能一败涂地呢！

这是很明显的话。她上面说"抄家"，下面接着说"自杀自灭"，上面说"先从"，下面说"才能"；可见贾氏底衰败，原因系复合的，不是单纯的。我以为应如下列这表，方才妥善，方才符合原意。

十 八十回后底《红楼梦》

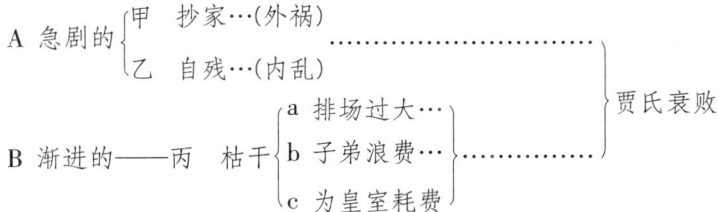

从上表看,像高氏所补的四十回,实在太简单了,不能从多方面下手。原来写复合的成因是很难的,只为实际上复因多而单因少;所以文学如以严格地写实为主,便不许舍难取易。高鹗却不见得明白这个道理,只是妈妈糊糊的把帐一了,就算完事。

这些话原应该列入(1)项中说,在这儿是题外的文章;但我因从贾环母子与宝玉冲突一事,又想到这一段意思,便拉杂地写下来。好在只在一文中间,前后尽可以参看。本来文章分段,是因才力薄的不得已的办法,如果当真能"文如其恉",最好是一气呵成,而能使读者一样的眉目清朗,不支不蔓,这才是真正的文学手段,可惜我不能啊!分段原是大略的指标,不能十分机械地去限制。思想底径路,最好用李后主底词句来描写,所谓"剪不断,理还乱"的便是了!

贾氏诸人底结局中贾兰是很分明的,在李纨底册子曲子上面,明写他大富大贵。我以为贾兰将来应是文武双全的,不应仅仅中举人。不但是第五回所暗示的如此。即第二十六回,宝玉看见他射鹿,问他做什么。贾兰回说,演习骑射;也是一证。本来满洲是尚弓箭的,贾兰将来文武双全,也是意中的事。但这一点,如原本果真这么写去,却没有什么好;因为太富贵气了。这倒很像高氏底笔墨;但高鹗在这里偏又不这么写,不知又为了什么。我想,高鹗自己中了个举人,只知世间只有举人最阔,也未可知。但这自然是开顽笑的话。

以外副册,又副册中人物,我所知道的离完全竟很远,现在只挑些可说的说。因为不关重要,所以也简单地说。

(1)香菱是应被夏金桂磨折死的。我引胡先生底话:

> 第五回的"十二钗副册"上写香菱结局道:"根并荷花一茎香,平生遭际实堪伤。自从两地生孤木,致使芳魂返故乡。"两地生孤木,合成"桂"字。此明明说香菱死于夏金桂之手,故第八十回说香菱"血分中有病,加以气怨伤肝,内外挫折不堪,竟酿成干血之症,日渐羸瘦,饮食懒进,请医服药无效。"可见八十回的作者明明要香菱被金桂磨折死。……(《胡适文存》卷三)

他说得再确实没有了,但我还得稍添补一下。戚本第八十回之目是"娇怯香菱病入膏肓",也是香菱将死底一证。我又以为香菱应死在元宵节后,或者竟在节上被夏金桂害死的,也未可知。我举一诗为证。第一回,甄士隐抱着女儿(香菱),和尚对她念了一偈,其文是:

> 惯养娇生(出于名门)笑你痴(呆香菱),菱花空对雪澌澌(言与薛蟠并无恩爱)。好防佳节元宵后,便是烟消火灭时。

高鹗所补,没有照应到这一点,也是他底粗忽。

（2）小红应当和贾芸有一个结局。这也让适之先生说：

> 即如小红，曹雪芹在前八十回中极力描写这个攀高好胜的丫头；好容易他得着了凤姐的赏识，把他提拔上去了；但这样一个重要人才，岂可没有下场？况且小红同贾芸的感情前面既经曹雪芹那样郑重描写，岂有完全没有结果之理？（《胡适文存》卷三）

颉刚也说：

> 小红事，我从"遗帕惹相思"数回看来，似乎应和贾芸有些瓜葛，但后来竟不说起，似乎是一漏洞。（十，五，二十六信）

小红在后四十回中虽屡见（第八十八、九十二、一〇一、一一三各回），但只和丰儿当了凤姐底小丫头，毫不重要。即第八十八回，和贾芸捣了一回鬼，以后也毫无结局，可见高鹗确是没注意到她。且所以遗漏了她底结局，或者他因为不知道应当怎样写法？即我们现在对于这点也是不知道的。适之只说，"岂可没有下场"；颉刚只说，"应有些瓜葛"。究竟下场是什么？瓜葛是什么？他们既说不出来，我也说不出来。只好请雪芹自己说罢，但他却没有说什么！

（3）鸳鸯不必定是缢死。这是消极的话。我并不知道她底结局，究竟是的确怎样（虽然大概可以知道），只觉得高氏补这节文字，不免有些武断，虽不一定就是错误。鸳鸯底结果底暗示，如下：

> 鸳鸯冷笑道:"……纵到了至急为难,我剪了头发,做姑子去,不然,还有一死!……"
>
> 我也不跟着我老子娘哥哥去,或是寻死,或是剪了头发当姑子去。(均第四十六回)

她明是出家与自尽双提,在第一节中,似以当姑子为正文,而自尽是不得已的办法。即后来当着贾母剪发,也是出家底一种表示。不知高先生何以会知道她定是缢死的。这明是一种武断。我们作八十回后底揣测,便应当排斥这种武断,而使鸳鸯底结局悬着,庶不失作者底本意。

(4) 麝月是跟随宝玉最后的一人。这层意思,在下卷《后三十回的红楼梦》一文中详说。现在只把明证写下来:

> 麝月便掣了一根出来,大家看时,上面一枝荼蘼花,题着"韶华胜极"四字;那边写着一句旧诗,道是:"开到荼蘼花事了。"注云:"在席各饮三杯送春。"(第六十三回)

麝月将为群芳之殿,于此可见。我疑心敦诚所谓"新妇飘零"或就是指的她(原诗见《四松堂集》,《努力》第一期所引)。但这亦是瞎猜,只供读者底谈助而已。

(5) 袭人应是个负心人。她嫁蒋玉函应为宝玉所及见。这也在后文尚有论到的。现在举证列下,而分论之。

> (A)这袭人有些痴处:伏侍贾母时,心中眼中只有一贾母;今跟了宝玉,心中眼中又只有一个宝玉。(第三回)

这可谓绝妙的形容。换句话说,便是"见一样爱一样","得新忘旧"的脾气。这就是将来作负心人底张本。这儿把她底性格写得如此轻薄,反说是"有些痴处",可谓蕴藉之至。我想,这文还没有完全,应当补上一句:"将来跟了蒋玉函,心中眼中只有一个蒋玉函"。但如此痛快,恐非作者所许的。他如何肯一语道破呢?

(B) 袭人底册词是:"枉自温柔和顺,空云似桂如兰。堪羡优伶有福,谁知公子无缘?"(第五回)

这几个挈合词,已把作者底愤怒,袭人底负心,完全地写出。如读了这两节,还不相信袭人底负心,可谓不善读书。

(C) 自晴雯被逐,宝玉渐渐厌弃袭人,有好几处,而最清楚的是:

宝玉笑道:"你是头一个出了名的至善至贤的人……焉得有什么该罚之处?只是芳官尚小,过于伶俐,未免倚强压倒了人,惹人厌。四儿是我误了他。还是那年我和你拌嘴的那日起,叫上来做细活的,众人见我待他好,未免夺了地位,也是有的;故有今日。只是晴雯,也和你们一样,从小在老太太房里过来的。虽生得比人强,也没什么妨碍着谁的去处。就是他性情爽利,口角锋芒;究竟也没得罪那一个。可是你说的——想是他过于生得好了,反被这个好带累了!"说毕,复又哭起来。袭人细揣此话,直是宝玉有疑他之意,竟不好再劝,因叹道:"天知道罢了!此时也查不出人来了,白哭一会子,也无益

了!"(第七十七回)

"孰料鸠鸠恶其高,鹰鸷翻遭罦罬;薋葹妒其臭,茝兰竟被芟锄。花原自怯,岂奈狂飙?柳本多愁,何禁骤雨?偶遭蛊虿之谗,遂抱膏肓之疾。……诼谣诪诟,出自屏帷;荆棘蓬榛,蔓延窗户。既怀幽沉于不尽,复含屈冤于无穷。高标见嫉,闺闱恨比长沙;贞烈遭危,巾帼惨于雁塞。……呜呼!固鬼蜮之为灾,岂神灵之有妒?毁诐奴之口,讨岂从宽?剖悍妇之心,忿犹未释!……"(第七十八回,宝玉祭晴雯,作的《芙蓉女儿诔》)

这两节话是何等的感慨!对袭人这节话,简直是字字挟风霜之势,说得声泪俱下,把袭人底假面具揭得不留丝毫馀地。所以袭人也无可再辨,只付之于"天"作为遁词。于此可见作者对于人情世故阅历之深,何尝真是傻大爷?如袭人这种伎俩,又岂可以瞒过聪明绝顶的贾宝玉?我常常这么想,厌恶世故的人,每是深知世故的;因为深知了这无非变把戏,所以深恶而痛绝之。若茫然不知世故是什么,早已目迷五色,被他诱惑了,如何再能发生厌恶的情绪?祭晴雯文中语,则简直是声罪致讨的檄文了!

从上三项,归纳起来,袭人底改嫁有两个原因:(1)她底负心,因宝玉底贫穷。(2)宝玉厌恶袭人。但她底改嫁,是在宝玉出家之前,或在其后(如假定宝玉终于出家)?以我说,应在其前。因如高本所写,宝玉失踪以后,袭人再去改嫁,似不得谓之负心。(高氏是抱狭义贞操观念的,所以在书末深贬斥她。)必宝玉落薄之后,未走以前,袭人即孑然远去,另觅高枝,这才合淋漓尽致的文情!高氏所以不能如此写,正因为不写宝玉贫穷之故;我们看后三十回本,一方写宝玉贫穷,一方即写袭人嫁在宝玉出走之先。这可以见这两事底因果关系,是怎样的密切。我们试想,宝玉若不贫穷,又不出走;袭人如何能改嫁蒋氏?

本书八十回后底事实,可以考见的,约在这四大项中包举。以我底知识这般的不完备,而这文篇幅已逾万言,这也可见我文字底芜杂,须得请求读者底原宥。我在本文开首已说过,在黑夜中,去辨别路途,是件不可能的事。我强为其难,这失败也是当然的。我所以甘心冒这失败底危险,只是因自从高本流行之后,世人每每误认高鹗为曹雪芹,实在是一种很深的遗憾。我想矫正这个错误,使《红楼梦》底真相得再显于世,于是便不自揣自己底力薄,而竟来负荷这个重任。我总时时觉得《红楼梦》一书底价值,很当得有人来做番洗刷底事业。我便是一个冲锋者啊!

本论已将终了,却还有些零碎的洗刷工夫,现在也写下来,作为收场时的小锣。第五回,《红楼梦》曲,最后的一折,是《飞鸟各投林》,世人对于这折底解释往往错了,譬如汪原放君便因此故,所以把标点符号错得很多。我把我底意见申说一番。现在先把原文录下,即依我底解释作句读:

> 《飞鸟各投林》——为官的,家业凋零;富贵的,金银散尽;有恩的,死里逃生;无情的,分明报应;欠命的,命已还;欠泪的,泪已尽;冤冤相报岂非轻;分离聚合皆前定;欲知命短问前生;老来富贵也真侥幸;看破的,遁入空门;痴迷的,枉送了性命:好一似食尽鸟投林,落了片白茫茫大地真干净!

我说明之如下(十年五月十三给颉刚的信):

《十二钗曲》末折是总结；但宜注意的，是每句分结一人，不是泛指，不可不知。除掉"好一似"以下两读是总结本折之词，以外恰恰十二句分配十二钗。我姑且列一表给你看看。你颇以为不谬否？（表之排列，依原文次序）

(1) 为官的家业凋零——湘云

(2) 富贵的金银散尽——宝钗

(3) 有恩的死里逃生——巧姐

(4) 无情的分明报应——妙玉

(5) 欠命的命已还——迎春

(6) 欠泪的泪已尽——黛玉

(7) 冤冤相报岂非轻——可卿

(8) 分离聚合皆前定——探春

(9) 欲知命短问前生——元春

(10) 老来富贵也真侥幸——李纨

(11) 看破的遁入空门——惜春

(12) 痴迷的枉送了性命——凤姐

这个分配似乎也还确当。不过我很失望，因为我们很想知道宝钗和湘云底结局，但这里却给了她们不关痛痒这两句话，就算了事。但句句分指，文字却如此流利，真是不容易。我们平常读的时候总当他是一气呵成，那道这是"百衲天衣"啊！

这虽非八十回后之事，但却于十二钗底结局有关，所以列入本篇。《红楼梦》除此以外还有一节很重要的预示，便是甄士隐做的《好了歌注》。《好了歌》是泛指一般人的，而《歌注》却专指贾氏一家之事。可惜现在我们不能把这个解析分明，有些是盲昧的揣想，有些

十　八十回后底《红楼梦》

连揣想底径路也没有,只觉得八十回后,对于此点,应有个关照而已。关照是什么?我们当然是不知道。

　　陋室空堂,当年笏满床;衰草枯杨,曾为歌舞场。蛛丝儿结满雕梁,绿纱今又糊在蓬窗上(宝玉之由富贵而贫贱)。说甚么脂正浓,粉正香,如何两鬓又成霜(宝玉之由盛年而衰老)?昨日黄土陇头堆白骨,今宵红绡帐里卧鸳鸯(似指宝玉续娶之事,如高鹗写黛玉死而宝钗嫁,旧时真本写宝钗死而湘云继)。金满箱,银满箱,转眼乞丐人皆谤(谁?旧时真本以为是湘云)。正叹他人命不长,那知自己归来丧(谁?什么?)!训有方,保不定日后作强梁(谁?高鹗大概以为是薛蟠);择膏粱,谁承望流落在烟花巷(我以为是巧姐)。因嫌纱帽小,致使锁枷扛(谁?什么?);昨怜破袄寒,今嫌紫蟒长(我以为是贾兰)。乱哄哄你才唱罢我登场,反认他乡是故乡。甚荒唐,到头来都是为他人作嫁衣裳!

可疑的,可盲揣的,都在括弧中表现。我觉得这决不是泛指,在八十回后都应有收梢。我觉得高鹗本中只照应了一小部分,以外便都抛撇了;因为他也没有懂得,正和我们一样。我看了这个,觉得现在我们所可揣测的,即使全对了,至多只有二分之一。《歌注》中这些暗示,都是八十回后底主要文字,而我们竟完全不知,不但不知,有些连盲想都还没有。这可见八十回后底光景,是怎样的黑暗;而我们从微明中所照见的,是怎样的稀少!因此,这文中所罗列的,是怎样的不完备!

　　只考辨一部《红楼梦》,可谓微细极了,但我已在这么小的领域内带了这么多的失望归来了。这可见失望是知识底伴侣,是千真万确的。但我以为这个伴侣,正足帮助人生底活动。失望便是不知足,不知足便去寻求,寻求所得的是失望,失望还是不知足。"吾生也有涯,而知也无涯",我愿为庄子下一转语:"因知底无涯,所以才能容受有涯的吾生哟!"

一九二二,六,二五。

十一 论秦可卿之死（附录）

十二钗底结局，八十回中都没有写到，已有上篇这样的揣测。独秦氏死于第十三回，尚在八十回之上半部，所以不能加入上篇中去说明。她底结局既被作者明白地写出，似乎没有再申说底必要。但本书写秦氏之死，最为隐曲，最可疑惑，须得细细解析一下方才明白；若没有这层解析工夫，第十三至第十五这三回书便很不容易读。因为有这个需要，所以我把这题列为专篇，作为《八十回后底〈红楼梦〉》一文底附录。

这个题目，我曾和颉刚详细讨论过。现在把几次来往的信札，择有关系的录出，使读者一览之后便可了然。问答本是议论文底一种体裁，我们既有很好的实际问答，便无须改头换面，反增添许多麻烦。平常的论文总是平铺实叙的，问答体是反复追求的，最便于充分表现全部的意想。所以我写这篇文的方法，虽然是躲懒，却并非全无意义的躲懒。这是我懒人底一种辨解。

我对于秦可卿之死本有意见，平空却想不起去作有系统的讨论。恰好颉刚于十年六月二十四日来信，对于此事表示很深的疑惑。他说：

《晶报》上《红楼佚话》，说有人见书中的焙茗，据他说，秦可卿是与贾珍私通，被婢撞见，羞愤自缢死的。我当时以为是想象的话,日前看册子,始知此说有因。册子上画一座高楼,上有美人悬梁自尽,其判云:"情天情海幻情身……"历来评者也都不能解说,只说:"第十一幅是秦氏,鸳鸯其替身也。"(护花主人评)又说:"词是秦氏,画是鸳鸯,此幅不解其命意之所在。"(眉批)然鸳鸯自缢,是出于高鹗底续作。高鹗所以写鸳鸯寻死时,秦氏作缢鬼状领导上吊的缘故,正是要圆满册子上的一诗一画。后来的人读了高氏续作,便说此幅是二人拼合而成。其实册子以"又副"属婢,"副"属妾,"正"属小姐奶奶,是很明白的,鸳鸯决不会入正册(平案:又副属婢是确的;至于副属妾却不甚确,虽明文只见一香菱,但我疑心李纹,李绮,宝琴都应入此册中)。若说可卿果是自缢的罢,原文中写可卿的死状,又最是明白。作者若要点明此事,何必把他的病症这等详写?这真是一桩疑案。……这可卿册子一案可难说了,因为他的结果早在原文内写出,无待补作者底增改迁就了。我们若是学今文学家的办法,凡逢到抵牾不安的地方,都说是刘歆伪托,倒也罢了,偏偏又觉得他过于武断,不肯用一网打尽的法子。如之奈何?

他这纯怀疑的态度,却大可以启发我讨论这问题的兴趣。我在同月三十日复他一信上面说:

> 从册子看,可卿确是自缢,毫无疑义。我最初看《红楼梦》也中了批语底毒,相信是秦鸳二人合册。后来在欧游途中,孟真说,就是秦氏,何关鸳鸯。我才因此恍然大悟,自悔其谬。这段趣事想你尚不知道。高鹗所以写鸳鸯缢死由秦氏引导的

缘故,即因为他看原文太晦了,所以更明点一下,提醒读者,知可卿确是吊死而非病死。即因此可以知道兰墅所见之本,亦是与我们所看一样。我们觉得疑暗的地方,高君也正如此。我现在可以断定秦氏确是缢死。至于你底疑惑,我试试去解说:

(一)本书写可卿之死,并不定是病死。她虽有病,但不必死于病。这点最宜注意。秦氏之死不由于病,有数据焉。

(A)死时在夜分,且但从荣府中闻丧写起,未有一笔明写死者如何光景,如何死法?可疑一。

(B)第十三回说:"彼时合家皆知,无不纳闷,都有些疑心。"下夹注云:"久病之人,后事已备。其死乃在意中,有何闷可纳?又有何疑?一本作'都有些伤心',非是。"此段夹注颇为精当。"纳闷","疑心",皆是线索。现新本(亚东本)却作"伤心"。我家本有一部《金玉缘》本的书,我记得是作"疑心",今天要写这信时,查那本时正作"疑心"。要晓得"有些疑心"正与"纳闷"成文;若说"有些伤心",不但文理不贯,且下文说"莫不悲号痛哭",而此曰"有些伤心",岂非驴唇不对马嘴?此等文章岂复成为文理?真所谓"失之毫厘,谬以千里"。

(C)第十回张先生说:"今年一冬是不相干的,过了春分便可望痊愈了。"第十一回秦氏说:"好不好,春天就知道了。"则秦氏患的是痨症,一时决不致就死。而现在可卿之死却在冬底,则非由病可知(虽未明写,然看凤姐闻凶讯时底光景,确是冬天)。她底死本不奇,本无可以疑心纳闷之处,所以使人如此者,乃因死得太骤耳。

(D)秦氏死后种种光景,皆可取作她自缢而死底旁证。今姑略举数事：

（1）"宝玉听秦氏死，只觉心中似戳了一刀，不觉哇的一声，直奔出一口血来。"若秦氏久病待死，宝玉应当渐渐伤心，决不致于急火攻心，骤然吐血。宝玉所以如此，正因秦氏暴死，惊哀疑三者兼之：惊因于骤死，哀缘于情重，疑则疑其死之故，或缘与己合而毕其命。故一则曰"心中似戳了一刀"，二则曰"哇的一声"，三则曰"痛哭一番"。此等写法，似隐而亦显（同回写凤姐听到消息，吓的一身冷汗，出了一回神，亦是一种暗写法）。

（2）写贾珍之哀毁逾恒，如丧考妣，又写贾珍备办丧礼之隆重奢华，皆是冷笔峭笔侧笔，非同他小说喜铺排热闹比也。贾珍如此，宝玉如此，秦氏之为人可知，而其致死之因与其死法亦可知（有人说，《红楼梦》写那时的贾珍，简直是个杖期夫。此言亦颇有趣）。

（3）秦氏死时，尤氏正犯胃痛旧症睡在床上，是一线索。似可卿未死之前或方死之后，贾珍与尤氏必有口角勃谿之事。且前数回写尤氏甚爱可卿，而此回可卿死后独无一笔写尤氏之悲伤，专描摹贾珍一人，则其间必有秘事焉，特故意隐而不发，使吾人纳闷耳。

（4）我从你来信引《红楼佚话》底说话，在本书寻着一个大线索，而愈了然于秦氏决不得其死。第十三回（前所引的话都见于此回）有一段最奇怪而又不通的文章，我平常看来看去，不知命意所在，只觉其可怪可笑而已。到今天才恍然有悟。今全引如下：

"忽又听见秦氏之丫环，名唤瑞珠的，见秦氏死了，也触柱而亡。此事可罕,合族都称叹(夹注云,称叹绝倒)。贾珍遂以孙女之礼殡殓之,一并停灵于会芳园之登仙阁。又有小丫环名宝珠的,因秦氏无出,愿为义女……贾珍甚喜……从此皆呼宝珠为小姐。"

这段文字怪便怪到极处,不通也不通到极处;但现在考较去,实是细密深刻到极处。从前人说《春秋》是断烂朝报,因为不知《春秋》笔削之故。《红楼梦》若一眼看去,何尝有些地方不是断而且烂。所以《红楼梦》底叙事法,亦为读是书之锁钥,特凭空悬揣,颇难得其条贯耳。

《红楼佚话》上说:"秦可卿与贾珍私通,被婢撞见,羞愤自缢死的。"此话甚确。何以确?由本书证之。所谓婢者,即是宝珠和瑞珠两个人。瑞珠之死想因是闯了大祸,恐不得了,故触柱而死。且原文云"也触柱而亡",似上文若有人曾触柱而亡者然,此真怪事。其实悬梁触柱皆不得其死,故曰"也"也。宝珠似亦是闯祸之人,特她没死,故愿为可卿义女,以明其心迹,以取媚求容于贾珍;珍本怀鬼胎,惧其泄言而露丑,故因而奖许之,使人呼之曰小姐云尔。且下文凡写宝珠之事莫不与此相通。第十四回说,"宝珠自行未嫁女之礼,引丧驾灵,十分哀苦。"第十五回说,"宝珠执意不肯回家,贾珍只得另派妇女相伴。"按上文绝无宝珠与秦氏,主仆如何相得,何以可卿死而宝珠十分哀苦?一可怪也。贾氏名门大族,即秦氏无出,何可以婢为义女?宝珠何得而请之;贾珍又何爱于此,何乐于此,而遽行许之?勉强许之已不通,乃曰"甚喜",何喜之有?二可怪也。秦氏停灵于寺,即令宝珠为其亲女,亦卒哭而反为已足,何以执意不肯回家?观贾珍许其留寺,则知宝珠不肯回家,乃自明其不泄,希贾珍之优容也。秦氏二婢,一死一去,而中冓之羞于是得掩。我以前颇怪宝珠留寺之后杳无结果,似为费笔。不知其事在上文,不在下文。宝珠留寺不返,而秦氏致死之因已定,再行写去,直词费耳。

(二)依弟愚见,从各方面推较,可卿是自缢无疑。现尚有一问题待决,即何以用笔如是隐微幽曲?此颇难说,姑综观前后以说明之。

可卿之在十二钗,占重要之位置;故首以钗黛,而终之以可卿。第五回太虚幻境中之可卿,"鲜艳妩媚有似乎宝钗,风流袅娜则又如黛玉",则可卿直兼二人之长矣,故乳名"兼美"。宝玉之意中人是黛,而其配为钗,至可卿则兼之;故曰"许配与汝","即可成姻","未免有儿女之事","柔情缱绻,软语温存,与可卿难解难分"。此等写法,明为钗黛作一合影。

但虽如此,秦氏实贾蓉之妻而宝玉之侄媳妇;若依事直写,不太芜秽笔墨乎?且此书所写既系作者家事,尤不能无所讳隐。故既托之以梦,使若虚设然;又在第六回题曰"贾宝玉初试云雨情",以掩其迹。其实当日已是再试。初者何?讳词也。故护花主人评曰:"秦氏房中是宝玉初试云雨,与袭人偷试却是重演,读者勿被瞒过。"

既宝玉与秦氏之事须如此暗写,推之贾珍可卿事亦然。若明写缢死,自不得不写其因;写其因,不得不暴其丑。而此则非作者所愿。但完全改易事迹致失其真,亦非作者之意。故处处旁敲侧击以明之,使作者虽不明言而读者于言外得求其言外微音。全书最明白之处则在册子中画出可卿自缢,以后影影绰绰之处,得此关键无不毕解。吾兄致疑于其病,不知秦氏系暴卒,而痨病无骤死之法。细写病情,正以明秦氏之非由病死。况以下线索尚历历可寻乎?

从这里我因此推想高鹗所见之本和现在我们所见的是差不多。他从册子上晓得秦氏自缢,但他亦颇以为书中写秦氏之死太晦了,所以在鸳鸯死时重提可卿使作引导。可卿并不得与鸳鸯合传,而可卿缢死则以鸳鸯之死而更显。我们现在很信可卿是缢死,亦未始不是以前不分别读《红楼梦》时,由鸳鸯之死推出的。兰墅于此点显明雪芹之意,亦颇有功。特苟细细读去,不藉续书亦正可了了。为我辈中人以下说法,则高作颇有用处。

第十三,十四,十五三回书,最多怪笔,我以前很读不通,现在却豁然了。我所致谢的有三个人:第一个是高鹗,第二个是孟真,第三是你了。因为你若不把《红楼佚话》告诉我,宝珠和瑞珠底事一时决想不起,而这个问题总没有完全解决。

从这信底一节里,我总算约略把颉刚底策问对上了。秦氏是怎样死的?大体上已无问题了。但颉刚于七月二十日来信中,说他检商务本的《石头记》第十三回,也作"都有些伤心"。这又把我底依据稍摇动了一点,虽然结论还没有推翻。他在那信中另有一节复我的话,现在也引在下边:

我上次告你《晶报》的话,只是括个大略。你就因我的"被婢撞见"一言,推测这婢是瑞珠宝珠。原来《红楼佚话》上正是说这两个。他的全文是:

"又有人谓秦可卿之死,实以与贾珍私通,为二婢窥破,故羞愤自缢。书中言可卿死后,一婢殉之,一婢披麻作孝女,即此二婢也。又言鸳鸯死时,见可卿作缢鬼状,亦其一证。"

　　这明明是你一篇文章的缩影。但他们所以没有好成绩的缘故:(1)虽有见到,不肯研究下去,更不能详细发表出来。(2)他们的说话总带些神秘的性质,不肯实说他是由书上研究得来的,必得说那时事实是如此。此节上数语更说,"濮君某言,其祖少时居京师,曾亲见书中所谓焙茗者,时年已八十许,白发满颊,与人谈旧日兴废事,犹泣下如雨。"其实他们倘使真遇到了焙茗,岂有不深知曹家事实之理,而百馀年来竟没有人痛痛快快说这书是曹雪芹底自传,可见一班读《红楼梦》的与做批评的人竟全不知曹家底情状。

他把前人这类装腔扭势的习气,指斥得痛快淋漓,我自然极表同意。但"疑心""伤心"这个问题,还是悬着。我在七月二十三日复书上,曾表示我底态度:

　　你说我论证可卿之死确极,最初我也颇自信。现在有一点证据并且还是极重要的既有摇动,则非再加一番考查方成铁案:就是究竟是"疑心"或是"伤心"的问题。我依文理文情推测当然是"疑心",但仅仅凭借这一点主观的意想,根据是很薄弱的。我们必须在版本上有凭据方可。我这部《金玉缘》本确是作"疑心"的,并且下边还有夹评说,"一本作伤心,非",则似乎决非印错。但我所以怀疑不决,因为我这部书并非《金玉缘》底原本,是用石印翻刻的,印得却很精致,至于我们依赖着他有危险没有,我却不敢担保。我查有正钞本也是作"伤心"。

这虽也不足证明谁是谁非,因为钞本错而刻本是的最为常事,抄写是最容易有误的;但这至少已使我们怀疑了。我这部石印书如竟成了孤本,这个证据便很薄弱可疑了。虽不足推翻可卿缢死的断案,但却少了一个有力底证据。我们最要紧的,是不杂偏见,细细估量那些立论底证据。……总之,主观上的我见是深信原本应作"疑心"两字,但在没有找着一部旧本《红楼梦》做我那书底傍证以前,那我就愿意把这证据取消,或暂时阙疑。我们在上下前后,已可断定可卿是缢死,何必拉上一个可疑的证据呢?我想如能觅着一部原刻《金玉缘》本看一下,这问题就可以算解决了。

可惜得很,我所表示的期望竟没有达到,石印《金玉缘》底原本颇不易觅;所以这点疑问,以现在论,还终于疑问。以我揣想,或者刻本流传,都是作"伤心"的;而"疑心"为后人校书时所改,也说不定。但这一处底校改,却颇有些道理,不是胡闹,或者竟反而有当于作者底原意。我近日觅得一有夹评的旧刻本也是作"伤心",想胡先生所藏的程刻本也是一样的。惟有正书局印行的戚本,作"无不纳叹,都有些伤心",却实在不见高明。纳闷是我们常说的话,纳叹却颇生硬。我不能凭依戚本,正和不能凭依石印本《金玉缘》是一样的。

虽细微之处还有研究底馀地,但秦可卿底结局是自缢而死,却断断乎无可怀疑了!

一九二二,六,二十一。

下　巻

十二　后三十回的《红楼梦》

现行的《红楼梦》有两种本子：一种是一百二十回本，内有高鹗续作的四十回，我们叫他"高本"；一种八十回的钞本，是有正书局印行的，有戚蓼生底序，我们叫他"戚本"。这两本比较起来，各有短长，这儿不能详说。

凡续书有两种：（甲）从原本八十回续下的，如高本便是，我在这里所介绍的佚本也是。（乙）从高本百二十回续下的，这便是那些滥恶不堪的作品，不足当我们底叙述。我们承认原本只有八十回，故这种虽面貌，价值有些不同，却都是续书。我在这文里，要考定一种散佚的甲类续书，我认它是部最早且较好的续书。

我在一星期以前，原想不到可以做这件事的，因为并没有搜罗着什么"原本""秘本"的《红楼梦》。我前几天偶然披阅戚本，想去参较他和高本底得失所在，不想却无意中发见有这一种"佚本"。这真是我底一种意外的喜悦，所以即时写定这一节短文，正如高鹗补书序上所说："欣然题名，聊以志成书之幸。"

八十回的《红楼梦》在未刊行以前，经辗转传钞，本子极多，现在存的只有"戚本"。戚蓼生是浙江人（《红楼梦》序上作德清，《进士题名录》亦作德清，《戚氏家谱》作余姚），清乾隆三十四年己丑进士（一七六九），比高鹗底科名早了二十六年，距高本告成，早了二十三年。即使他作《红楼梦》序在中进士以后，也必早于高鹗补书底时候。看序上说："乃或者以未窥全豹为恨……"可见当时百二十回本决还没有通行，他所看见的只有这八十回。戚本底评和注，不知是谁做的（第四十一回末，诗评署立松轩）？也不知是否一人做的？看他们（？）说话相呼应，即不是一人，也必是同时人。他们（？）底年代，也决不晚于高鹗（这点下面详说）。至于戚本底价值如何，既有专篇详论，这儿不关本题。

我怎样可以断定在高本以外，另有这样的佚本呢？这个证据在戚本底评注里。评书人在八十回书以外，胸中另有一个"后数十回"，故每每征引。因为如此，现在的我们方能窥见佚本底大概。评注原未必佳，且谬语极多；但有此一用，自有可保存底价值。

在欣幸之中，有几点是很可惋惜的：（1）作评作注的人没有姓名，年代。（2）作佚本的人，也没有姓名，年代。（3）在八十回中只一小半有评注，四十回后绝没有夹注，即四十回内也有许多回无注的。因此我们不能充分考见佚本底面目。

但是，佚本既为评书人所称引，当然为他所及见，自应较早于评书人底年代。即不然，至少也是同时的（看他底口气，不像是征引同时人底著作。）我们若能够知道评书人底年代，也就能约略推算出佚本底年代了。我揣想，评注戚本的人，他底行辈应当较前于高鹗。这有下列的各证：

（1）高本刊行于乾隆五十六年，如评书人生在其后，或和高鹗同时，必然见及。他既见了，必不会一字不提的，即使非议也必然有非议的话。但现在的评注里，对于高本，却连一句一字都没有提到。

（2）在戚本第十八回（以下只言某回，不说某本，都指戚本),龄官做戏节下注:"余历梨园子弟广矣……亦曾与惯养梨园诸世家兄弟谈议及此……今阅《石头记》……与余三十年前目睹身亲之人,现形于纸上;便言《石头记》之为书,情之至极,言之至确,然非领略过乃事,迷陷过乃情,即观此茫然嚼蜡,亦不知其神妙也。"在这节文中,有两点可以推求评书人底年代:(甲)看他似乎也生在富贵的环境中,当清乾隆中年,物力殷富之时。譬如家蓄伶人这类风尚,知道不是晚清底事情。(乙)他说:"今阅《石头记》……与余三十年前……"似乎在评书三十年前,他没有读过这书,到现今方才得读的。如那时高本已刻成,或《红楼梦》已脍炙人口,他怎么会说这样话呢?我们试去解释,何以这位先生到了三十年后,方才得读《红楼梦》?这必有两个缘故:或者是在三十年前,连《红楼梦》钞本也是没有的;若这样,评书人应和雪芹并世而行辈稍晚。再不然,便是因那时钞本流传未广,不易得读,所以迟到三十年以后。但这说恐未确:一则因《红楼梦》传钞以后,即便风行一时,不会三十年后方才得读的;二则高本告成,上距雪芹成书,不过三十多年,至多四十年。评书人生在高前,再上推三十年,当然不会有钞本流传。至于评书时,依我底大略推测,总在钞本已盛行,而刻本还没有告成的时候,在一七七二——一七九二之间(乾隆三十七—五十七年)。他所说的三十年前,《红楼梦》或者方才脱稿,或者还没有。总之,我们不能不承认,这是很早的《红楼梦》评注。

(3)看他底思想并不见十分高明,但他却颇有《红楼梦》是部作者自传这个观念,是正当解释底开山祖师。他怎样会有这样的见解呢?这实在因他上距作者不远,能了解当年底环境,空气,且叙述底踪迹处处可以考证,谬说无从发生。到后来年代越久,流传越广,遮上的面幂越厚,真相越湮没;然后才有荒唐可笑的"红学家"。且看他说(略引数则作例):

"八字便是作者一生惭恨。"(第一回,"无材补天,幻形入世"下注)

"盖作者自云,所历不过红楼一梦耳。""非作者为谁?余曰,'亦非作者,乃石头也。'"(均第五回注)

"此回铺排,非身经历……则必有所滞挂牵强,岂能如此触处成题?"(第十八回总评)

"作者一生为此所误,批者一生亦为此所误。"(第二十一回注)

他不但知道宝玉是作者自寓,且很能了解作者底生平,性情;这也可见他两人相去不远,大约是可以及见而没有见过的(以我想,雪芹卒时,正当评书人底青年)。

评书人底年代大概晓得了;佚本底年代必更早于评书之时,所以定比高本要早得多,总在一七六五——一七八八之间(清乾隆三十一五十三年),是部很早的续书。但我们为什么能断定它是部续书,不是原本呢?(1)如系原本,戚本决不会只钞了八十回,而且戚蓼生也决不会说什么"未窥全豹"。(2)如系原本,程伟元,高鹗决不至于一笔抹杀,说些从鼓担上得来的鬼话,做那种"画蛇添足","狗尾续貂"的蠢事情。所以我敢断定如此。

但这书并不以续作而损它底价值。作者距雪芹极近,或和他同时,所以很容易从各方面窥测雪芹底意思。他所补的,虽未必处处和原意相符,也总是"不离其宗",要比我们在百馀年之后妄自猜测,事半功倍了。这使我们不得不推重这书,觉得有做一篇遗文考底必要。

就我底眼光看,佚本似胜于高本,只因他没有付刊,以致湮没不彰,让高本独步。内容底比较,在下边详说。现在只举一点便可以晓得他底谨慎,非高鹗所及。他底续作大约是单行的,不和八十回混在一起。所以戚本始终只有八十回,并没有八十回以后的书。不然,评书人明明及见这书,为什么不钞在一起,像高鹗把四十加八十,成百二十回本呢?他不肯把续作和原书混合,正是审慎之至,这种态度便是佚本底声价底保证。我这一文,原题为《百十回本的红楼梦》,后来因为觉得不大妥当,才改用今名。

以上所说都是引论,现在渐入正文了。这个佚本原题什么名字,我一点不晓得。戚本中评注所引,只称"后三十回","后数十回";我也只得沿用了,题为《后三十回的红楼梦》。但这回目是否三十,确也有些可疑,我不得不略说一说。我说它是三十回,且用来作标题,因为有明文为证:

> 按,此回之文固妙,然未见后之三十回,犹不见此之妙。
（第二十一回眉评）

这是第二十一回底评,从二十一算到八十,有六十回书,决不得说三十。可见这三十,是指八十回后的三十回,不在八十回以内的（而且下边所说情事,亦不见于八十回内,更可为证）。但有人说:"他虽说三十,未必只有三十回。"我想来这也不对。譬如不作续书只有三十回解释,只有两种可能的说法:（1）后边有三十回书专讲这一件事的。这就文章论,万没有这种情理。（2）三十回作第三十回解，但增字解释，似不甚妥。三十回怎能任意解为第三十回呢？况且，还有一证：

　　　　以百回之大文……（第二回评）

原本只八十回，不得说百回；这里说百回，正是连后三十回算。八十加三十应得一百十，所谓百回，是举成数言之。以这两证，我武断有三十回的续书。

　　但在另一方面着想，依然可以怀疑，使我自己不能相信上节所得的结论。在评注中，除这两条明指数目外，言后数十回的，屡见而不一见，这实在很可疑。他既说数十回，似乎又不止三十。且依文情看，要补完这书，三十回那里够？我平常时谈论高本，总嫌他太迫促，收尾时简直像记帐目。若佚本只有三十回，岂不是分外急促了？且从评语中看他底结构，似比高作为宽广，这尤非区区三十回所能了事。如这书叙述贾氏凋零，宝玉穷苦，终于出家，似转折极多，何以三十回便能写毕？或者虽回目只有三十，而每回篇幅极长，也未可知。但这总无非是些悬揣，无当于事实。这是我底一个疑问，希望读者能够帮我解决它。

　　这佚本底年代，书名，回目，可考见的止于此；这虽使我十二分不满意，但现在却没有什么法子可想，所谓"文献不足"，连孔二先生也只有叹气而已。我现在要说到本篇较重要的一部分，就是考定佚本底回目。自然是一样的，可怜得很，但姑且让我作一简短，残缺的叙述罢。这或者可以引起读者们底兴趣，而努力去访求原书；如这个妄想一旦实现，那么，这文自然可烧，我也无所惋惜。但是，恐怕这文没有被烧底机缘，除非在万一如此的光景下面。

十二 后三十回的《红楼梦》

言归正传,这佚本仅为评注戚本的人所说及,以外不见有他人征引(或者是有的,而苦于我不知);所以我底取材极为单简,不过费一番搜求,纂述底工夫罢了。况且戚本我本不熟,匆匆的阅了一两遍,自难免有遗漏的地方。我自己也知道这文底无价值,只是觉得佚本埋没了百馀年,很当得有人为它做一篇详细的考证。我虽是才短,但戚本行世(有正书局出版)十年之后,还没有人提到这本底存在,价值,这使我被迫着去写定这篇文字。

从评注里得来的材料,都是些零零碎碎不成片段的;我们不得不从零乱中寻出一个头绪来。我总希望读者读后,三十回底影子便跳出来,故试把书中底人物来做经纬,读者就可以知道佚本和高本底优劣,同异所在。

我们先看他叙述贾家底结局是怎样的:

> 此等人家……总因子弟不肖,招接匪人,一朝生事则百计营求,父为子隐,群小迎合;虽暂时不罹祸网,而从此放胆,必破家灭族不已,哀哉!(第四回注)
>
> 此其人(探春)不远去,将来事败,诸子孙不致流散也。(第二十二回注)

第四回注所指此等人家,当然是贾史王薛等族。他说"破家灭族",在前八十回内,后四十回内都没有,何所见而云然?可见这是后三十回里底事情。第二十二回注亦说"子孙流散",和上说相合。这可见评书人所见的佚本,其中叙述贾氏衰落底状况,必极其淋漓尽致,不和高鹗所谓"沐天恩","延世泽"相同。比较起来,他要比高鹗强得多,就是说,这样补作深合于作者底原意。怎样见得呢?我姑且随意举几条八十回中底原文为证，便可以在这一点上，分两本底优劣：

警幻说："……奈运终数尽，不可挽回。"（第五回）

贾妃点的第一出戏是《一捧雪》中底《豪宴》。（第十八回）

贾珍道："第三本是《南柯梦》。"贾母听了，便不言语。（第二十九回）

探春道："……你们别忙，自然连你们抄的日子有呢。你们今日早起，不曾议论甄家，自己家里好好的，抄家，果然真抄了？咱们也渐渐的来了。可知道这样大族人家，若从外头杀来，一时是杀不死的。……必须先从家里，自杀自灭起来，才能一败涂地呢！"（第七十四回）

高鹗叙贾氏抄家，本此。这原不算错。但他却不该重新说回来，让他们去"沐天恩"，"延世泽"。第五回说，"运终数尽"，我们应当注意这"终""尽"两字，第十八回点《豪宴》，是以严东楼之败比况贾氏之将来。第二十九回说《南柯梦》，这剧中底结果是"充军烟瘴"，"斩首云阳"，不曾有复兴的事情。第七十四回说，"自杀自灭"，"一败涂地"，可见没有恢复祖业底希望了。这都是作者原意所在，高鹗却未曾见到。佚本底详细内容究竟是如何的，我也不敢妄说，只看评注里所说的，处处和原本相映射，可见佚本是部较近真的续书了。

评注里又说后数十回内，宝玉贫寒不堪，这是佚本最优越之点，决非高本所能及。我们试看：作者晚年流落穷途，证一；八十回内说"一事无成，半生潦倒"，"蓬牖茅椽，绳床瓦灶"，"贫穷难耐凄

凉",等等,证二。我们看:

> 以此一句,留与下部后数十回,"寒冬噎酸齑,雪夜围破毡"等处对看。(第十九回,"袭人见总无可吃之物"句下注)

高本写宝玉为僧,是从堂堂荣国府内出走的,何尝有什么"酸齑""破毡"呢?可见这是佚本底一最大特色了。佚本所补,最惬我意。我在没有知有这本以前,曾和颉刚讨论,以为从各方面参证,宝玉应如此下场的;那里知道,百馀年前竟有这么的一种本子,所抱的意见完全和我相同,这真是可欣喜的事。

至于说这样写法,较高本好些,这是我个人底偏见,不是定论。譬如颉刚,他虽承认作者原意是要使宝玉落入穷途,可是他在另一方面,又替高鹗作辨护士。他说:

> 写宝玉贫穷方面太尽致,也蹈了俗滥小说的模样,似乎写了正面必得写反面似的。宝玉怎样的贫穷,原文中绝少说及,也不容易补作。……否则高氏这般留心,不致连极重要的宝玉一赞也忘记。(十,六,十来信)

这是赞成高本最有力的论辨。因为佚本无存,所以我们也不能分别究竟孰优孰劣,只可付之不论。惟颉刚以为高鹗不致于忘记《宝玉赞》,这也是没有凭据的。

佚本写宝玉,不但穷苦,且终于做和尚:

> 然宝玉有情极之毒,亦世人莫忍为者,看至后半部,则洞

下　卷

明矣。……故后文方有悬崖撒手一回。……岂能弃而为僧哉？（第二十一回注）

这便是佚本写宝玉做和尚的铁证。他为什么要如此？注上说是"情极之毒"。但这是什么，依然使人迷惑。至于他怎样出家，佚本也不可深考。虽注中引有一句，却也在可解不可解之间：

伏甄宝玉送玉。（第十八回《仙缘》戏目下注）

《仙缘》是《南柯梦》剧中最后的一出，说的是卢生随"八仙"而去，正是宝玉出家底影子。但是说甄宝玉送玉，这很奇怪。究竟是怎么一回事，也没有人能知道。以我揣想，大概和高本是差不多的（高本第一百十五回，和尚来送通灵玉），不过把和尚换了个甄宝玉罢了。这个揣想是不是呢？我不敢知。如果是的，那么，在这一点上，两本便是"鲁卫之政"了。

评中还有一节，我疑心也和宝玉出家有关连的。第二十一回，"贤袭人娇嗔箴宝玉"，总评上说："此回'娇嗔箴宝玉'……后回'薛宝钗借词含讽谏'……今只从二婢说起，后文乃直指其主。然今日之袭人之宝玉，亦他日之袭人，他日之宝玉也。……何今日之玉犹可箴，他日之玉已不可箴耶？……"他既前后对提，可见宝钗所讽谏的亦是宝玉。讽谏些什么，已无可考；但总是和袭人所说过的相仿佛，叫他留心"经济""孔孟"之道，不要骂人家"禄蠹"等等鬼话。这儿说不可箴，可见那时的宝玉，已不复肯降心相从，委婉敷衍，大有决撒之兆了。试想第二十一回时，宝玉又何尝真肯受人箴规；今日之可箴不过如此，其所谓他日之不可箴可知。我想，宝

十二　后三十回的《红楼梦》

玉在那时候,已有撒手之意,所以宝钗婉施讽谏,他却不听,于是终于悬崖撒手。这是宝玉为僧以前的一件公案,现在还可以约略考知。

除掉叙贾家及宝玉外,全书底主干便是十二钗。佚本在这些地方的叙述和高本,我们所揣想的,都差不甚远;这因为在第五回内,有册子曲子,断定她们底终身,拘束着底缘故。但细微之歧点却是很多的。现在可考见的,佚本叙十二钗底事,也不完全得很。粗略说来,稍有些异同的,是黛玉,宝钗,湘云,凤姐,探春,惜春这六个人。以外所写的诸人,或者是评注没有提到,或者是和高本看不出什么差别,现在只好从略不说。又副册底人物,说到的只有两人(袭人,麝月)。副册中人没有说到的,叙香菱事能否改正高鹗底大错,也不可知;只是从戚本第八十回之目,"娇怯香菱病入膏肓"看去,似乎佚本不致于和高鹗犯同一的毛病。

她们底结局,令人最无可怀疑的,是宝钗、黛玉。而黛玉尤无问题。大凡稍有常识的人,都相信她俩底姻缘不会团圆的。果然团圆了,岂不是《红楼梦》可以不作?这话原不必多说。宝钗底结局(嫁宝玉守寡),从别一方面想,或稍有些可疑(我在第十章中详及);若从大体上看,金玉姻缘总是先团圆而后离散的。这类证据在八十回中多极了,不在这篇举引,想读者自然随处可以找得。因为如此,佚本在这些地方,也没有什么特色,大致和高本相同(黛死,钗寡)。惟在佚本里,钗黛两人各有一段佚事,为高本所不载。这其间并不发生显著的优劣问题,只是在佚本中,有这两事,我们应当知道。

先说黛玉,在第一回中有还泪之说是宝黛底一段大因缘;想其情理,到她临死时,泪债还尽了,应当有一个照应。评注上说:

以及宝玉轧玉,攀儿之泪枯。……(第二十一回注)

……将来泪尽夭亡已化乌有。(第二十二回注)

一说泪枯,再说泪尽,且和宝玉轧玉作对文。可见黛玉泪尽,在这本上或另有一段主要文字,不仅如高鹗在第九十七回,以"一点泪也没有了"一语了之。

再说宝钗,她讽谏宝玉,在佚本另有一回书,前论宝玉出家时已详及了。高本写她嫁后,和宝玉感情似尚好。佚本亦然,所以有谈旧这一节文字,但这在高本上却没有的。高本写她嫁后,和宝玉谈话有好几节,却并没有一节是话旧的。就情理论,这也是题中应有之义。钗玉两人系从小相识,成婚之后,岂能对于旧事一字不提?大观园诸人风流云散,宝钗和宝玉谈话时,何得毫无感念?佚本写出这一点,好像也不坏。评书人说:

……杜绝后文成其夫妇时,无可谈旧之情。(第二十回注)

《红楼梦》中十二钗,钗黛以外便推湘云。湘云底结果如何,最是聚讼纷纭,到现在还没有定论。佚本写湘云,是早卒,是守寡,是偕老,不得而知。故对于"云散水涸"和"白首双星"底冲突点上,依然是悬而不断。但却有极重要的两点发见:(1)说明"因""伏"底意义。(2)证明第三十一回目底没有经过改窜。湘云底结局,见于评注里最明白的只有两条:

金玉姻缘已定,又写一金麒麟,是间色法也。(第三十一

回眉评)

　　后数十回,若兰在射圃所佩之麒麟,正此麒麟也。提纲伏于此回中,所谓草蛇灰线在千里之外。(第三十一回总评)

从第一条,我们知道,佚本底作者读这段文字,只当它是文章底间色法,并没有宝湘成婚之说。从第二条,知道在佚本上,湘云夫名若兰,也有个金麒麟,或即是宝玉所失,湘云拾得的那个麒麟,在射圃里佩着。这里边前因后果究竟是怎样的,我们却不知道。我揣想起来,似乎宝玉底麒麟,不知怎样会辗转到了若兰底手中,仿佛蒋琪官底汗巾,到了袭人底腰间一样。所以回目上说"因""伏",评语说,"草蛇灰线千里之外"。不然,如宝湘因麒麟而配合,这是很明且显的,说"因"则可,似乎用不着"伏"字。

"因麒麟伏白首双星",作这样解,以我看来,甚妥。一则因什么,伏什么有了着落。二则不必推翻金玉姻缘。三则冲突已少了一层,不必一定假设回目底经人改易。这虽不见得定有合于作者底原意,但总是较满意的解释。

回目经人改易这个判断,从这里看去,是无根据的。颉刚底假设当然不能成立(详见《八十回后底〈红楼梦〉》)。我在前边已证明,评书人、佚本补书人,都上距作者年代至近,或者说不定是同时人。他们都只依文直解,一点没有疑心到这回目底不可靠,可见即在高鹗以前的人,也不知道有这么一回事。我们试想,统共不过一二十年内的事,何至原书回目底改窜,连踪影都不知?况且,第三十一回之目和曲子,册子,有明著的冲突。他们在补书、评书的时候,岂有不稍加怀疑之理?岂有不去寻求原本之理?即使原本没有了,也不见得连较近真的初钞本都没有?在那时候,总不会"书缺简脱"，和我们处在同一的境遇。

至于湘云嫁后底光景如何，佚本原无可考。虽评书人说："湘云为自爱所误"（第二十二回注），也不知应作何解释？惟既曰"自误"，总不像结"白首双星"的。十二钗都是一例的薄命，以佚本作者这般精细，决不会梦然不知。以我推度，佚本写湘云也无非"早卒""守寡"这类结局。但这些不幸是自然发生的，非人力所能为，何以评书人说"自爱所误"？这依然是终于不可解。回目和曲子，册子底冲突，也依然虚悬着。

高本叙凤姐底结局最劣，用她临命时所说，"到金陵归入册子去"（第一百十四回，高本）来应册词所谓"哭向金陵事更哀"，简直是有些不像话。且和上句"一从二令三人木"，了无关照。想他也是猜不破这哑谜，所以就只得这样妈妈糊糊的算数了。我们原不以此责备他底才短，但他所补的，决无当于作者底原意，这也是不可讳的事实。佚本叙凤姐事可考见的，有这几条：

> 拆字法。（第五回，"一从二令三人木"下注）
>
> 回首时，无怪乎其惨痛之态。（第十六回注）
>
> 后回……"王熙凤知命强英雄"。……但此日阿凤英气何如是也！他日之身微运蹇，亦何如是耶！人世之变迁，倏尔如此。
>
> 今日写平儿，后文写阿凤。文是一样情理，景况光阴，事却天壤矣！多少眼泪，洒与此两回书中。（两节，第二十一回眉评）
>
> 设使平儿收了，再不致泄漏。故仍用贾琏抢回，后文遗失，方能穿插过脉也。（第二十一回注）

这便是凤姐扫雪拾玉之处。（第二十三回注）
　　　　　　˙˙˙˙˙˙

除最末一条，前后不接，无从悬揣外；其馀几节可推度而知的，也不和高本相合。他所说拆字法，我们完全不懂怎样的拆法？想佚本必然照顾这一句，可以用拆字法解释，否则评书人何得"自充内行"，"瞎造谣言"呢？照他所谓"身微运蹇"，"事却天壤"，"回首惨痛"等语，似乎佚本写凤姐结局十分悲惨，决不如高鹗所写，胡言乱语，一病而亡，这样的简陋可笑。果真像高鹗底描写法，何必洒多少眼泪呢？第二十一回注说，贾琏后来有失发这件事，因而引起风波，高本没有这文。想后来必因此大闹，贾琏对于凤姐十分酷虐，所以评书人有"人世变迁"，"事却天壤矣"这类感叹。琏凤夫妇，将来必至于决裂，这在八十回中也有暗示。最明显的是第六十九回，贾琏明说为尤二姐报仇。以我们想，尤二姐为贾琏所爱，一旦被逼吞金而死，万不会连一点反动都不发生的。况且作者写凤姐谋害尤二姐，可谓狠毒之至，故意留作后文底地步。所以我揣想凤姐后来，是被休弃返金陵的。（说魂返金陵，太不成话；且明言"哭向金陵"，魂哭不哭，何从知道？）颉刚也以为"似是"（十，六，十四信）。至于佚本是否作这样叙述，原也不敢妄断。

　　佚本叙探春、惜春底结局，也和高本小有出入。上在论贾氏这节文中引第二十二回注，很像探春远嫁，和贾氏家运颇有关系的；这和高本些微不同。同回惜春谜下注（高本没有这谜），"公府千金至缁衣乞食……"照高本，惜春是在家削发的，并没有去穿了黑衣裳，沿门托钵，做走方尼姑。总之，佚本写十二钗底薄命，处处要比高本底文章色彩浓厚强烈些，这是我们所知道的。

　　又副册中人物，还可以考见佚本底叙述的，是袭人、麝月。佚

本写麝月,始终随着宝玉,直到他出家:

> 若他人得宝钗之妻,麝月之婢,岂能弃而为僧哉?(第二十一回注)

> 闲闲一段儿女口舌,却写麝月一人。袭人出嫁之后,宝玉宝钗身边还有一人,虽不及袭人周到,亦可免微嫌小弊等患……(第二十回注)

这是麝月始终随着宝玉底证据。宝玉当时既已落薄,麝月还跟着他,所以评书人加以奖赞。我们从这里可以知道高本上底"佳人双护玉","五儿承错爱"等等,在佚本上都没有的。佚本为什么要留下麝月,随伴宝玉呢?这也是依据八十回中底暗示。第六十三回中,作者把她比荼蘼花,拿她来"了花事",来"送春";可见她是大观园中群芳之殿。佚本作者如此补法,正合原意,这也可见他底精细,远非高鹗所及。

袭人是嫁蒋玉函的,册子有明文,所以两补本叙她底事相同。但相同之中,有个大不同的地方。高本写她嫁,在宝玉出家之后,佚本写这件事,在他出家之前,袭人出嫁,为宝玉所及见:

> 既如此,何得袭人又作前语以愚宝玉?不知何意,请看下文。(第十九回注)

> 故袭人出嫁后云:"好歹留着麝月"。宝玉便依从此话。(第二十回注)

> 箴与谏无异也,而袭人安在哉?宁不悲乎!(第二十一回评)

> 盖琪官虽系优人,后回与袭人供奉玉兄宝卿,得同终始者,非泛泛之文也。(第二十八回评)

上引各节,都可以互证袭人嫁在宝玉出家之先。袭人留言,宝玉听从,证一。宝钗谏宝玉时,袭人已不在贾府,证二。他俩夫妇怎样地供奉钗玉,虽不可知,但宝玉总是见袭人之嫁,证三。

这两种写法底好歹,不容易下判断。不过说她早嫁,宝玉后出家,文情似尤觉尽致,在这一点上看,佚本或者好些(至少我底私见如此)。但有一点须要注意的。佚本虽叙袭人先嫁,但并不写她底薄情。这也是有证据的。宝玉肯听她嫁后底话,反证她底非薄幸,证一。评者虽然有偏见,处处赞美袭人。如果真佚本写袭人后来太负心了,他也未必这样傻,证二。如袭人负心,又岂能夫妇供奉宝玉,与之终始,证三。所以我揣想,佚本写她底嫁,是被迫而非自动的,必有个不得已的缘故在内;故评书人对她有怜惋之意,无贬诮之词。

但雪芹底意思却并不如此,佚本在这点上铸了个大错。《红楼梦》全书,对于诸女都无贬词,惟对于袭人却有言外微音。虽处处提她底端凝贤淑,但都含着尖刻的冷讽。到晴雯死后,宝玉对她尤觉疏远。祭文中底话,有些简直是热骂。即册词所谓"堪羡优伶有福,谁知公子无缘!"也是叹诧之词。高鹗深解这层微意,所以补得还好。在第一百十六回,宝玉看袭人底册子,便大惊痛哭起来。第一百二十回说:"这'不得已'三字也不是一概推委得的。……'千古艰难惟一死,伤心岂独息夫人!'"这些都还不失雪芹底意思。评书人一味颂扬,未免太不善于读书了!佚本或者写袭人亦有微词,因为评书人成见太深,以致忽略,原也说不定的。只是从大体看去,似高本稍解人意些。

我以为袭人底结局,应当是因厌弃宝玉底贫苦,在他未做和尚以前,自动的去改嫁蒋玉函,是一个真的负心人。这就是合两本底写法,不知读者有同感吗?

这佚本补书底内容,在这三大项中(贾氏、宝玉、十二钗),已约略包举。至于本书底原文,评注中称引极少,除"好歹留着麝月"一语外还有:

落叶萧萧,寒烟漠漠……(潇湘馆景)(第二十六回注)

其馀便都无可考。回目可知的只有一回是:

薛宝钗借词含讽谏,王熙凤知命强英雄。(第二十一回评)

这个回目,不见于高本、戚本,知为佚本底回目。这回事迹底大概,前节已言及。这回底次序,是在后三十回之第几,也不可知。所可推测的,是在袭人嫁后,宝玉有意出家而没有实行之时,大约是在佚本底下半部。还有"悬崖撒手",想也是回目中语,这大约是最后的一回了(见第二十二回注)

除此以外,佚本底一切光景,都消沉了。在第一回,"温柔富贵之乡"下注云:"伏紫芝轩。"八十回的戚本,一百二十回的高本,都没有这个轩名,想也是佚本所载的。紫芝轩总是宝玉所居,循文意可知,或者是宝钗宝玉成婚之处,但这也是我底瞎猜罢了。

这样一部很早,且较好的补作,只因为没有付刊,遂致散佚,这自然是很可惜的。况且连作者底姓名,年代都无考,这更使我们惭

十二　后三十回的《红楼梦》

恨。这书底面目,从评注里去窥测,不过"存什一于千百",我们已觉得他底精细,远非高鹗可比。可见佚本底声价,决不能因散亡而减少的。这本和《红楼佚话》所说的"旧时真本",高鹗本,是《红楼梦》底三大部甲类续书。以我底批评,这本最好些,那两本互有短长。现在只有高本通行,其馀两本都只见称引,不见全书。但读者却不要以为高本独存,是优胜劣败。高鹗底书,因有程伟元替他刻成,他自己又做了大官,所以独能流传下来。那两本底作者,无力或无意于印行他们底著作,便致埋没了。我们不能把成败来估定作品底价值。

在这样枯窘的材料中(一部有正书局出版的《红楼梦》)能草就这一篇短文,我也没有什么抱憾。只是,我说这本有三十回,若就文中情,文中事论,断断不止的。但评注里所供给的证据,偏偏向着这三十回说。我只好暂时承认他,一面声明保留我底修正权,于将来这书再版底时候。

评注固十分可厌,在从别一方面看,却很可贵。所以我很致谢有正书局底老板,于戚本印行时,没有奋笔把评注删去,使这三十回佚书,有一旦重新暴露于文坛的机缘。

一九二二,四,二九。

十三　所谓"旧时真本《红楼梦》"

《红楼梦》八十回后,续书原不止一种,只是现存的只有高本这一种罢了。我曾在戚本评注中考定一种佚本,已在上章详述。现在所要说的,又是另一个补本。这补本底存在,事迹,只见于上海《晶报》,《臞蜒笔记》里底《红楼佚话》上面。原文节录如下:

> 《红楼梦》八十回以后,皆经人窜易,世多知之。某笔记言,有人曾见旧时真本,后数十回文字,皆与今本绝异。荣宁籍没以后,备极萧条。宝钗已早卒。宝玉无以为家,至沦为击柝之役。史湘云则为乞丐,后乃与宝玉为婚。……

可惜他没有说出所征引的书名,只以某笔记了之。在蒋瑞藻底《小说考证》里亦有相类似的一段文字,他却是从《续阅微草堂笔记》转录下来的,或者就是《臞蜒笔记》所本。现在亦引如下:

> 《红楼梦》……自百回以后,脱枝失节,终非一人手笔。戴君诚甫曾见一旧时真本,八十回之后皆不与今同。荣宁籍没后均极萧条;宝钗亦早卒;宝玉无以为家,至沦为击柝之流;史湘云则为乞丐,后乃与宝玉仍成夫妇,故书中回目有"因麒麟伏白首双星"之言也。闻吴润生中丞家尚藏有其本,惜在京邸

十三 所谓"旧时真本《红楼梦》"

时未曾谈及,俟再踏软红,定当假而阅之,以扩所未见也。

这条文字较《臘蛅笔记》似较确实有根据些。(1)所谓旧时真本确有人见过且能举出其人之姓名。(2)他确说自八十回起不与今本同,可证其为另一补本。(3)他明言这书写宝湘成婚事系依据于第三十一回之目。(4)这种本子不但有人见过,且有人收藏。而且收藏这书的人,并不是名声湮没的寒儒,却是堂堂的一个巡抚。

这实在可以证明,以前确有这一种旧时真本,不是凭空造谣可比;所以使我觉得有考证一下底必要。就两书所叙述的事迹看,大都不和高本相同。(1)荣宁后来备极萧条的景况,不见于高本。高本虽亦写籍没,但却有那些"沐天恩","延世泽","封文妙真人","兰桂齐芳"这类傻话。(2)宝钗早卒;高本却写她出闺守寡抚孤成名。(3)宝玉击柝;高本却写他随双真仙去,受真人之号。(4)湘云为丐,配宝玉;高本只写她嫁一不知名的人后守寡,没有一笔叙到她底贫苦。

可考的只有四项,而几乎全与高本不同。究竟是那一本好些,姑且留到最后再说。我们先要试问这本底年代问题,再讨求他所依据的——在八十回内的——是什么。

颉刚说:"我对于这所谓'旧时真本',有两个假定:(1)这是补本(适之先生也如此说);(2)这补本在高鹗之先,为高鹗所及见。"(十,六,十信)他底第一个假定是无可疑的,因为前人——距雪芹年代极近的——如张船山、高兰墅、程伟元、戚蓼生,都说原本《红楼梦》只有八十回(张说见于《船山诗钞》,高说见程排本《红楼梦》底引言,程说见于前书底序,戚说见戚本《红楼梦》序)。他们底说话,即使非可全信,也决不是全不可信。他们又何至于联络起来造谣生事呢？至于第二个假定，颉刚并没有举示所根据的理由，我也不能妄下是非的判断，只可以悬着当作一个可能的想象罢了（颉刚附案，我所以有这第二个假定，因为我先假定"因麒麟伏白首双星"的回目是做这部续书的人改的，高鹗续作沿用这部书的改文，所以假定高鹗曾见这部书。大意见《八十回后底〈红楼梦〉》篇中论湘云一段）。

这补本底取材，颉刚曾加以说明，现在引录如下。凡我另有意见的，加上案语：

(1) 荣宁籍没——第十三回，王熙凤梦中秦可卿的话。

按：第七十四回，探春明言抄家事，暗示尤为显明，不仅如这回所说。

(2) 宝钗早卒——第二十二回制灯谜，宝钗的是"梧桐叶落分离别，恩爱虽浓不到冬。"

按：颉刚所据，当是商务印书馆底《石头记》本。亚东本《红楼梦》，分作纷，虽浓作夫妻。有正本，即戚本，没有这一谜，却把高本所谓黛玉底谜，移作宝钗底。这究竟不知道那一本近真些？宝钗底薄命底预示，在八十回中还有数节，惟都不能够确说是早卒。如第七回，宝钗论冷香丸说："为这病根，也不知请了多少大夫，吃了多少药，花了多少钱，总不见一点效验。"又如，"薛姨妈道：'姨妈不知宝丫头古怪呢，他从来不爱这些花儿粉儿的。'"第四十回，贾母摇头道："……年轻的姑娘们，房里这样素净，也忌讳。"这些或者也是补作底依据，至于所补的是不是，后面再详。

(3) 宝玉沦为击柝之役——第三回，宝玉赞，"贫穷难耐凄凉。"

按：这是最显明的一例，以外在第一回中暗示尤多。

(4) 史湘云为乞丐——第一回，甄士隐注解《好了歌》，"金满箱，银满箱，转眼乞丐人皆谤。"

(5)宝钗死而湘云继——同回,同节,"昨日黄土陇头堆白骨,今宵红绡帐里卧鸳鸯。"又第二十九回,张道士送宝玉金麒麟,恰好湘云也有这个(以上均见十,六,十信)。

除此以外,颉刚又以为第三十一回之目系这本作者所改窜,而白首双星即以第一回《好了歌注》所谓"说甚么脂正浓,粉正香,如何两鬓又成霜"为张本。颉刚所说均极是,惟以第三十一回之目经过改窜,却不甚确。我在《后三十回的〈红楼梦〉》一章中,已详细辨难,这里不再多赘。

至于这本,比高本孰优孰劣,这自然可随各人底主观而下判断,没有一致底必要。照颉刚底意见,以为高本好些。他底大意如下:

(1)写宝玉贫穷太尽致,且不容易补得好。

(2)书中写宝钗,处处说她厚福,无早死之意。

(3)第三十一回及第三十二回,屡点明湘云将嫁;且白首双星,也不合册子,曲子底暗示。他以为补作的人泥了金麒麟一物,不恤翻了成案,这是他底不善续。

(4)史湘云为乞丐,太没来由。(十,六,十信)

关于第一点,我和他底眼光不同。诚然,要写宝玉怎样的贫穷,是极不容易,但作者原意确是要如此写的。高鹗略而不写,一方是他底取巧,一方是他没有能力底铁证。这补本已佚,所写的这一节文字如何,原不可知。悬揣起来,或未必能令人满意的。只是就一件事论一件事——补本究竟好不好,是另一问题——高本确是错了。

颉刚似乎不宜十分左袒高氏。

第二节所说，我在大体上能承认。但八十回书中，写宝钗虽比黛玉端厚凝重些，但很有冷肃之气，所谓秋气；可见她也未必不是薄命人（十二钗原都归入薄命司，见第五回），颉刚说她厚福，似无根据。但守寡亦是薄命，不必定是早卒。即八十回内所暗示，亦偏向于这一面；故颉刚底结论，我并不反对（只有一条，似乎有宝钗早卒之意，或为这补本作者所依据。第二十八回说："如宝钗……等，亦可以到无可寻觅之时矣。宝钗等终归无可寻觅之时，则自己又安在哉？"）至于若高鹗所补的，宝钗有子，后来"兰桂齐芳"，我却不敢赞一词了！

第三节的话我也赞成。但我既证明第三十一回原来是如此的；那么，这补本也不必大加菲薄了。高鹗宁可据第五回，却抛弃第三十一回之目不管他。这本底作者却和兰墅意思相反，专注重第三十一回之目，成就宝玉湘云底姻缘。这其实也不过是哥哥弟弟，不必作十分的抑扬。写这一点，比较最满我意的，是三十回的佚本。在这两本中，我只说，高鹗是较乖巧些。

第四节，我完全同意。但颉刚在另一信上说（十，六，十四），《好了歌注》只是泛讲，我却不以为然。所谓"乞丐人皆谤"，必是确有所指，只未必便是指湘云。可惜这书没有做完全，使我们无从去悬揣。至于颉刚说"没来由"，却甚是；因为在八十回中，湘云并不是金满箱银满箱的富家小姐。史家在上代虽然和贾王薛三姓齐名，但当湘云之时，早已成了破落户。我们且看：

> 他们家嫌费用大，竟不用那些针线上的人，差不多的东西都是他们娘儿们动手。……我再问他家常过日子的话，他就

连眼圈儿都红了。……(第三十二回,宝钗语)

一个月通共那几串钱,你还不够使……(第二十七回,同)

一个月只有几串钱的月费,且家中连个做活计的婆子都没有这种生活,难道是可以说"金满箱,银满箱"吗?这可以证明作者底原意,虽然必有个书中人将来做乞丐的,但却决不是史湘云。

在这四点以外,还有一点,我觉得这本要比高本好的,便是实写贾家底萧条,并无复兴这件事。这是两佚本所同,非高本所及。我所据的理由,已在上章中详举了。

这个某补本,可考的比那三十回本更加寥寥,真是我们底不幸。他和高本,只有抄家一点相同,抄家以后的景象且不尽同,以外便全不相合。就事迹论,这本写宝玉底结局有一点——贫穷——胜于高本。写宝玉、宝钗、湘云三人底关系,则又不如高本。就风格论,这本病在太杀风景,高本病在太肠肥饱满了;一个必说宝玉打更,湘云乞食,那一个却又说,宝玉升天,宝钗得子,都犯过火的毛病。

惟这本写宝玉终于贫穷而不出家,似又不如高本。因为一则书中暗示宝玉出家之处极多——贫穷之后出家——不能没有呼应;二则不如此写,这部百馀回大书颇难煞尾。只有出家一举,可以神龙见首不见尾,一束全书,最为干净。颉刚也说:"但贫穷之后也许真是出家。因为甄士隐似即是贾宝玉底影子。……甄士隐随着跛足道人飘飘去了。贾宝玉未必不随一僧一道而去。要是不这样,全书很难煞住,且起结亦不一致。"(十,五,十七信)高鹗见到这些地方,正是他底聪明处。这本不如此收梢,想其结尾处不能如高本底完密。高本误在没写宝玉底贫穷,这本又误在没写他底出家;其实贫穷和出家,是非但不相妨而且相因的。我曾经揣测宝玉底出家,与他底贫寒多少有连带的关系;虽仅仅是个揣想,但在反对方面,却也很有证据。

这某补本底存在,除掉《红楼佚话》,《小说考证》所引外,还有一证。颉刚说:"介泉(潘家洵君)曾看见一部下俗不堪的《红楼续梦》一类的书,起头便是湘云乞丐。可见介泉所见一本,便是接某补本而作的(我所谓乙类续书)。"(十,六,二十四信)这真是极好的事例,可以证实以前曾有这么一种补书底存在;又可以知道,前人曾有疑第三十一回之目,而据以补《红楼梦》的(适之先生也如此说)。

所谓旧时真本底真相,为我所知道的,不过如此。我因为这也是一种散佚的甲类续书,且和高本互有短长,可以参较,故写了这一节文字。

一九二二,五,六。

十四　《读红楼梦杂记》选粹（附录）

我最初不知道有这一书。颉刚来信告我，并节录了数节很有趣味的文字，方才引起我底注意（十，七，二十信）。这书作者底名姓，籍贯，也为颉刚所考定。他说：

> 《读红楼梦杂记》，是同治八年愿为明镜室主人在杭州刻的。这人只署别号，本不知道是谁。恰巧在友人处见到一本《愿为明镜室词》，是旌德江顺怡做的，刻的时候与地方都是一样，可见这《杂记》是江顺怡所做无疑了。

这真是奇巧之至！如他不在友人处见江词，何从知道这书作者底真姓名？我因他所节录的颇有趣，很想自己买一本。果然，去年十月间被我在杭州买着了。

我所得的，共有六本书：中间以王雪香底《红楼梦》评赞为主体，有附刻四种，最后的一种便是这《杂记》了。颉刚书只有一本，却是原刻；我底是光绪丙子（光绪二年，一八七六年）夏天在上海翻刻的，离原刻书时只有七年。以沪杭之近，七年前后便重刻一次，可见这书在当时是颇盛行的。

可惜的很，其馀附刻的三种，都只是诗词赋，不与我们考证《红楼梦》相干。只有江君底《杂记》，虽薄薄的八页书，却颇有些关系。

下　卷

现在把这书有精采的文字,选录下来,备读者底参阅:

《红楼梦》悟书也。其所遇之人皆阅历之人,其所叙之事皆阅历之事,其所写之情与景皆阅历之情与景。正如白发宫人涕泣而谈天宝,不知者徒艳其纷华靡丽,有心人视之皆缕缕血痕也。……缠绵悱恻于始,涕泣悲歌于后,至无可奈何之时,安得不悟!(一页)

风尘碌碌,一事无成,已往所赖之天恩祖德,锦衣纨袴之时,饫甘餍肥之日,背父母教育之恩,负师友规训之德,以致半生潦倒,罪不可逭。此数语古往今来人人蹈之,而悔不可追者,孰能作为文章,劝来世而赎前愆乎?(一至二页)

或谓《红楼梦》为明珠相国作;宝玉对明珠而言,即容若也。窃案……苟以宝玉代明珠,是以子代父矣。况《饮水词》中,欢语少而愁语多,与宝玉性情不类。盖《红楼梦》所纪之事,皆作者自道其生平;非有所指,如《金瓶梅》等书,意在报仇泄愤也。数十年之阅历,悔过不暇,自怨自艾,自忏自悔,而暇及人乎哉!所谓宝玉者,即顽石耳。(六页)

江君竟敢断定《红楼梦》不是影射,指斥,只是明明白白一部作者底自传。况且,他丝毫不知雪芹底事实(全书没有题到作者是曹雪芹),竟敢下这样的大胆的断语。在举世附会的"红学"盛行之时,他能独树一帜,开正当研究《红楼梦》底先路。他屏去一切的传说,从本书上着眼,汇观其大义;虽寥寥的几页书,已使我们十分敬佩了。千千万的人都是把《红楼梦》当消闲果子吃,他却以严肃的态度来读它。他看不见有什么纷华靡丽,只是些缕缕的血痕。所以他自己所谓,"读者未尝不解其中味也",是言大而非夸的。

以外还有两段批评文字:

> 真假二字,幻出甄贾二姓,已落痕迹;又必说一甄宝玉以形贾宝玉,一而二,二而一,互相发明,人孰不解。比较处尤落小说家俗套。(一页)

> 《西游记》托名元人,而书中有明代官爵。今《红楼梦》书中有兰台寺大夫,及九省统制节度使等官,又杂出本朝各官,殊嫌芜杂。(二页)

此书叙甄家之事,原甚不可解;以我们看去,大可全删。江君所评,切极。但在一方面说是人孰不解,他方面想,实在是人都不解。因为这实在是文章底赘疣,毫无意思,且亦毫无风趣。至于他所谓,"比较处落俗套";这实在骂的是高鹗。在八十回中,写甄宝玉完全和贾宝玉一样,只可以说"一而二,二而一",却讲不到比较。真正的比较,在第一百十五回方见。江君既说俗套,想也不赞成高氏底补笔了。至于官名芜杂,虽无关这书文学上底声价,却也是"白璧之瑕"。惟作者自己说是荒唐言,或者故意作如此写,以掩其为清代之事,也未可知(兰台寺大夫见于第二回,九省统制见于第四回,节度使最初见于第十五回。清朝官名屡见)。

他虽不知有高鹗补书事,但却也不满意于他底喜写举业科名。所以说:

> 贾兰之才,正以见宝玉之不才。在作者原以半生自误,不能为贾兰而为宝玉,愿天下后世之人皆勿为宝玉而为贾兰。然而

> 吾读《红楼》,仍欲为宝玉而不为贾兰,吾之甘为不才也。……(三页)

他既不羡慕贾兰之为人,当然也不以宝玉中举为必要的。他如知道后四十回是高氏补的,在这点上,也必定要加攻击,和现在我们底态度一样了。

他评袭人改嫁蒋玉函事,也公允得很,要比评注戚本人底一味颂扬,漂亮得多了。他说:

> 惟袭人可恨,然亦天下常有之事。(七页)

这书还有一节,可以备轶闻的:

> 又有满洲巨公谓《红楼梦》为毁谤旗人之书,亟欲焚其版。余不觉哑然失笑。……《红楼》所纪皆闺房儿女之语,所谓甚于画眉者。何所谓毁?何所谓谤?(六页)

这些地方,可以看出,在他心目中《红楼梦》底风格是哀思的(缠绵悱恻于始,涕泣悲歌于后),而非愤怒的(何所谓毁?何所谓谤?),正和我底批评相同。在现在的时候,这类"毁谤旗人"的解释还依然流行着;江君如及见,岂不要"冠缨索绝",想不仅是"哑然"而已。

我因为这是部无名的著作,且篇幅极短,不足当人底注意,所以把书中底精粹转录下来,作为附录之一。

一九二二,五,十六,夜。

十五　唐六如与林黛玉(附录)

读者看了这个标题,想没有一个不要笑的,以为我大约是在那边大发精神病了。现在姑且让我慢慢的将这大谎圆上,读者且勿先去笑着。

《红楼梦》中底十二钗,黛玉为首,而她底葬花一事,描写得尤为出力,为全书之精采。这是凡读过《红楼梦》的人,都有这个经验的。但他们却以为这是雪芹底创造的想象,或者是实有的经历,而不知道是有所本的。虽然,实际上确有其人其事,也尽可能;但葬花一事,无论如何,系受古人底暗示而来,不是"空中楼阁","平地楼台"。

我们先看葬花这件事,是否古人曾经有的？我们且看：

> 唐子畏居桃花庵。轩前庭半亩,多种牡丹花,开时邀文徵仲,祝枝山赋诗浮白其下,弥朝浃夕,有时大叫痛哭。至花落,遣小伻一一细拾,盛以锦囊,葬于药栏东畔,作落花诗送之。(《六如居士外集》卷二)

> 却是林黛玉来了,肩上担着花锄,花锄上挂着纱囊,手内拿着花帚。"……那畸角上,我有一个花冢。如今把他扫了,装在这绢袋里,埋在那里,日久随土化了,岂不干净。"(《红楼梦》第二十三回)

> 一直奔了那日同黛玉葬桃花的去处来。……只听那边有呜咽之声,一面数落着,哭得好不伤心。(第二十七回)

读者逐字句参较一下,便可恍然了。未有林黛玉底葬花,先有唐六如底葬花;且其神情亦复相同。唐六如大叫痛哭,林黛玉有呜咽之声,哭得好不伤心。唐六如以锦囊盛花;林黛玉便有纱囊绢袋。唐六如葬花于药栏东畔;林黛玉说:"那畸角上,我有一个花冢。"如依蔡孑民底三法之一(轶事可征);那么,何必朱竹垞,唐六如岂不可以做黛玉底前身?

但我们既不敢如此傅会武断,又不能把这两事,解作偶合的情况;便不得不作下列的两种假定。(1)黛玉底葬花,系受唐六如底暗示。(2)雪芹写黛玉葬花事,系受唐六如底暗示。依全书底态度看,似乎第一假定较近真一点。黛玉是无书不读的人,尽有受唐六如影响底可能性。

而且,还有一证,可以助我们去相信这个假设。黛玉底诗,深受唐六如底影响,这是一比较就可见的。《外集》所谓落花诗,是三十首的七律,与黛玉底葬花诗无关。但《六如集》中另有两首,却为葬花诗所脱胎。我们且节引下。并举葬花诗对照:

> 今日花开又一枝,明日来看知是谁?明年今日花开否?今日明年谁得知?(卷一,《花下酌酒歌》)
> 桃李明年能再发,明年闺中知有谁?……明年花发虽可啄,却不道人去梁空巢亦倾!(第二十七回)

又如:

一年三百六十日,春夏秋冬各九十。冬寒夏热最难当,寒则如刀热如炙。春三秋九号温和,天气温和风雨多。一年细算良辰少,况又难逢美景何!(卷一,《一年歌》)

一年三百六十日,风刀霜剑严相逼;明媚鲜妍能几时?一朝飘泊难寻觅。(第二十七回)

后诗从前诗蜕化而来,明显如此,似决非偶合的事情了。且可以参证的还不止此。唐六如住"桃花庵",有"万树桃花月满天"的风物。林黛玉住的地方,虽没有桃花(第四十回);但葬的是桃花(第二十七回),又做桃花诗,结桃花社(第七十回)。我们试把六如底《桃花庵歌》,和黛玉底《桃花行》参较一下。

桃花坞里桃花庵,桃花庵里桃花仙,桃花仙人种桃树,又摘桃花换酒钱。(卷一,《桃花庵歌》)

桃花帘外东风软,桃花帘内晨妆懒;帘外桃花帘内人,人与桃花隔不远。(第七十回,《桃花行》)

这虽没有十分的形貌相同,但丰神已逼肖了。又如六如说:"花前人是去年身,今年人比去年老。"(卷一,《花下酌酒歌》)黛玉便说:"桃花帘外开仍旧,帘中人比桃花瘦。"(第七十回,《桃花行》)至于综观两人底七言歌行,风格极相似,且都喜欢用连珠体。六如有《花月吟》,效连珠体十一首(《六如集》,卷二),句句有花有月。黛玉则拟"春江花月夜"之格,乃名其词曰《秋窗风雨夕》(第四十五回)。

我约略翻阅了一遍《六如集》,举了几个上列的事例;如细细参较起来,恐怕还有些相似之处可以发见。只是一句两句,很微细的,也不必详举。总之,我们在大体上着想,已可以知道《红楼梦》虽是部奇书,却也不是劈空而来的奇书。它底有所因,有所本,并不足以损它底声价,反可以形成真的伟大。古语所谓:"河海不择细流故能成其大",正足以移作《红楼梦》底赞语。

一九二二,五,十三。

十六　记《红楼复梦》(附录)

乙类的续书,从甲类续书接下去的,几没有一部不是谬妄极了的书;所以使我们竟无可称述。其中只《红楼复梦》一书,以我所见,刊行最早,且有几条略有关系的凡例,姑且在这里略说一说。

这书没有明叙作者姓名,仅在卷一署"红香阁小和山樵南阳氏编辑"。卷首却有一序,署名为武陵女史月文陈诗雯,序中称作者为吾兄红羽,如假设为她底亲兄,则作者亦姓陈。序成于广东,她自己却称武陵女史,亦不知究竟是那里人氏?好在这书本无价值,亦不值得作一番详细考证。

这书底年代,却很明白,书眉刊有"嘉庆乙丑新镌"(嘉庆十年,一八〇五),陈序后书"嘉庆己未秋九重阳",在刻书六年以前(嘉庆四年,一七九九)。我们知道,程伟元刻高本告成,在一七九二年。故以此书作序之日——作书例应在作序之前——上推距高本成不过七年;即以成书时推溯,亦只有十三年。依我揣测,这书既有百回,决非数月可了,大约高本行世二三年之后,《红楼复梦》便在那边起草了。

以这样早的一部高本底续书,竟没有什么可以启发我们的,真是可惜得很。这书共有一百回,而全体异常荒谬,不可言说。其最后的一回——第一百回——是五枝花同归荣国府,十二钗重会大观园。读者也可以"尝一脔知全鼎之味",不待我底赘说了。

本书既无可说的,幸上有几条凡例,却还有些意义,可以供我们底参考。其中有好几条,都是表现作者底胸襟,可怜可笑,可以作后来续《红楼梦》人底代表心理:

(一)此书虽系小说,以忠孝节义为本,男女阅之,有益无碍。
(二)书中因果轮回报应惊心悦目,借说法以为劝诫。
(三)此书雅俗可以共赏,无碍于处世接物之道。
(四)前书人物事实,每多遗其结局。此则无不成其始终。
(五)前书荣府,应以贾政为主,宝玉为佐,而书中写贾政似若赘瘤,乃《红楼梦》之大病。

这种妙论,真是闻所未闻,读者没有领教一番,岂不可惜!这五条凡例,表现有五种高见:(1)做小说必讲忠孝节义;(2)必讲因果报应;(3)必不可以得罪世道;(4)必要有头有尾;(5)必要父为子纲。这是什么话!论《红楼梦》应以贾政为主,真是异想天开。这种妄人底心理,如他不自己宣布,我们简直是无从悬揣的。

还有两条,也不可以不录:

(一)书中无违碍忌讳字句。
(二)书中嘻笑怒骂,信笔发科,并无寓意讥人之意,读者鉴之。

这似乎隐隐说前书是"寓意讥人",是有"违碍忌讳字句"的,虽不明说,却在对面含有这类的意思。这也可谓是妙解。可见《红楼梦》行世以后,便发生许多胡乱的解释,在那妄庸人底心里,不过没

十六 记《红楼复梦》(附录)

有什么"索隐""释真"这些大作罢了。

但凡例中最重要的还是下列的一条:

> 前书八十回后,立意甚谬,收笔处更不成结局,复之以快人心。

这告诉我们有三件事:(1)《红楼复梦》底解释,就是"复之以快人心",就是打破悲剧的空气,成就团圆的结局。(2)他虽极不满意于后四十回,但却全和现在的我们底见解相反。他所谓"谬",正是高作底妙处;他所谓不成结局,正是《红楼梦》正当的,应有的结局。这可见高氏如不假托作者,那就无以维持一百二十回本底运命,且亦无以维持《红楼梦》底悲剧的空气。他虽不辨八十回后是高鹗所作,尚且要复一下,又何况在知道以后呢!(3)他不明说八十回后是谁作的,何以能断从八十回以后,这是颇可思的。他为什么不说七十回,或九十回以后,而必断自八十回?这可以想见,高本未行之前,已通行一种八十回钞本;所以他胸中很有八十回和四十回有点区别这个观念,大可以作高氏补书这件事情底旁证。但他何以不知道四十回是高氏底手笔?想因他脑筋单简,被"在鼓担上得来的"这一句鬼话轻轻瞒过了。且这书或是在广东作的,作者对于京师掌故,想亦不甚了了,这亦难怪他了。

以他这样不满意于高作,而不得不从高本续下去,这真是可怜极了!以后的续作,都抱同一的见解,而没有一个敢得罪高鹗的,都是些可怜虫啊!

一九二二,六,十八。

十七　札记十则（附录）

（A）

书中写的是贾氏,而作者却是姓曹。所以易曹为贾,即是真事隐去的意思。但所以必寓之于贾,却有两个意思:(1)贾即假,言非真姓。(2ABsa)贾与曹字形极相近故。

（B）

大观园地形并不甚大,所以写得这样的千门万户,正因曲折回环之故。此园决不甚大,可以从本书看出。有下列数项:

(1)大观园只占会芳园(宁府之园)底一部分。
　　第十六回,拆会芳园之墙垣楼阁。
　　第七十五回,贾珍在会芳园丛绿堂中开宴。
(2)大观园底地形:
　　(a)宁府会芳园之一部,

  (b)荣府东大院，

  (c)荣府东边所有下人一带群房，

  (d)两府为界之一条小巷。(均见第十六回)

(3)贾政道："非此一山，一进来，园中所有之景，悉入目中，则有何趣？"(第十七回)

(4)贾政游园，虽经历处甚多，但已将全园兜了一个圈子，已大致遍览过了。(同回)

(5)大观园诸人来往极频繁。即以黛玉之娇弱，亦常至各处游览，可见园子决不甚大。而潇湘怡红两处尤近。

这都可以见大观园是曲折而非广大，是人家园林所常有的，并不足为希罕，换句话说，以曹氏底累代富贵，有此一园亦并不在情理之外。况且书中叙述，自不免夸饰，以助文情。故大观园之遗址，不见于记述，并不足以此推翻"《红楼梦》是自传"这一说。

(C)

  宝玉与秦氏之一段暧昧事，书中所叙也极明显。惟故意说些荒唐言，以愚读者而已。我举各证如下：

  (1)秦氏案上设着武则天当日镜室中设的宝镜，一边摆着赵飞燕立着舞的金盘，盘内盛着安禄山掷过伤了太真乳的木瓜，上面设着寿阳公主于含章殿下卧的宝榻，悬的是同昌公主制的连珠帐。宝玉含笑道："这里好！"秦氏……亲自展开了西施浣过的纱衾,移了红娘抱过的鸳枕。

(2)秦氏便吩咐小丫环们好生在檐下看着猫儿打架。

(3)那宝玉才合上眼,便恍恍惚惚的睡去,犹似秦氏在前,遂悠悠荡荡,随了秦氏至一所在。

(4)警幻以表字可卿者,许配与宝玉。

(5)秦氏正在房外嘱咐小丫头们好生看着猫儿狗儿打架,忽闻宝玉在梦中唤他的小名,因纳闷道:"我的小名,这里从无人知道,他如何知得,在梦中叫将出来?"(以上第五回)

(6)宝玉道:"一言难尽!"便把梦中之事,细说与袭人知了。说至警幻所授云雨之情,羞的袭人掩面伏身而笑。(第六回)

这些都可以作证。(1)秦氏房中之陈设,及所用之衾枕,当然决非实在有的东西,是明点有枕席之事。(2)宝玉随秦氏到了太虚幻境,是明写他被她诱惑了。(3)警幻以其妹名可卿者,许配与宝玉,梦中之可卿与梦外之可卿,是一而非二。且老实说,实际上何尝会有这一梦,所谓入梦,明是假语村言。(4)秦氏底小名,独宝玉知之,中间必有一节情事。(5)第二条说秦氏吩咐丫环们看着猫儿狗儿打架,第五条说秦氏正在房外嘱咐小丫头们看着猫儿狗儿打架。以亚东本看,此两条相去有十七页书,何以秦氏底吩咐言语尚未了结?宝玉睡了一觉,做了这么一个长梦,至少亦有十分钟,何以秦氏还在那边嘱咐小丫头们?所谓"正在",如何解释?此等破绽,明系故意如此脱枝失节,决非无心之疏忽。(6)宝玉做梦,何必说什么"一言难尽"?且与袭人谈云雨之情,似非空中楼阁可比。故前人评此回,以为所谓"初试",实际上是再试了,是很确的话。

这六条已如此明显了,在下文第十三回,秦氏死后,写宝玉之哀痛逾恒,以致口吐狂血;第十一回,写宝玉去问病,想起在这里睡晌觉时,又听得秦氏说了这些话,如万箭攒心一样。这些地方,都是不讳言有这么一回事,其相差只在"明明道破"一点而已。但如此写法,离明明道破相去亦已不多;微文曲旨故意回旋,正是作者底故弄狡狯,亦无甚深意可言。

(D)

《红楼梦》有许多脱枝失节处,前人评书的亦多有说过的。如第十二回说林如海冬底染病,贾琏送黛玉南下。第十三回头上,说凤姐与平儿拥炉倦绣,半夜闻秦氏之丧;则秦氏之死明在冬尽春初之交。但同回下半节秦氏底"五七",昭儿回来,说林如海是九月初三死的,并述贾琏要带大毛衣服。这无论如何,是不能圆这谎的。我分析如下:

(1)林如海于冬底染病,来唤黛玉,则昭儿所谓九月初三死的,应当是第二年了。如说一年,岂非林如海死了还会说话,岂非奇谈。

(2)但秦氏死在贾琏走后数天之内,看第十三回可知。秦氏死了三十五天,昭儿即回来报林如海之丧,是林明明死在上年底九月初三了。同年之中,冬底染病,秋末死了;这算怎么一回事?

(3)贾琏冬底去,为什么不带大毛衣服?昭儿又为何来回去得如此之快?

又如第二十六回,薛蟠说,明儿五月初三是我底生日。同回之末,叙是夜黛玉独立在怡红院外。到第二十七回,却说次日乃是四月二十六日。不但今天是五月初三,明天是四月二十六,本说不通。即非明日,亦说不通,因为二三页书,决不会在中间有一年之隔。况且书中明点次日,犹不能有所掩饰。这也是一大漏洞。其馀类此等处的自然还有,不过这两点尤著明而已。

至于这种疏漏,是故意的,或者是无心的,很不容易判断。看第一回所谓"荒唐言","假语村言",则似乎是有意如此写得颠颠倒倒,使真事得以隐去。高氏补巧姐传,也写得光怪陆离,大约想作效颦的东家施了。

（E）

《红楼梦》有些特异的写法:如第五回赞警幻有一小赋,第十一回写会芳园景物,亦有一节小赋;但第十一回以后便绝不见有此种写法(此圣陶所说)。又如全书均称尊贵之闺女为姑娘,但第十三回宝珠为秦氏义女,却有小姐之称。此等特异之笔法,是有意与否,却不可知。

（F）

第二十九回之目,高本原作"享福人福深还祷福,惜情女情重愈斟情"。现行之亚东本却作"多情女",有正本却作"痴情女"均不合。因"享""惜"均是他动词，正可作对文，"多"和"痴"俱是形况之词，与上文不能铢两悉称。于此可见旧刻本之佳。

（G）

鸳鸯与邢夫人在八十回后必有一番情事，或者是场恶斗也说不定。因八十回中写鸳鸯必与邢夫人成对文，且对得很古怪的。如第四十六回，"尴尬人难免尴尬事，鸳鸯女誓绝鸳鸯偶"；又如第七十一回，"嫌隙人有心生嫌隙，鸳鸯女无意遇鸳鸯"；这不但是对偶得太奇，且回目底句法，亦是一个板子印下来的。即邢夫人与鸳鸯交恶，八十回中必屡屡说过。又第七十一回，鸳鸯在贾母面前，说邢夫人底故意给凤姐下不去。鸳鸯平素不常在贾母前挑唆是非，而此回独独破例，可见两人交恶之深了。

（H）

第七十五回，有"新词得佳谶"之目。按此回本文并无甚"佳谶"可言。宝玉与贾兰做诗得赏，不得谓之为"谶"。贾赦贾政说些笑话，亦不得谓为佳谶。我以为"新词得佳谶"应为下引这一节文字：

贾赦道："拿诗来我瞧。"便连声赞好道："这诗据我看，甚是有气骨！……所以我爱他这诗，竟不失咱们侯门的气概！"因回头吩咐人去取自己的许多玩物来赏赐与他。因又拍着贾环的脑袋笑道:"以后就这样做去,这世袭的前程跑不了你袭了!"贾政听说,忙劝说:"他不过胡诌如此,那里就论到后事了!"

这是极可怪的话,颉刚在十年五月十日信上亦曾提及此事。贾环做了一首诗,且并不甚好,贾赦胡遽以世袭许之?且宝玉嫡出为兄,贾环庶出为弟,如何能世袭底前程跑不了贾环?即贾赦有意将袭职让给贾环,但贾赦明明有个儿子,叫贾琏,并无承嗣他房之子底必要。且贾政本不喜贾环之诗,如何反以"那里论到后事"作劝语?看贾政底口气,似乎后事是应该如此的(贾环袭职),不过现在还论不到罢了。这是什么话?

这一节所以特别可怪,明为后文作张本之用。若依现行本高补的后四十回,则"佳谶"一词并无下落,而此回之目反成为不通的赘语。这节本应在《八十回后底〈红楼梦〉》一章中说,因当时一时粗漏,故附记在此。

（I）

《红楼梦》用的是当时的纯粹京语,其口吻之流利,叙述描写之活现,真是无以复加。大观园诸女,虽各有其个性,但相差只在几微之间。因书中写的是女子,既无特异事实可言,只能在微异且类似的性格言语态度上着笔,这真是难之又难。《水浒》虽写了一百零八个好汉,但究竟是有筋有骨的文字,可以着力写去。至于《红楼梦》则所叙的无非家庭琐事,闺阁闲情;若稍落板滞,便成了一本家用帐簿。此书底好处，以我看来，在细而不纤，巧而不碎，腻而不粘，流而不滑，平淡而不觉其乏味，荡佚而不觉其过火；说得简单一点"恰到好处"，说得 figurative 一点，是"秾不短纤不长"。此《红楼梦》所以能流传久远，雅俗共赏，且使读者反复玩阅百读不厌；真所谓文艺界底尤物，不托飞驰之势，而自致于千里之外的。古人所谓"桃李不言，下自成蹊"，实至则名归，决不容其间有所假借。我们看了《红楼梦》，便知这话底不虚了。

现在的小说，虽是创作的，也受了很重的欧化；一方想来，原是一种好现象。因欧化的言语，较为精密些，层次多些，拿来作文学，容易引起深刻的印象。但在另一方面说，过份的欧化，也足以损害文学底感染性。且用之于描写口吻上，尤令人起一种"非真的"感想。因为人们平常说话——即使是我们——很少采用欧化的语法。为什么到了文学上，便无人不穿一身西服，这是什么道理？这所谓文艺界底"削趾适屦"，是用个人底心中偶像来变更事实底真相。我觉得现行的小说戏剧，至少有一部分，是受了欧化底束缚，遂使文艺底花，更与民众相隔绝，遂使那些消闲派的小说，得了再生底机会，而白日横行；遂使无尽藏的源泉，只会在一固定的堤防中倾泻。这或者是我底过于周内，但这至少是原因之一，却为我深信而不疑。

同样，我也反对用文艺来做推行国语统一底招牌。我觉得国语文学果然是重要；但方言文学仍旧应有它底位置。我们决不愿以文学来做国语统一底工具；虽然在实际上，国语文学盛行之后，国语底统一格外容易些，也是有的。譬如胡适之先生所说，因有《红楼梦》，《水浒》等白话小说，然后才有现行的雏形普通语。这原不错。但我们试问，当初曹雪芹施耐庵著书的时候，怕道他们独创一种特别用语吗？决不是的！那么，我们可以说，文学仍以当时通行的言语为本，不是制造言语底工场。譬如国语中夹用伊字，表第三位之女性代词，我就不以为然。因为活人底语言中，并没有这么一回事。南方人有说伊的，但并不是专指女性；且南方人学习北方语底时候，依然把他们所用的"伊"完全抛弃了。这可见用这字入文，是一种虚设的想象，并非依据于事实的。在事实上，人称代词底语音，不能分性；至多只可以在字形上辨别。我本不赞成造新字的，但除此以外，却没有更好的法子可想。我总不相信文学家应有"惟我独尊"的威权，使天下人抛弃他们底语音，来服从一二人底意旨。

我因论及《红楼梦》，想起方言的，非欧化的作品，也有自它底价值，在现今文艺与民众隔绝的时候尤为需要；便不禁说了许多题外的话。读者只要看《红楼梦》底盛行，便知道文艺与民众接近，也不是全不可能的事。不过文艺在民众底心里，不免要另换一种颜色，成了消闲果子，这却是可忧虑的事。但我以为这是由于民众底缺乏知识，和高尚的情趣，须得从教育普及与社会改造着手，不是从事文艺的人底应负的全责。我们果然要努力，更要协同地努力。

（J）

有人以为《红楼梦》既是文艺，不应当再有考证底工夫（在《时事新报·学灯》上曾有人说过，我却不能记忆了），我以为他是太拘泥了。考证虽是近于科学的、历史的，但并无妨于文艺底领略，且岂但无妨,更可以引读者作深一层的领略。这并不是自作辨解,故意瞎吹。我试作一点说明。

天下事物全是多方面的,而综合与分析,又是一件事底两面,是相成而不相妨的。这个道理浅近很得,随处可求,不必证明。我们可以一方作《红楼梦》底分析工夫,但一方仍可以综合地去赏鉴,陶醉;不能说因为有了考证,便妨害人们底鉴赏。这是杞人忧天,不通的话。正如有人以为科学与文艺是不相容的,有同样的不通。我们要知道,人性是多方面的,果然有时不免冲突,有时也可以调和的;既不是胶和漆,也决不是冰和炭。所以考证和赏鉴是两方面的观察,无冲突底可能。以我私见,觉得考证实在有裨于赏鉴。

文学底背景是很重要的。我们要真正了解一种艺术,非连背景一起了解不可。作者底身世性情,便是作品背景底最重要的一部。我们果然也可以从作品去窥探作者底为人;但从别方面,知道作者底生平,正可以帮助我们对于作品作更进一层的了解。这是极明白的话,无论谁都应当有这个经验。譬如游名山,赏鉴底时光,原可以不去疲神劳力,问某峰,某岭,某溪,某壑;但未游之前,或既游之后,得了一部本山底志,或得了一个向导,全山底丘壑古迹,了然在心目中,岂有不痛快之理,岂有反以为山志是妨害游玩底兴趣之理?情感底传染与知识原无密切的关系;但知识底进步,正可以使情感底传染力快而更深。这决不能否认。我以为考证正是游山底向导,地理风土志,是游人所必备的东西。这是《红楼梦辨》底一种责任。

且文艺之有伪托,讹脱等处,正如山林之有荆榛是一般的。有了荆榛,便使游人裹足不能与山灵携手;有了这些障碍物,便使文艺笼上一层纱幕,不能将真相赤裸裸地在读者面前呈露,得有充分的赏鉴。我们要求真返本,要荡瑕涤秽,要使读者得恢复赏鉴底能力,认识那一种作品底庐山真面。做一个扫地的人,使来游者底眼,不给灰尘蒙住了;这是《红楼梦辨》底第二责任。

我能尽这个责任与否,这是另一问题。但无论如何,已足以袪除"考证与赏鉴不能并存"这个迷惑而有馀。即使全然失败了,但我仍希望有人陆续做这事业,尽这两种责任。我总希望有一天,即使不是现在,《红楼梦》底真相与背景豁然显露于爱读诸君底面前,而我得分着一点失败的光荣。

一九二二,七,三,夜。

俞平伯先生学术年表[*]

1900 年（光绪二十六年）

1月8日（农历已亥年十二月初八日），出生于苏州。

1912 年

春，在上海开始读《红楼梦》等古代小说。

1915 年

秋，考入北京大学国文门。

1916 年

年初，开始在黄侃指导下读周邦彦《清真集》。

1917 年

秋，结识顾颉刚。胡适开始担任北大文科教授。

1918 年

秋，在《新青年》发表论文《白话诗的三大条件》。

1919 年

春，参加五四运动。在《新潮》月刊发表第一篇白话小说《花匠》及论文《我的道德谈》。

秋，在《新潮》月刊发表论文《社会上对于新诗的各种心理观》。

---

[*] 本年表由沈治钧据孙玉蓉编《俞平伯年谱》（天津人民出版社 2001 年版）撰写。

年底,大学毕业。

1920 年

年初,赴英国留学,在海轮上看《红楼梦》,与傅斯年等讨论。旋回国。

冬,在《新青年》发表《做诗的一点经验》;在《新潮》发表《现代婚制底片面批评》。

1921 年

春,胡适《红楼梦考证》发表。开始与顾颉刚通信讨论《红楼梦》。

夏,在《晨报》发表随笔《重来者底悲哀》与《秋蝉底辩解》。

7月,去清史馆查阅红学资料。

8月,拟着手校勘多种《红楼梦》版本,写讫《石头记底风格与作者底态度》。

1922 年

春,发表《对于石头记索隐第六版自序的批评》。第一部新诗集《冬夜》由上海亚东图书馆出版。

5月,在上海《时事新报》发表《唐六如与林黛玉》。

6月,作《高本戚本的大体比较》、《论续书底不可能》及《论秦可卿之死》等,发表《高作后四十回底批评》。

7月初,《红楼梦辨》完稿,旋途经日本赴美国考察,年底回国。

1923 年

春,收到顾颉刚序言。《红楼梦辨》由上海亚东图书馆出版,此为"新红学"史上第一部专著。

6月,在《小说月报》发表评论《读毁灭》。

10月,在《时事新报》发表《拟重印浮生六记序》。

1924 年

春,发表《修正红楼梦辨的一个楔子》和《浮生六记新序》。

5月,《浮生六记》校注本由朴社印行。

秋,在《东方杂志》发表《孟子解颐零札》。

1925 年

年初,发表《红楼梦辨的修正》、《关于红楼梦——答王南岳君》、《答延龄先生》。

春,校点《三侠五义》由上海亚东图书馆出版。

1928 年

1月,作《雷峰塔考略》。

春,发表《关于红楼梦的一封短信》。胡适发表《考证红楼梦的新材料》,称赞《红楼梦辨》。在《小说月报》发表《论水浒传七十回古本之有无》。

8月,散文集《杂拌儿》由上海开明书店出版。

1929 年

春,作《林黛玉喜散不喜聚论》。《红楼梦辨》由上海亚东图书馆重印。

1931 年

春,发表《东京梦华录所载说话人的姓名问题》。开始节抄脂砚斋评。

夏,应胡适之嘱,为《脂砚斋重评石头记》甲戌残本作跋。

秋,在《清华周刊》发表长篇论文《诗的神秘》。

1934 年

8月,《读诗札记》作为"文艺小丛书之二"由北平人文书店出版。

11月,《读词偶得》由上海开明书店出版。

1936年

8月,散文集《燕郊集》由上海良友图书印刷公司出版。

10月,绘制"寿怡红群芳开夜宴"座次图。在《世界日报》发表《从韩愈想到其他》。

1941年

初,发表《红楼梦讨论集序》。

1942年

夏,为郭则沄《红楼真梦》作序。

1944年

春夏,与顾颉刚论《红楼梦》书简连载于《学术界》月刊。

1947年

夏,在《华北日报》发表《读红楼梦随笔二则》。

8月,《读词偶得》(修订本)由上海开明书店出版,12月重版。

9月,在《世间解》发表《谈宗教的精神》。

1948年

春,发表《"寿怡红群芳开夜宴"图说》。

5月,在《华北日报》发表《王子按滕王阁饯别序讲疏》。

6月,发表《关于"曹雪芹的生年"致本刊编者书》。

7月,《清真词释》由上海开明书店出版。

年底,走访胡适。

1949年

1月,《读词偶得》由上海开明书店第三次印行;《清真词释》第二次印行。

6月,在《华北文艺》发表《新文学写作的一些问题》。

1950 年

年初,开始修订《红楼梦辨》。

秋,发表《红楼梦脂砚斋本戚蓼生本程伟元本文字上的一点比较》与《红楼梦第一回校勘的一些材料》。发表《红楼梦正名》与《前八十回红楼梦原稿残缺的情形》。

年底,作《红楼梦研究》自序。

1952 年

9 月,《红楼梦研究》由棠棣出版社印行,为新中国第一部红学专著。

1953 年

夏,发表《红楼梦的著作年代》。

秋,发表《辑录脂砚斋本红楼梦评注的经过》,自郑振铎处借阅《红楼梦》甲辰本等书。冬,发表《红楼梦的天齐庙》。

年底,发表《红楼梦简说》,开始陆续发表系列短论《读红楼梦随笔》。

12 月,《红楼梦》由作家出版社印行,俞平伯为注释者之一。

1954 年

年初,发表《我们怎样读红楼梦》。

春,发表《红楼梦的思想性与艺术性》、《曹雪芹的卒年》、《红楼梦简论》等,并应人民文学出版社之请,开始以程甲本为底本整理《红楼梦》通行本。

夏,发表《红楼梦评介》。

9 月 1 日,李希凡、蓝翎在《文史哲》发表《关于〈红楼梦简论〉及其他》,10 月 10 日又在《光明日报》发表《评〈红楼梦研究〉》。两文均批评俞平伯的学术观点。10 月 16 日,毛泽东写《关于红楼梦研究问题的信》，批俞运动开始。

年底，《脂砚斋红楼梦辑评》由上海文艺联合出版社出版。

1955 年

春，在《文艺报》发表《坚决与反动的胡适思想划清界限——关于有关个人红楼梦研究的初步检讨》。

年内，《读红楼梦随笔》由中国作家协会武汉分会编辑出版，内部发行。

1956 年

春，完成《红楼梦八十回校本》，在《新建设》发表其序言。

夏，参加《琵琶记》研究学术讨论会，任第一小组组长。

10 月，发表论文《蜀道难说》。

1957 年

夏，发表论文《刘老老一进荣国府里板儿的辈分和青儿板儿的关系》、《李白的姓氏籍贯种族的问题》、《读云谣集杂曲子"凤归云"札记》、《再谈清平调答任罗两先生》等。

年内，《脂砚斋红楼梦辑评》由上海古典文学出版社再版。

1958 年

2 月，《红楼梦八十回校本》由人民文学出版社印行。

1959 年

6 月，发表《略谈新发现的红楼梦抄本》与《不当家花拉的》。

9 月，发表《读新校正本〈梦溪笔谈〉》。

1960 年

2 月，《脂砚斋红楼梦辑评》由中华书局再版。

1961 年

2 月，发表论文《辨旧说周邦彦兰陵王词的一些曲解》。

5月,发表《谈谈古为今用》。

8月,发表《略谈孔雀东南飞》。

11月,发表《读桐桥倚棹录,注红楼梦第六十七回数条》。

1962年

1月,发表《读桐桥倚棹录随笔五则》。

6月,作《吊曹雪芹》诗二首。

8月,发表《影印脂砚斋重评石头记十六回本后记》。接受记者采访,谈曹雪芹卒年等问题。

1963年

5月,发表《谈新刊乾隆抄本百廿回红楼梦稿》及《影印脂砚斋重评石头记十六回本后记的补充说明》。

6月,《红楼梦八十回校本》由人民文学出版社增订再版。

7月,发表《红楼梦中关于"十二钗"的描写》。

1964年

春,开始同毛国瑶通信,谈靖藏本及其他红学问题。

秋,完成《记"夕葵书屋石头记卷一"的批语》。

1967年

5月,毛泽东《关于红楼梦研究问题的信》在《人民日报》发表。

1972年

年内,《红楼梦辨》由香港文心书店重版。

1973年

8月,《红楼梦辨》和《红楼梦研究》由人民文学出版社重印,内部发行。

11月,《红楼梦研究参考资料选辑》第二辑,实即《俞平伯红学论文集》由人民文学出版社印行,内部发行。

1974 年

7月,《读红楼梦随笔》收入《红楼梦研究汇编》第一辑,由台北巨浪出版社印行。

秋,开始撰写系列短文《乐知儿语说红楼》。

年内,香港中华书局翻印《红楼梦八十回校本》。

1975 年

1月,作《谈周美成齐天乐的评语》。

4月,香港太平书局翻印《脂砚斋红楼梦辑评》。

1978 年

秋,余英时率美国科学院考察团一行四人来访,谈《红楼梦》。

1979 年

年初,开始与叶圣陶、周颖南通信,谈"曹雪芹佚诗"案等红学问题。

春,发表《题石头记人物图》和《记"夕葵书屋石头记卷一"的批语》。

10月,《唐宋词选释》由人民文学出版社印行。发表《略谈诗词的欣赏》。

11月,余英时再次来访。

年内,台北河洛书局翻印《红楼梦辨》。

1980 年

1月,接受记者采访,谈《红楼梦》研究。

春,致信国际红楼梦研讨会。

7月,复周颖南信,谈"曹雪芹佚诗"等红学问题。香港文学研究社出版《俞平伯选集》。

1982 年

春,发表《题赠全国红楼梦讨论会》。

5 月,发表《略谈杭州北京的饮食》。

8 月,发表《杂谈曼殊诗简法忍》。

1983 年

10 月,《论诗词曲杂著》由上海古籍出版社印行。发表短文《兰陵王简述》。

11 月,《唐宋词选释》由人民文学出版社第二次印刷。

1986 年

年初,中国社科院文学研究所召开会议,庆贺俞平伯从事学术活动六十周年。会上,俞平伯宣读《旧时月色》。

3 月,发表《旧时月色》。

6 月,《俞平伯序跋集》由生活·读书·新知三联书店出版。

11 月,发表《索隐与自传说闲评》。

1987 年

1 月,作《谈芙蓉诔之异文》。

6 月,发表《纪念何其芳先生》。

1988 年

3 月,《俞平伯论红楼梦》由上海古籍出版社印行。

6 月,《俞平伯学术精华录》由北京师范学院出版社印行。

1990 年

4 月,《俞平伯散文杂论编》由上海古籍出版社印行。

9 月,《燕郊集》由上海书店影印出版。

10 月 15 日中午,辞世。

重读《红楼梦辨》

沈治钧

商务印书馆筹备出版一套《中华现代学术名著丛书》,将俞平伯先生的发轫之作《红楼梦辨》选入其中,交我据亚东图书馆的初版本整理校订。这本书我以前看过几遍,但都比较粗略。今趁机重新细读,除了加深过去的印象,又产生了一些新的感想。现写在这里,供读者参考。

俞平伯生长在书香门第,家学渊源给他提供了得天独厚的治学条件。他的曾祖父俞樾(1821—1907),号曲园,是晚清知名学者,道光三十年(1850)庚戌科进士,官翰林院编修、河南学政,著有《春在堂全书》五百馀卷。他的父亲俞陛云(1868—1950),字阶青,光绪二十四年(1898)戊戌科探花及第,官翰林院编修,著有《绚华室诗忆》等。曲园老人曾赠给这个重孙一副对联:"培植阶前玉,重探天上花。"①看来期望值是不低的。

大学毕业后,有两个人在红学方面给了俞平伯以重要的影响,一个是老师胡适,另一个是同学顾颉刚。1921年春,胡适完成了《红楼梦考证》初稿,文中的一些资料是顾颉刚搜集的。俞平伯常到顾颉刚的寓所议论这些材料,一同谈话的还有潘介泉。四月份

---

① 孙玉蓉编:《俞平伯年谱》,天津人民出版社2001年版,第2页。

顾颉刚去了南方,俞平伯便与之通信,继续探讨红学问题。胡适的考证文章是"新红学"的开山之作,主要确认了《红楼梦》前八十回的作者是曹雪芹,初步弄清了曹雪芹的家世生平,提出了自叙传说,并确定了后四十回的作者是高鹗。俞顾的通信也集中在这些方面,但有所侧重。目前公布的函件共二十七通,其中俞札十八通,顾札九通,始于4月27日,止于当年10月11日。他们的话题,主要围绕后四十回、自叙传说、十二支曲、佚稿研究、大观园址、"旧时真本"、版本校勘、作者生平、可卿之死、曹氏家世、红学刊物、前人著述等,内容可谓丰富,思路也相当开阔。次年春,俞平伯发表了《对于〈石头记索隐〉第六版自序的批评》和《唐六如与林黛玉》。在此基础上,他开始撰写《红楼梦辨》,其间曾发生手稿失而复得的奇事。1922年7月8日,全书正式完稿。1923年4月,《红楼梦辨》由上海亚东图书馆出版发行。

俞平伯的《红楼梦辨》是"新红学"史上的第一部专著,学术意义重大,学术影响深远。全书分上、中、下三卷,共十六万字。上卷集中讨论后四十回的问题,中卷主要剖析前八十回的文本,下卷则侧重佚稿与脂评研究。此书的学术贡献,可简单归纳为以下五个方面:

其一,补证后四十回作者是高鹗。自乾隆五十六年(1791)辛亥萃文书屋刊行《新镌全部绣像红楼梦》(程甲本),读者一直是将前八十回与后四十回视作一个整体的,只有裕瑞、陈其泰等少数学者例外。胡适的《红楼梦考证》通过外部材料的辨正,揭示出前后作者不是一人,后四十回的作者是高鹗。《红楼梦辨》则从内部材料的分析入手,补充了胡适的论证,使之成为"新红学"最重要的学术结论之一。俞平伯指出,续书本是一件吃力不讨好的事情,高鹗所作的后四十回不能尽如人意,原在意料之中。尤其"中乡魁"、"复世职"、"沐皇恩"、"延世泽"等同前八十回的描写相悖,可见后四十回从回目到内容均非曹雪芹原作。为了让贾宝玉中举,高鹗连篇累牍表现八股文章,显得累赘迂腐。后四十回还有一些漏洞,如巧姐暴长暴缩,忽大忽小。究其根源,两位作者的身世个性相差较远,雪芹是名士,潦倒不堪,痛恶功名利禄;高鹗是举人,热衷名利,故难免出现此类问题。俞平伯的辨析相当清晰,具有较强的说服力。时至今日,关于后四十回的作者,学界尚有争议,《红楼梦辨》的论证依然值得参考。

其二,正确评价后四十回。《红楼梦辨》补证后四十回作者是高鹗,势必对其中的缺失有所指摘。同时,俞平伯也清醒地意识到,后四十回能够长期同前八十回组合成一个整体,经受住了时间的检验,自有其道理。他指出:"高鹗补书,在大关节上实在是很子细,不敢胡来。即使有疏忽的地方,我们也应当原谅他。况且他能为《红楼梦》保存悲剧的空气,这尤使我们感谢。"(上卷第 29 页)①这是一种不偏不倚的态度。尤其是实事求是,肯定高鹗完成了《红楼梦》的悲剧结局,学术识见同王国维、胡适及吴宓一脉相承。他还说:"宝黛分离,一个走了,一个死了,《红楼梦》到现在方才能保持一些悲剧的空气,不致于和那才子佳人的奇书,同流合污。这真是兰墅底大功绩,不可磨灭的功绩。……高氏在《红楼梦》总不失为功多罪少的人。"(上卷第 77 页)这种态度不失公允,难能可贵。

其三,最早的脂评本研究。《红楼梦》的版本大体上分脂评本与程刻本两个系统,清代通行的本子是后者,"新红学"兴起之后备

---

① 俞平伯:《红楼梦辨》。以下凡引此书均随文夹注本版卷次页码,不另注释。

受关注的本子则是前者。1927年8月,胡适购得《脂砚斋重评石头记》甲戌本,学界方知有脂评本一说。但是,早在《红楼梦辨》里,俞平伯专列"高本戚本大体的比较"一章,已开始对脂本系统中的戚序本(一称有正本)进行了系统研究。通过细致的校勘比对,俞平伯发现两个本子互有短长,戚序本有其独特的价值。他的学术断语,如"就较近真相这一个标准下看,戚本自较胜于高本"(上卷第80页),如"我们要搜讨《红楼梦》底真相,最先要打破'原书是尽善尽美的'这个观念"(上卷第85页),如"凤姐拷问家童一节,高本写得更有声色"(上卷第95页),如"戚本还有一点特色,就是所用的话几乎全是纯粹的北京方言,比高本尤为道地"(上卷第98页)等,都属于真知灼见。他还指出,高本对前八十回有所增删,某些批语(如三十七回贾芸信中"一笑"二字)混入正文,可以看到此书版本演变的轨迹。《红楼梦辨》中的这些章节,是"新红学"中"本子"问题研究的实绩,俞平伯堪称《石头记》脂本研究的开山祖师。

其四,出色的文学考证。在"新红学"的兴起阶段,如果说胡适所从事的主要是历史的考证,那么俞平伯所专注的就是文学的考证。《红楼梦辨》赞扬曹雪芹是第一流的文学天才,说他的书是一部自传,一部悲剧,一部情场忏悔之作,一部怨而不怒的小说,如今看来,这些还比较普通。最让人惊叹的是,俞平伯居然能够通过文本内部的解析考辨,探索出秦可卿的真正死因。顾颉刚曾经在通信中告知,报载一则传闻,说秦氏因与贾珍私通,被婢撞见,遂羞愤自缢。受此启发,俞平伯结合第五回秦氏判词,十三回中"彼时合家皆知,无不纳闷,都有些疑心"等文字,以及贾珍、瑞珠、宝珠的反常表现,做了一番严密的考证。他的结论是:"秦可卿底结局是自缢而死,却断断乎无可怀疑了!"(中卷第191页)四年之后,胡适购得甲戌本,上有"秦可卿淫丧天香楼"之类的早期批语,完全证实了俞平伯的推断①。《红楼梦》毕竟是一部文学作品,诸如此类鞭辟入里的文学考证,应当是深入挖掘作品思想艺术的主要手段。

其五,最早的佚稿研究与脂评研究。既然后四十回不是曹雪芹的笔墨,那么他原来的设想究竟是怎样的?《红楼梦辨》有"八十回后底《红楼梦》"一章,专门探讨了这个问题。通过对各种线索的梳理,俞平伯认为,曹雪芹原本设计贾府因抄家而彻底败落,宝玉因贫穷而出家,诸艳则风流云散。应该说,这都是平实妥当的结论,不甚稀奇。让人诧异的是,他还设了"后三十回的《红楼梦》"一章,即通过戚序本上的批语,勾勒了一部早期续书的风貌,如贾府败落,"树倒猢狲散";贾宝玉潦倒,"寒冬噎酸虀,雪夜围破毡",终于"悬崖撒手","弃而为僧";林黛玉早逝,即"泪尽夭亡";"薛宝钗借词含讽谏,王熙凤知命强英雄";花袭人嫁与琪官,有始有终,"供奉玉兄宝卿"等。俞平伯当时还不晓得,其实那就是曹雪芹佚稿中的情节,戚序本上的批语实即脂砚斋评。从这个角度上讲,《红楼梦辨》做了最早的佚稿研究与脂评研究。这是现今两个显赫的红学专题,俞平伯也是开山祖师。

上述五个方面,仅是极简略的概括。从中已经可以看到,《红楼梦辨》篇幅不大,却涉及了红学的诸多领域,取得了丰硕的研究成果。胡适《红楼梦考证》所开创的"新红学",因此大放光彩,迅

---

① 参见胡适:《考证红楼梦的新材料》,《胡适文存》三集卷五,上海亚东图书馆1930年版。

速成为了《红楼梦》研究的主流。俞平伯是"新红学"的奠基人之一,他的学术贡献相当显著,相当重要。

俞平伯的卓越之处在于,他决不以《红楼梦辨》为满足,而是善于再三反省,勇于修正错误。最明显的例证是自叙传说。《红楼梦辨》出版两年之后的1925年2月,他发表了《红楼梦辨的修正》一文,说:"究竟最先要修正的是什么呢?我说,是《红楼梦》为作者的自叙传这一句话。"然后指出:"本来说《红楼梦》是自叙传的文学或小说则可,说就是作者的自叙传或小史则不可。我一面虽明知《红楼梦》非信史,而一面偏要当它作信史似的看。这个理由,在今日的我追想,真觉得索解无从。我们说人家猜笨谜,但我们自己做的即非谜,亦类乎谜,不过换个底面罢了。至于谁笨谁不笨,有谁知道呢?"①这种反省是诚恳的、深刻的。余英时因此感慨道:"俞平伯应该是最有资格发展红学史上新'典范'的人。而且事实上他早期的若干作品,如《论秦可卿之死》和《寿怡红群芳开夜宴图说》便已具有孔恩所谓'示范'的意义。"②俞平伯确实已开了新的风气,代表着"新红学"发展的正确方向。

1952年9月,俞平伯对《红楼梦辨》进行了修订,改名《红楼梦研究》,重新出版。此书是新中国的第一部红学专著,两年中印刷六次,销行两万五千册,当时在学界引起了轰动,产生了巨大的影响。俞平伯是新中国当之无愧的首席红学家,亦即新中国研究《红楼梦》的第一人。在《红楼梦研究》的自序中,他再次检讨自叙传

---

① 俞平伯:《红楼梦辨的修正》,原载《现代评论》第1卷第9期,1925年2月7日,收入《俞平伯论红楼梦》,上海古籍出版社1988年版,第341—343页。
② 余英时:《近代红学的发展与红学革命——一个学术史的分析》,载《香港中文大学学报》1979年第2期。

说:"把曹雪芹底生平跟书中贾家的事情搅在一起,未免体例太差。《红楼梦》至多是自传性质的小说,不能把它径作为作者的传记行状看啊。"①基于此项认识,他把《红楼梦辨》中的《〈红楼梦〉底年表》一节删掉了。另外,关于戚本校勘、佚稿研究及脂评分析的章节,都根据新材料作出了重要修改。增加的章节,全部针对文学考证与版本研究。所以说,《红楼梦研究》是对《红楼梦辨》的深入与扩展。

岂止《红楼梦研究》,1923年以后,俞平伯的红学都是对《红楼梦辨》的深入与扩展。他的《读红楼梦随笔》属于文学考证,他的《脂砚斋红楼梦辑评》属于脂评研究,他的《红楼梦八十回校本》属于版本校勘。即使到今天,至少半个世纪前的这些红学论著所获得的成就,都是绝难忽视的。特别令人感动的是,俞平伯的学术反省贯穿了他的一生,从未休歇,直至辞世。如关于后四十回的评价问题,显然一直困扰着他。《红楼梦辨》对后四十回有批评,也有肯定,那跟全盘否定高鹗的偏激之谈有着本质的区别。但是,俞平伯晚年仍对此自责不已。1990年秋,在弥留之际,他用颤抖的手写道:"胡适、俞平伯是腰斩《红楼梦》的,有罪。程伟元、高鹗是保全《红楼梦》的,有功。大是大非!"另纸又写:"千秋功罪,难于辞达。"②如此直截,如此明白,如此坦然,如此决然,表明俞平伯念兹在兹的是《红楼梦》,而不是后人如何评说他个人的学术研究。他的正直无私,他的纯真洁净,由此显露无遗。

在20世纪,涉足红学的著名学者有很多,王国维、胡适、吴宓、

---

① 见《俞平伯论红楼梦》,第371—372页。
② 韦奈:《俞平伯的晚年生活》,载《新文学史料》1990年第4期。

鲁迅是其中的佼佼者。不过他们的兴趣较为广泛，主要不以《红楼梦》研究名世。俞平伯则有所不同，他把自己一生的主要精力都投入到了红学之中，取得了十分显著的成就，赢得了学界的普遍尊重。相比之下，他的诗文创作和诗词研究反倒成为次要的了。尽管50年代曾经遭遇大规模批判，个别人在"十年浩劫"之后犹然刻意贬低他的红学贡献，甚至企图贪他的功劳为己有，然而这些终究都无损于他的伟岸。桃李不言，下自成蹊。包括《红楼梦辨》在内的俞氏论著可以作证，它们的作者是两百多年来最为杰出的红学专家。

一曲《红楼梦》，声声醉落霞。身为天上玉，故探镜中花。

谨以此文敬献清台——纪念俞平伯诞辰110周年暨逝世20周年。

2010年岁次庚寅中秋于京郊